德兴·海口古镇研究丛书之一

千年海口古镇诗词选

——进士名镇·中国·德兴·海口镇诗词歌曲集粹

主　编　姜爱林

副主编　黄坤美　侯国新

李　强　董文才

董李鸿

华龄出版社

责任编辑：薛　治
责任印刷：李未圻

图书在版编目（CIP）数据

千年海口古镇诗词选 / 姜爱林主编. -- 北京：华龄出版社，2017. 5

ISBN 978 - 7 - 5169 - 0819 - 8

Ⅰ. ①千… Ⅱ. ①姜… Ⅲ. ①古典诗歌 - 作品集 - 中国 Ⅳ. ①I222

中国版本图书馆 CIP 数据核字（2017）第 082126 号

书　　名：千年海口古镇诗词选
作　　者：姜爱林　主编
出版发行：华龄出版社
印　　刷：北京市通州兴龙印刷厂
版　　次：2017 年 5 月第 1 版　2017 年 5 月第 1 次印刷
开　　本：710 × 1000　1/16　　印　张：20
字　　数：210 千字
定　　价：58.00 元

地　　址：北京市朝阳区东大桥斜街 4 号　　邮　编：100020
电　　话：（010）58124218　　传　真：（010）58124204
网　　址：http：//www. hualingpress. com

前言

诗词歌赋：中华传统文化的瑰宝

（一）

中华文化源远流长，积淀着中华民族最深层的精神追求，代表着中华民族独特的精神标识，为中华民族生生不息、发展壮大提供了丰厚滋养。在这一中华传统文化源流大系统之中，“诗词歌赋”是中华传统文化的重要组成部分，也是中华传统文化的独有的文化瑰宝。

“诗词歌赋”浓缩了中华传统文化的精华，展示了千百年来中国人的精神风貌，学习吟诵诗词歌赋很自然地让我们生长出文化自信心和民族自豪感。今天，传统“诗词歌赋”的生命力依然存在，仍然具有启迪心灵、陶冶情操与赋予智慧的巨大力量。如何让包括“诗词歌赋”在内的优秀传统文化与现代生活更好地对接，适应时代的发展需要，把优秀传统文化的内容变成当代中国人的自觉意识与自觉行为呢？这就需要我们采取切实的政策措施，进一步传承和发展包括诗词歌赋在内的中华传统优秀文化。而在实际工作中，发现、挖掘与整理地方优秀的古诗词歌赋，就是弘扬、光大与传承中华优秀传统文化的一项必不可少的基础性工作。

基于此，我们选择了江南文化名镇——江西省德兴市海口古镇——诗词歌赋——作为研究的对象与基地，并尝试性开展了编写了《千年海口古镇诗词选》一书的具体工作。

（二）

海口古镇坐落在江西省德兴市东北部的乐安河畔，与著名的三清山比邻而居。“海口”是安徽省的乐安水、浙江省的体泉水和江西省的李宅水“三水”汇聚之处，故而古称“海川”，今称“海口”。又因缘于“三水”归于“海口”形成海口河——境内河流 20 多公里，河面开阔，水路畅通，海口就成了古代重要的商业黄金码头。又因四周是林木葱郁的山峦，山间河谷冲积盆地土地肥沃，因而风水宝地的海口甲富一方。

“海口古城”（或称海川古城）”是今天海口镇的核心部分。“海口古城”历史悠久，诸多史料可证。唐朝中后期，海口董氏先祖——吏部侍郎董申迁居于“海川”，开始了海口村的建设。一则，清同治十一年（1872 年）《德兴县志·卷七》载曰：“董申，字惟坤，德兴县八都（今海口）人，董姓始祖，唐大贞元年（785—805）间进士，官至吏部侍郎，累著伟绩。”二则，清雍正十年（1732 年）《江西通志·卷四十九》载曰：“董全祯，唐天复四年（904 年）进士，德兴人，殿中御史。”三则，清雍正十年（1732 年）《江西通志·卷一〇九》载曰：“董端公祠，在德兴县八都。唐季黄巢之乱，御史董全祯与贼战死，乡人祀之，苏轼题额。忠贤祠，在德兴之长丰里，祀董全祯，董鼎。”四则，宋·汪藻绍兴六年（1136 年）撰《宋故通直郎致仕董君墓志铭》曰：“宋兴，涵濡百余年，子孙相承为闻家数十族，董氏其一也。董氏之祖居饶之德兴，六世而生长者，森森有厚德，为闾里所宗。年八十余而终，今显漠阁待制程端志其墓。”五则，明·周玉正德十年（1516 年）撰《海川忠贤祠碑记》曰：“忠贤祠，德兴董氏祀先之所也。以唐吏部侍郎公申为始祖，而以殿中御史全祯、先儒鼎诸公配。盖河中迁德兴海川，肇自吏部其殿中以下，皆吏部子与孙也。祠建于庆元之末，累世相绳，兴废靡常。正德戊辰间，公孙之贤者，乃合族众命工度材而重新之，历庚午始讫其工也。吾郡博士公爵亦公之孙，当以其事语诸徒陈器，器谓继述之大不可不纪，乃辱言于予。”这五则载曰史料表明，“海口古城”已有 1300 多年历史。

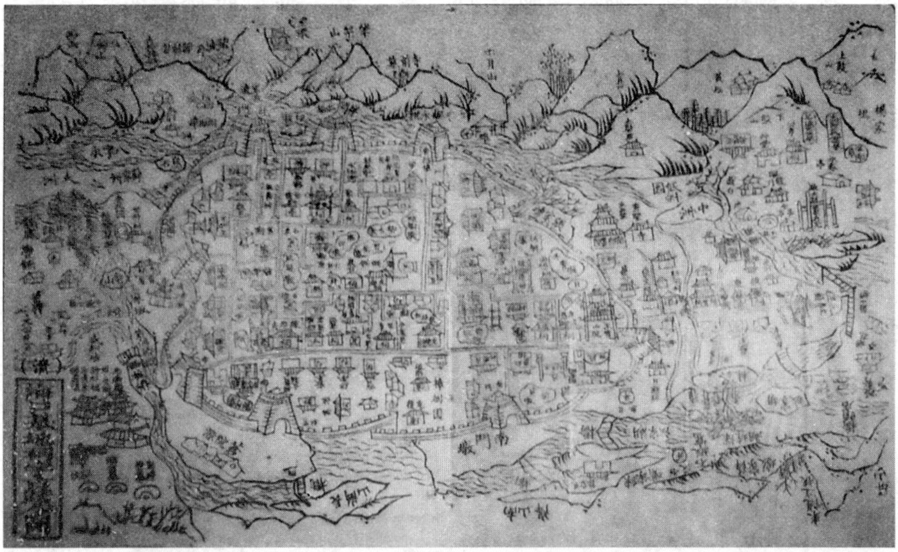

图一　清代海口古镇“古城及附近”全景图

“海口古城”始于“唐村”，成于“宋城”。唐代后期，海口村落布局已现雏形，北宋初年，三水通畅，经贸繁荣，董姓家族生活富庶，在村落建设上逐渐演变为城池化——形成“唐村宋城”——被称为“海口古城”，又称“海川古城”。

（1）“海口古城”以北斗七星形星象布局，村内排水、防盗、防火等设施相当科学完善，村外又围以城墙、壕沟，整个村庄俨然就是一座坚固“城池”，由此宋元明清时代人民称“海口村”为“海口城”，或称“海川城”。

（2）“海口古城”近有城墙，远有护城河。古城墙有8个门，即东门、两个南门、西门、化龙门、三个北门。城内分设五条大街，分别称为上市、中市、前市、后市、下市，总长2500米，宽3余米，俗称五里街；巷弄近百条，多是曲折走向。

（3）古民宅建筑技艺精湛，文化底蕴丰厚；石雕门雕“人、松、鹤、竹”栩栩如生，梁柱镂雕“琴、棋、书、画”维妙维肖；厅堂高敞轩豁，用料粗硕考究；屋内竹刻古联，古床古桌古椅显得富贵雅致；古庭院桂树香飘四季，家居理念风雅高妙。

（4）古街宽敞，绕城布局；古弄多而细密，狭且长，小型圆拱门层层递进，弄连弄，深遂莫测；街、弄全是青石板铺就而成。

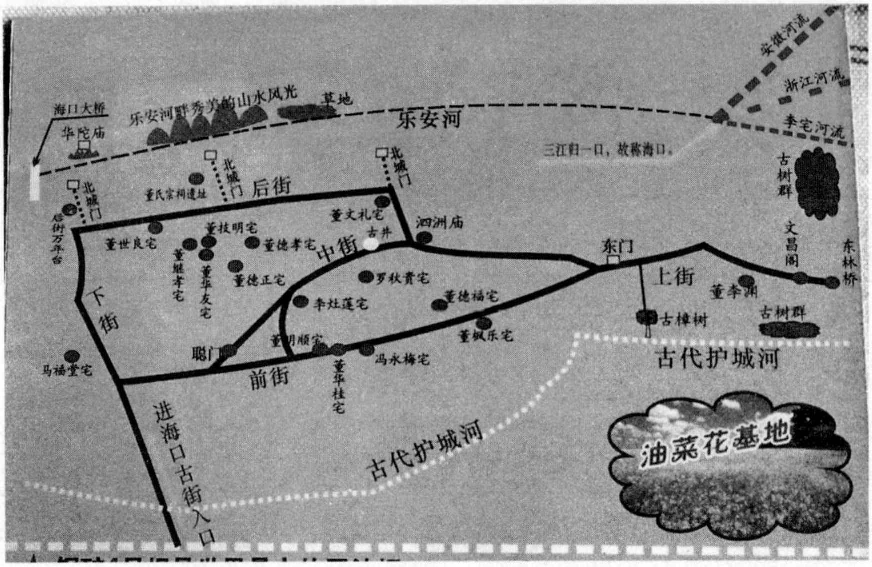

图二　现代海口镇全景示意图

（5）城内亭台楼阁俱全，主要有宫观庙宇，亭台楼阁，堂屋舍轩，院祠寺庵等数十类风俗性古建筑。

海口古镇四面环山，主要有屏峰山、纱帽山、西山、雷坛山、笔架山、桃山、象鼻山、龟蛇山、虎山、龟山、狮山、碧环山、古山、蟠龙岗、玉屏山等山峰，群山围绕，形势胜然。

海口古镇水系发达，海口古城四面环水（护城河），主要水系由三大河流、五条小溪与九大池潭有机构成。三大河流即三水分别为江西李宅水、浙江体泉水、安徽乐安水；五条小溪分别为八字水、鹅颈水、碧波水、芝兰滩、仙从脚泉水；九大池潭分别为凤池、日池、月池、养生池、芙蓉池、藕池、深湖、枣林池、胡家潭。

海口古镇景色秀美，著名“海川十景”分别为扶舆春涛、碧波秋月、山市楼台、两坞耕云、孤舟钓雪、沙汀鸥鹭、西山暮雨、东屏晓色、远蒲风帆、长江烟树。

海口古镇的桥渡众多，主要的“渡”分别为东陂渡、碧波渡、小港渡、银港渡。主要的“桥”分别为仁寿桥、坚节桥、东林桥、西林桥、德洪桥、兰公桥、德寿桥、若问桥、长寿桥、利济桥。

海口古镇亭亭林立，代表性的“亭”主要有怡情亭、表善亭、喜雨亭、普济亭、近仁亭、宝善亭、碧环亭、登稼亭、四角亭、继述亭、凝秀亭、松鹤亭、乐善亭、永安亭、鲁寿亭、三拱亭、黄柏岭亭、济川亭、诱善亭、锦花亭、普福亭等。

海口古镇“七古五雕”，七古分别为古宅、古街、古井、古戏台、古城墙、古石头桥、古樟树；五雕分别为砖雕、木雕、石雕、门雕、窗雕。具有2000多年历史的古樟树，就座落在海口村内胡家潭边。该树树围23米，树高20米，树冠35米，被誉为“华夏第一樟”。

“海口古城”主要有董、邹、胡、揭、练、郑、程、张、王等几大姓构成，清朝嘉庆年间，海口城内计有1920余户人家，男丁7740

图三 海口镇千年古樟树示意图

人，总人口 15000 多。“海口古城”内外古迹文物主要有：①有东门楼、西门楼、望江楼、御书楼、报晖楼等五大名楼；有天香馆、登云馆、文昌阁、寒泉阁等馆阁。②有上市戏台、中市泗洲庙戏台、后市戏台等三大戏台；有进士坊、文元坊、恩荣坊、日新坊、泗州坊、步瀛坊、世科坊、文光坊等八大名坊。③有归轩书院、南隐书院、勿斋书院、双溪书院、深山书院等五大书院；有掬清书屋、浣花书屋、中岳书屋、芙蓉书屋、鹊园书屋等五大书屋。④有高节轩、克复轩、近南轩、芝兰轩、翠秀轩、近秀轩、鹊噪轩、紫林轩、育锂轩等九大名轩。⑤有横街井、蔡家井、石碌井、石泉井、掬清井、寒泉井、社坛井、下井、文元井等九大名井。⑥有天香墩、黄荆墩、紫竹墩、凤冠墩、佛印墩、百花墩、椰树墩、柏树墩、柿树墩、桂林墩、松林墩、朝笏墩、冬青墩等十三墩。⑦有东门书院社稷坛、练家巷社稷坛、邹家畈社稷坛等三大稷坛。⑧有红庙、晏公庙、周王庙、年丰庙、寿圣寺、妙明寺、洞真观、碧环庵、白云庵等众多寺庙观庵。⑨有天官祠、端公祠、忠贤祠等三大著名先贤祠。⑩有裕庆祠、聚庆祠、世德祠、光德祠、振德祠、孝思祠、德辉祠、兴孝祠、世享祠、光耀祠、德厚祠、敦本祠、临湘祠、敦睦祠、显德祠、崇德祠、节义祠、尚德祠、奉先祠、启贤祠、成德祠等七十二宗祠。千年海口古镇不仅人丁兴旺、商贾繁盛、街弄曲径通幽，而且尊儒崇学、科第勃兴、一度人文鼎盛，被誉为“儒学之乡”、“进士之乡”、“诗画之乡”。一是诞生了董申、董全祯、董乂、董国度、董槐、董与几、董松、董有光、董维城等100多位进士。二是诞生董升龙、董元义、董仁杰、董文炳、董元明、董见可、董应翰、董源、董枝桂、董奕叶等270多位举人。三是诞生了汪藻、董颖、程迥、董熠、董梦程、董鼎、董真卿、董寿民、练字宁、汪泽民等一批本土文学家。四是诞生了董铢、董踪、程迥、董熠、董梦程、董鼎、董真卿等一批儒学家。五是诞生了以董梦程、董鼎、董真卿等为代表的南宋介轩学派。六是范仲淹、王安石、苏轼、朱熹、洪迈、谢枋得、李东阳等一批文学家挥毫泼墨颂赞海口的人情山水。七是海口的历史故事、典故、神话故事、民间传说数以百计，脍炙人口，流传古今。2012年，德兴市海口镇凭借自身深厚的历史文化遗产，被成功列为江西省第四批“历史文化名镇名村”。

今天的海口镇就是昨天的海口古镇。海口古镇所辖行政区域多有变化，清朝时期，海口属于南部乡，民国初期属于第二区。但就其经济、文化辐射范围而言，海口古镇当涉及清代的南部乡、乐平乡的6都、7都、8都、9都、10都、15都、16都、17都、18都、19都等村庄。资料显示，今天的海口镇东邻新岗山镇、李宅乡，南毗龙头山乡、花桥镇，西接泗洲镇，镇域总面积152平方公里，下辖海口、黄渡、江田、舒湾、杜村 5 个行政村和新源、海乐两个居委会，总人口 15000 余人。

图四 现代海口镇“镇区”鸟瞰图

水陆交通十分便利，德九公路横穿全镇，德昌高速公路穿境而过，合福高铁穿境而过。镇内共有大小水库 35 座，水电站 3 座，年发电量 850 余万度，其中银港电站是江西省乡镇级第二大水电站。资源丰富，自然风光优美，具有独特的旅游地缘优势。

（三）

《千年海口古镇诗词选》编写依据与分类标准主要有：一是海口籍人士撰写的海口内的山水田园、风土人情与人物事件；二是海口籍人士撰写的海口外的山水田园、风土人情与人物事件；三是海口籍以外人士撰写海口的山水田园、风土人情与人物事件。海口籍取广义，包括：海口出生的；后来移居（寓居）海口的；曾经在海口工作、学习与生活的等方面。

《千年海口古镇诗词选》一书的结构体例主要分为诗、词、歌、曲四部分：

第一卷诗之篇，内容包括8个方面，即山石岗滩江上帆、月云雨雪水池潭、春秋花鸟树园墩、楼馆亭台门井轩、书院书屋祠庙堂、题赠别送友谊长、求诗回赋次韵忙、怀祭挽拜守节赞，计有170余首古诗、律诗与绝句。

第二卷词之篇，内容包括：望江南（望江南·缥缈烟、望江南·六月凉）；十六字令·浣花书屋；忆江南（忆江南·游登云馆词、忆江南·游紫林轩）；渔歌子（渔歌子·芝兰轩、渔歌子·鹊噪轩）；捣练子（捣练子·寒泉阁、捣练子·萃秀轩）；卜算子·子平席上赋；调鹧鸪天·同昌瀚往深湖访传胪墓；点绛唇（点绛唇·新月娟娟、点绛唇·高柳蝉嘶）；小重山·月下潮生红蓼汀；醉落魄·小舟帘隙；满庭芳·元礼席上用少游韵；调满庭芳（调满庭芳·庆愚隐兄七十、调满庭芳·上德兴县诸次侯题漂母饭信图）；满江红（满江红·画艇秋江、满江红·次韵董毅夫）。计有20首词。

第三卷歌之篇，内容包括：日月风雪歌（海口赏雪歌、待月歌）；杜鹃春啼歌；忠义贤能歌；亭池楼台歌；忧国忧民歌；寄情抒怀歌（怀寄歌、义侠歌）。计有8首“歌”。

第四卷曲之篇，内容包括：大曲即薄媚·西子词；戏曲、传奇剧即董元卿旗亭记。计有两部“曲”。

（四）

《千年海口古镇诗词选》一书参考、借鉴的文献资料主要有：历代诗词歌赋全集、历代诗词歌赋选集；唐诗鉴赏辞典、宋词鉴赏辞典、唐诗三百首、宋词三百首、元明清诗词鉴赏辞典；《浮溪集》、《元懒翁集》、《宛陵群英集》、《江西通志（四库本）》、《饶州府志（同治版）》、《德兴县志（同治版）》、《海川董氏实录》、《海川董氏宗谱》等。海口古镇诗词歌曲较多，本书仅仅从中精选了 200 余首“诗词歌曲”，以飨读者。为便于学习阅读，借用古人之法，笔者将《千年海口古镇诗词选》一书编写成一首古诗，名曰“海口古镇诗词歌”：

海口古镇诗词歌

唐村宋城说海川，文人骚客有诗篇：
山石岗滩江上帆，月云雨雪水池潭；
春秋花鸟树园墩，楼馆亭台门井轩；
书院书屋祠庙堂，题赠别送友谊长；
求诗回赋次韵忙，怀祭挽拜守节赞；
望忆江南渔柳满，风土人情词尽展；
忠义忧国歌俊贤，大曲戏曲侠义传。
诗词歌曲画海川，海川文化越千年。

目录

第一卷 诗之篇

第二卷 词之篇

第三卷 歌之篇

第四卷 曲之篇

第一卷　诗之篇

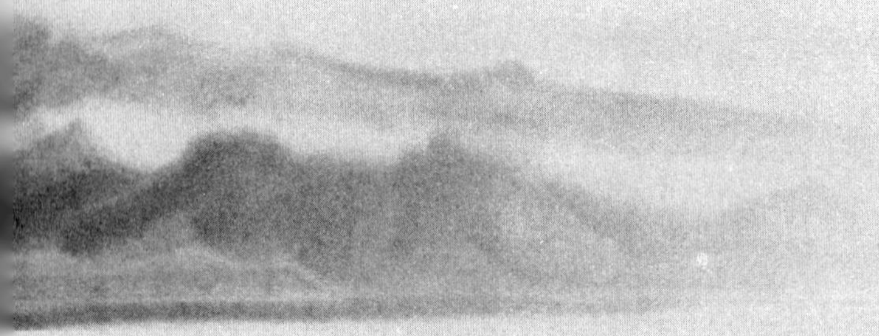

一、山石岗滩江上帆

1. 屏峰山

宋·董真卿

岩岫回环四景同，东山横展画屏风。
天鸡唱罢岚光动，五色云开晓日红。

作者简介

董真卿，字季真，江西省德兴市海口镇人。北宋政和二年（1112年）进士，官至谏议大夫。董鼎之子，学于双湖勿轩。南宋介轩学派代表人物之一。著有《周易会通（14卷）》。参见《宋元学案》、《江西通志（四库本）》、《德兴县志（同治版）》、《海川董氏实录》。

注释

[1]屏峰山：又叫屏山尖，位于江西省德兴市海口镇海口村村东；形状如锥，翠秀飘逸，高约280米，面积约300亩。[2]岩岫：山洞；峰峦。《素问·六元正纪大论》曰："松吟高山，虎啸岩岫。"《千字文》曰：旷远绵邈，岩岫杳冥。[3]天鸡：神话中天上的鸡。唐·李白《梦游天姥吟留别》诗曰："半壁见海日，空中闻天鸡。"[4]五色：指青、黄、赤、白、黑五色，也泛指各种色彩。《书·益稷》曰："以五采彰施於五色，作服，汝明。"南朝·梁·陶弘景《答谢中书书》云："两岸石壁，五色交辉。"

2. 纱帽山

明·董世祥

遥观纱帽接苍穹，光景无边一望中。
绝磴盘空惟鸟道，平原极目尽花丛。
穿云不让匡庐胜，荷日真如泰岱雄。
便欲振衣从此去，直排阊阖扣天宫。

作者简介

董世祥，名廷凤，字世祥，号岐山，明·庠生，逸士，江西省德兴市海口镇人。参见《海川董氏实录》。

注释

[1]纱帽山：位于江西省德兴市海口镇海口村村西五里，高约500米，面积约200亩；山形酷似纱帽，此山“毓秀钟灵，能使海川特殊性火簪缨不替，亦是嵩生岳降之意也”。[2]苍穹（qióng）：苍天；广阔的天空。元·尚仲贤《柳毅传书》第二折月：“泾河龙逃归碧落，钱塘龙赶上苍穹。”[3]绝磴（dèng）：磴即山路上的石台阶。清·宋思仁《登泰山》曰：“绝磴千盘近紫穹，最高峰顶独梯空。”[4]匡庐：江西的庐山，又叫匡山。唐·白居易《草堂记》曰：“匡庐奇秀，甲天下山。”[5]泰岱：即泰山，又名岱宗。清·侯方域《贾生传》曰：“走泰岱，观日出处，述《山灵》、《地势》二篇。”[6]阊阖（chāng hé）：传说中的天门。《楚辞·离骚》曰：“吾令帝阍开关兮，倚阊阖而望予。”王逸注：“阊阖，天门也。”

3. 西山

明·董志伸

爽气从来不等闲，豁人眉宇到西关。
更兼形似冲天鹤，压倒群鸡万叠山。

作者简介

董志伸，生卒年等不详，明·庠生，江西省德兴市海口镇人。参见《海川董氏实录》。

注释

[1]西山：又叫鹤山，与纱帽山相连相邻，位于江西省德兴市海口镇海口村村西，高约480米，面积约200亩。[2]爽气：明朗开豁的自然景象；凉爽之气。宋·张元干《陇头泉》词曰："送飞鸿、五弦寓目，望爽气，西山忘言。"[3]豁人：开扩眼界，使耳目清新。王国维《人间词话》曰："大家之作，其言情也必沁人心脾，其写景也必豁人耳目。"[4]眉宇：眉额之间。面有眉额，犹屋有檐宇，故称眉宇。《文选·枚乘〈七发〉》曰："然阳气见於眉宇之间，侵淫而上，几满大宅。"刘良注："眉宇，眉额间也。"[5]冲天鹤：传说周灵王太子晋从道士浮邱公游，曾在缑氏山巅控鹤冲天。唐·王维《奉和圣制幸玉真公主山庄因题石壁十韵之作应制》曰："庭养冲天鹤，溪留上汉查。"

4. 笔架山二首

明·董世能

不效修眉与画屏，天然架笔插苍冥。
晚来雨过登山看，扫尽烟云别样青。

☆☆☆☆☆

梦里生花灿早春，架悬香处拨松筠。
三峰秀丽常排峙，大块文章写得真。

作者简介

董世能，生卒年等不详，明·庠生，江西省德兴市海口镇人。参见《海川董氏实录》。

注释

[1]笔架山：又名三峰山，位于江西省德兴市海口镇海口村村北一里，；山形开如笔架，高约120米，面积约300亩。[2]画屏：有画饰的屏风。唐·白居易《题法华山天衣寺》云："山为莲宫作画屏，楼台迤逦插青冥。"[3]苍冥（míng）：苍天。宋·文天祥《正气歌》曰："於人曰浩然，沛乎塞苍冥。"[4]松筠：松树和竹子；喻节操坚贞。唐·杜甫《赠王二十四侍御契四十韵》曰："偶然存蔗芋，幸各对松筠。"[5]排峙（zhì）：并排峙立；两峰相峙。元·张雨《夕佳楼》云："蕙楼将对峙，菌阁亦双排。"

5. 笔架山

清·董月垣

山如笔架翠相连，耸起江南半壁山。
自古文章宜壮丽，于今气势要盘旋。
登高恰似寻良友，藉草何妨当盛筵。
一醉乾坤堪啸傲，彩毫凭取扫云烟。

作者简介

董月垣（yuán），名昌期，字鸣瑞，号月垣，江西省德兴市海口镇人。清·嘉庆三年（1799）戊午科文庠。参见《海川董氏实录》、《海川董氏宗谱》。

注释

[1]盘旋：沿着螺旋轨道运动；沿着崎岖山路螺旋而行。唐·黄滔《白日上升赋》曰："有烟霞兮蓊郁数处，有鸾凤兮盘旋半空。"[2]藉草：藉，凭借，依靠。魏晋·袁宏《采菊诗》云："息足回阿，圆坐长林。披榛即涧，藉草依阴。"[3]盛筵：盛大的宴席。清·蒲松龄《聊斋志异·局诈》曰："家人归告侍御，侍御喜，即张盛筵，使家人往邀王。"筵，《说文》解释为"竹席也。"[4]啸傲：放歌长啸，傲然自得；形容放旷不受拘束。晋·郭璞《游仙》诗云："啸傲遗世罗，纵情在独往。"[5]彩毫：画笔，彩笔；亦指绚丽的文笔。唐·温庭筠《塞寒行》曰："彩毫一画竟何荣，空使青楼泪成血。"

6. 雷坛山

明·董正茂

自昔雷坛称巨山，面前沙帽抱西关。
晨钟响应书声远，唱晚渔洲曲水湾。

作者简介

董正茂，生卒年等不详，明·庠生，江西省德兴市海口镇人。参见《海川董氏实录》。

注释

[1]雷坛山：位于江西省德兴市海口镇海口村村西北五里，高约90米，面积100亩。山上有庵堂奉祀雷公。雷坛，旧时道家祭祀雷神的祭坛。[2]沙帽：即海口镇海口村的沙帽山。[3]晨钟：早晨敲钟；比喻可以使人警觉醒悟的话。宋·苏轼《书双竹湛师房》诗云："暮鼓朝钟自击撞，闭门孤枕对残釭。"[4]唱晚：宋·王庭圭《题竹溪读书堂》云："千里水烟渔唱晚，一堂风月暮云收。"

【知识链接·山】

海口古镇的山

海口古镇四面环山，主要有屏峰山、纱帽山、西山、雷坛山、笔架山、桃山、象鼻山、龟蛇山、虎山、龟山、狮山、碧环山、古山、蟠龙岗、玉屏山等山峰，群山围绕，形势胜然。

7. 桃山

清·董月垣

漫说桃花好避秦，桃山胜迹更娱人。
花飞洞口随流水，惹得渔郎错问津。

作者简介

董月垣（yuán），名昌期，字鸣瑞，号月垣，江西省德兴市海口镇人。清·嘉庆三年（1799）戊午科文庠。参见《海川董氏实录》、《海川董氏宗谱》。

注释

[1]桃山：位于江西省德兴市海口镇海口村村东北五里，高约100米，面积50亩。[2]漫说：别说，不要说。唐·司空图《柳》诗云："漫说早梅先得意，不知春力暗分张。"[3]避秦：避世隐居；躲避强暴或战乱。晋·陶潜《桃花源记》曰："自云先世避秦时乱，率妻子邑人，来此絶境，不復出焉。"[4]胜迹：有名的古迹、遗迹。南朝·齐谢朓《游山》诗云："求志昔所钦，胜迹今能选。"[5]娱人：使人欢乐。《楚辞·九歌·东君》云："羌声色兮娱人，观者憺兮忘归。"[6]问津：询问渡口；问路。宋·陆游《郊行》诗曰："桐君山路无多远，元自知津莫问津。"

8. 碧环山

明·董世荣

碧水津边日照西，翠岚庵外晚烟迷。
山僧送我忘归处，正似当年过虎溪。

作者简介

董世荣，生卒年不详，明·庠生，江西省德兴市海口镇人。参见《海川董氏实录》。

注释

[1]碧环山：位于江西省德兴市海口镇海口村北，山上有碧环庵一处。[2]碧水：绿水。元·戴表元《苕溪》诗曰："碧水千塍共，青山一道斜。"[3]津边：渡水的地方；津渡；关津。[4]翠岚：山林中的雾气。唐·皮日休《虎丘寺西小溪闲泛》诗云："鼓子花明白石岸，桃枝竹覆翠岚溪。"[5]岚翠：苍翠色的山雾。唐·白居易《早春题少华东岩》诗云："三十六峰晴，雪销岚翠生。"[6]山僧：云山寺僧人。[7]正似：好像；近似。唐·元稹《崔徽歌》云："眼明正似琉璃瓶，心荡秋水横波清。"[8]虎溪：一指溪名。一指江西省九江市南庐山东林寺前的虎溪。相传晋慧远法师居此，送客不过溪，过此则虎辄号鸣，故名虎溪。

9. 题澹山岩

宋·董与几

厥初谁剖混沌壳，光明仅透天一握。
龙门凿断工有馀，劖划巉岩开洒落。
我来沆砀千崖高，溜雨万丈声萧骚。
岩上风烟岩下水，晚寻丹灶夜渔舠。

作者简介

董与几，字叔存，江西省德兴市海口镇人。南宋绍熙元年（1190年）进士。官至湖北提举、朝议大夫。著有《韵光集》。参见《德兴县志（同治版）》、《全宋诗》、《海川董氏实录》、《海川董氏宗谱》。

注释

[1]澹（dàn）山岩：又名“淡山岩”，位于湖南省永州古城南澹山脚下，永州十景之一。[2]厥（jué）初：最早，开初，最原始。《诗·大雅·生民》曰：“厥初生民，时为姜嫄。”[3]劖（chán）划：劖，用锐利的器具凿或铲，如劖石得泉。[4]巉岩：险峻的山岩。[5]沆砀：白气弥漫子。《汉书·礼乐志》曰：“西颢沆砀，秋气肃杀。”[6]萧骚：风吹树木的声音。五代·齐己《小松》诗云：“后夜萧骚动，空阶蟋蟀听。”[7]丹灶：炼丹用的炉灶。[8]舠（dāo）：小船，“白波若卷雪，侧石不容舠。”

10. 齐山

宋·董俨

千里远木笼秋浦，万里澄江浸落晖。
醉恨春深输杜牧，满头无菊戴将归。

作者简介

董俨，字亨甫，江西省德兴市海口镇人。北宋政和五年（1115年）乙未科进士，官至骑都尉借紫、太常博士、屏山前祖。参见《德兴县志（同治版）》、《江西通志（四库本）》、《海川董氏实录》。

注释

[1]齐山：位于安徽池州市城区、长江南岸，以岩溶地貌为主，遍山岩、洞、石、壑、泉、峡密集丛生，形成奇特幽深、琳琅纷繁的岩溶景观。[2]秋浦：秋日的水滨。唐·张九龄《别乡人南还》诗云："东南行舫远，秋浦念猿吟。"[3]澄（chéng）江：清澈的江水。南朝·齐·谢朓《晚登三山还望京邑诗》："馀霞散成绮，澄江静如练。"[4]杜牧：指唐代诗人杜牧（公元803—约852年），京兆万年（今陕西西安）人，唐大和年间进士，唐会昌五年(845）九月九日重阳节登齐山而作《九日齐山登高》一诗，诗云："江涵秋影雁初飞，与客携壶上翠微。尘世难逢开口笑，菊花须插满头归。但将酩酊酬佳节，不用登临恨落晖。古往今来只如此，牛山何必独沾衣。"

11. 登黄山

元·汪泽民

屹立四千仞，缘回八百盘。
藤萝孤寺合，苔藓一碑残。
风急龙髯断，云深鹤睡寒。
兹山可招隐，吾亦挂吾冠。

作者简介

汪泽民（1285—1355），字叔志，汪藻七世孙，号堪老真逸，江西省德兴市海口镇人。元延祐五年（1318）进士。历任岳州路、平江路同知、南安路推官、国子司业、集贤殿直学正、嘉议大夫、礼部尚书。卒后追封谯国郡公，谥文节。著有《春秋纂疏》、《宛陵群英集（诗集）》。参见《元史》、《元诗选》、《四库全书》、《德兴县志（同治版）》。

注释

[1]登黄山：黄山位于安徽省黄山市，山名取自“黄帝之山”之意。黄山为三山五岳之一，以奇松、怪石、云海、温泉“四绝”著称于世，拥有“天下第一奇山”之称。[2]屹立：高耸挺立。[3]千仞：形容极高或极深。古以八尺为仞。晋·司马彪《赠山涛》诗云：“上凌青云霓，下临千仞谷。”[4]孤寺：孤立无邻的寺庙。唐·张乔《送人归江南》诗云：“岛烟孤寺磬，江月远船筝。

思苦秋回日，多应吟更清。”[5]龙髯：亦作“龙髯”，龙之须。唐·李峤《汾阴行》曰：“自从天子向秦关，玉辇金车不复还。珠帘羽扇长寂寞，鼎湖龙髯安可攀？”[6]招隐：招人归隐。唐·骆宾王《酬思玄上人林泉》诗曰：“闻君招隐地，髣髴（fǎng fèi）武陵春。”

【延伸阅读·山峰】

太常山

宋·董渊

势凌筹谷接苍苍，十二交龙绣作裳。
虎豹关中千树色，凤凰池上万花香。
白云路隔青云暮，金涧泉通玉涧凉。
圣代君臣忻际会，安知磐石镇无疆。

【延伸阅读·对联】

露叶萤光湿

宋·汪恺

《风月堂诗话》记载：（陈文惠）其门一联云“雨网蛛丝断，风枝鸟梦摇”。吾乡人汪恺伯疆易“雨网蛛丝断”为“露叶萤光湿”，则新联为“露叶萤光湿，风枝鸟梦摇”。参见《全宋诗》、搜韵网。

作者简介：汪恺（1070—1142），字伯强，江西省德兴市海口镇人。哲宗绍圣四年（1097）进士，调常州晋陵县主簿。历知抚、袁、江等州，江西转运使，终知全州。高宗绍兴十二年卒，年七十三。事见《浮溪集》卷二六《左朝请大夫知全州汪公墓志铭》。参见《全宋诗》、搜韵网。

12. 少华山

明·胡靖

江南何处是仙家？孤柱擎空见少华。
洞里有天开紫府，人间无地觅丹砂。
灵坛风雨莓苔匝，福地乾坤岁月赊。
方外更闻王子晋，金银楼阁住烟霞。

作者简介

胡靖，字汝宁，江西省德兴市海口镇人。明·景泰五年（1454）甲戌科进士，官至御史大夫、湖广按察使、山东布政使。参见《饶州府志（同治版）》、《德兴县志（同治版）》、《海川董氏实录》。

注释

[1]少华山：即三清山又，道教名山，位于江西省上饶市域内，具有丰富的道教人文景观体系。[2]仙家：仙人所住之处。唐·牟融《天台》诗曰："洞里无尘通客境，人间有路入仙家。"[3]紫府：仙人居住的宫殿；境界。前蜀·贯休《寄天台道友》诗云："紫府称非远，清溪径不迂。"[4]丹砂：即深红的矿物朱砂；丹砂炼成的丹药。明·谢榛《元夕道院同公实五君得家字》诗曰："乘閒来紫府，垂老问丹砂。"[5]莓苔匝：布满了青苔。匝：环绕。[6]王子晋：即王子乔，东周人，周灵王的儿子。

13. 印石

宋·董鼎

奇岩一石水中央，听说形如凤与凰。
夜静时鸣风浪激，烟汀处处是高岗。

作者简介

董鼎，字季亨，号深山，江西省德兴市海口人。南宋初年进士（一说贡生）。官至太学博士。介轩学派代表人物之一。著有《四书疏义》、《书诗二经训释》、《孝经大义》、《尚书辑录纂注》。参见《宋元学案》、《中国儒学辞典》、《海川董氏实录》、《海川董氏宗谱》。

注释

[1]印石：内类似印石的岩石位于江西省德兴市海口镇海口村村东北五南半里山脚下，高约40公分，印石顶上可站立七八人。[2]中央：中心的地方；四方之中。《汉书·李寻传》云："震或於其国，国君之咎也。四方中央连国历州俱动者，其异最大。"[3]风浪：水面上的风和波浪。南北朝·庾信《杨柳歌》云："河边杨柳百丈枝，别有长条踠地垂。河水冲激根株危，倏忽河中风浪吹。"[4]烟汀（tīng）：烟雾笼罩的水边平地。五代·杜荀鹤《鸬鹚》诗云："一般毛羽结羣飞，雨岸烟汀好景时。"[5]高岗：山岗；山丘。宋·文同《木瓜园》云："驱马下高岗，吟鞭只自扬。"

14. 蟠龙岗

清·董尧文

时缘省墓到岗边，一望龙蟠势俨然。
夜戏明珠衔海月，朝翻碧霭带溪烟。

作者简介

董尧文，生卒年等不详，清·太学生、监生，江西省德兴市海口镇人。参见《海川董氏实录》。

注释

[1]蟠（pán）龙岗：江西省德兴市海口镇海口村村东三里，与屏峰山相望。[2]省墓：祭扫坟墓。《南齐书·沉文季传》曰："休祐被杀，虽用薨礼，僚佐多不敢至。文季独往省墓展哀。"[3]龙蟠：即蟠龙，盘伏的龙或回环的龙形；地势显要。三国《吴录》云："钟阜龙蟠，石头虎踞，此帝王之宅。"[4]俨然：严肃庄重的样子。宋·陆游《九月十日夜独坐》诗云："小竖夜阑私怪我，俨然危坐若深思。"[5]夜戏：在夜晚演出的戏剧。元·萨都剌《过镇阳城南观音院》云："门前天暝荷花满，出水游鱼夜戏灯。"[6]明珠：光泽晶莹的珍珠。汉·班固《白虎通·封禅》曰："江出大贝，海出明珠。"[7]碧霭：青绿色的云气。清·曹寅《黄河看月示子猷》诗云："常仪惜轻垂，碧霭滋馀暄。"

15. 芝兰滩

清·胡景颐

滩号芝兰水溯洄，长流千古涤尘埃。
清芬暗向波间渡，里碓声传羯鼓催。

作者简介

胡景颐，生卒年等不详，字少伊，江西省德兴市海口镇人。清·雍正十一年（1724 年）乙卯科举人。参见《饶州府志（同治版）》、《德兴县志（同治版）》、《海川董氏实录》。

注释

[1]芝兰滩：位于江西省德兴市海口镇海口村村东北、村河的上端。[2]溯洄（sùhuí）：逆着河流的道路往上游走。《诗经·秦风·蒹葭》云："溯洄从之，道阻且长。溯游从之，宛在水中央。"[3]尘埃：飞扬的灰土；犹尘俗。《史记·屈原贾生列传》曰："濯淖污泥之中，蝉蜕于浊秽，以浮游尘埃之外。"[4]清芬：清香。清·陈维嵩《月华清·为蒋元肤催妆》词云："寄语酒徒蒋济，总北酿清芬，休教酩酊。"[5]里碓（duì）：泉水滴穿的石坑；激流冲刷形成的大漩涡。[6]羯（jié）鼓：古代打击乐器的一种。起源于印度，从西域传入，盛行于唐开元、天宝年间。唐·温庭筠《华清宫》诗云："宫门深锁无人觉，半夜云中羯鼓声。"

16. 江上

宋·董颖

万顷沧江万顷秋，镜天飞雪一双鸥。
摩挲数尺沙边柳，待汝成阴系钓舟。

作者简介

董颖，字仲达，江西省德兴市海口镇人。北宋徽宗宣和六年（1124 年）进士，官至太学正。博通五经，工于诗词。著有《薄媚·西子词》、《霜杰集》。《全宋诗》录诗十五首。录入《中国文学家大辞典》。参见《德兴县志（同治版）》、《江西通志（四库本）》。

注释

[1]沧江：江流、江水；以江水呈苍色而故称。明·张含《己亥秋月寄杨升庵》诗云："比来消息风尘断，白首沧江学钓鱼。"[2]万顷：百万亩；百亩为一顷；形容面积广阔。宋·杨万里《过金沙洋望小海》诗云："须臾满眼贾胡船，万顷一碧波黏天。"[3]镜天：明净的天空。宋·陈亮《一丛花·溪堂玩月作》词曰："冰轮斜辗镜天长，江练隐寒光。"[4]待汝：等待你。宋·李时亮《飞云山》云："于今待汝为霖雨，莫向山中变白衣。"[5]摩挲：揉搓；抚摸。唐·韩愈《石鼓歌》云："牧童敲火牛砺角，谁復著手为摩挲？"[6]钓舟：犹渔船。唐·李涉《硖石遇赦》诗云："荷蓑不是人间事，归去沧江有钓舟。"

17. 远浦风帆

——海川十景之一

宋·董真卿

一望平川眼界开，暮天不尽鸟飞回。
帘旗忽动微风起，遥认蒲帆数点来。

作者简介

董真卿，字季真，江西省德兴市海口镇人。北宋政和二年（1112年）进士，官至谏议大夫。董鼎之子。学于双湖勿轩。南宋介轩学派代表人物之一。著有《周易会通（14卷）》。参见《宋元学案》、《江西通志（四库本）》、《德兴县志（同治版）》、《海川董氏实录》。

注释

[1]平川：平坦的地势。陆游《汉宫春·羽箭雕弓词》云："羽箭雕弓，忆呼鹰古垒，截虎平川。"[2]暮天：傍晚的天空。唐·王昌龄《潞府客亭寄崔凤童》诗曰："秋月对愁客，山钟摇暮天。"[3]帘旗：帆船桅杆上悬挂的旗帜。宋·卢秉《宫词十首》云："花萼蜂儿影，帘旗燕子风。"[4]遥认：远远看到；远远判断。唐·白居易《西河雨夜送客》云："酒罢无多兴，帆开不少留。唯看一点火，遥认是行舟。"[5]蒲帆：用蒲草编织的帆。唐·李贺《江南弄》诗云："水风浦云生老竹，渚暝蒲帆如一幅。"

二、月云雨雪水池潭

1. 碧波秋月

——海川十景之一

宋·董真卿

碧潭风静息微澜，玉宇澄秋片月寒。
一色玻璃三百顷，水天交浸烂银磐。

作者简介

董真卿，字季真，江西省德兴市海口镇人。北宋政和二年（1112年）进士，官至谏议大夫。董鼎之子。学于双湖勿轩。南宋介轩学派代表人物之一。著有《周易会通（14卷）》。参见《宋元学案》、《江西通志（四库本）》、《德兴县志（同治版）》、《海川董氏实录》、《海川董氏宗谱》。

注释

[1]碧波：清澄绿色的水波。唐·李白《江夏送林公上人游衡岳序》曰："欲将振五楼之金策，浮三湘之碧波。"[2]微澜（lán）：小波纹。澜，指波浪，大波为澜，小波为沦。[3]玉宇：用玉建成的殿宇，天帝神仙的住所；天空、宇宙。[4]澄（chéng）秋：澄，水静而清，澄清，澄碧，澄静。[5]烂银磐：烂，明亮、光明，色彩绚丽，《诗·郑风·女曰鸡鸣》云"明星有烂。"磐，大石，巨石，磐石。

2. 两坞耕云

——海川十景之一

宋·董真卿

土膏新润水泉新，宿雨晴来草树春。
坐啸不知农事起，隔溪遥见耦耕人。

作者简介

董真卿，字季真，江西省德兴市海口镇人。北宋政和二年（1112年）进士，官至谏议大夫。董鼎之子，学于双湖勿轩。南宋介轩学派代表人物之一。著有《周易会通（14卷）》。参见《宋元学案》、《江西通志（四库本）》、《德兴县志（同治版）》、《海川董氏实录》、《海川董氏宗谱》。

注释

[1]两坞：坞，泛指四面高中央低的处所，如山坞、山坳。清曹雪芹《红楼梦》曰："方离柳坞，乍出花房。"[2]耕云：亦作"耕芸"、"耕耘"，指翻土除草，农事耕种；比喻辛勤劳动。《管子·八观》曰："行其田野，视其耕芸，计其农事。"汉·桓宽《盐铁论·散不足》曰："春夏耕耘，秋冬收藏。"[3]土膏：肥沃的土地。南朝·梁武帝《藉田》诗云："千亩土膏紫，万顷陂色缥。"[4]坐啸：闲坐吟啸，指为官清闲或不理政事。[5]耦（ǒu）耕：指二人并耕。后亦泛指农事或务农。

3. 西山暮雨

——海川十景之一

宋·董真卿

凭栏西望郁巑岏，岚色光浮耸翠鬟。
好是晚风吹雨过，数峰如画有无间。

作者简介

董真卿，字季真，江西省德兴市海口镇人。北宋政和二年（1112年）进士，官至谏议大夫。南宋介轩学派代表人物之一。著有《周易会通（14卷）》。参见《海川董氏实录》、《海川董氏宗谱》。

注释

［1］西山：又叫鹤山，与纱帽山相连相邻。［2］巑岏（cuán wán）：山高锐貌、高峻的山峰。南朝·宋·鲍照《登庐山望石门》诗曰："崭绝类虎牙，巑岏象熊耳。"［3］耸翠：形容山峦、树木等高耸苍翠。唐·高扬庭《瑞麦赋》云："芒纤纤而擢陇，叶青青而耸翠。"

【知识链接·名景】

海川古镇十景

海川古镇（今称海口镇）有著名八景：扶舆春涛、碧波秋月、山市楼台、两坞耕云、孤舟钓雪、沙汀鸥鹭、西山暮雨、东屏晓色、远蒲风帆、长江烟树。

4. 夜雨遣兴

宋·汪藻

风雨鸣窗报客知，还孤月底探梅期。
泉声犹自断还续，遥想栖禽无定枝。

作者简介

汪藻（1079—1154年），字彦章，号浮溪，江西省德兴市海口镇人。宋崇宁二年（1103）进士。历任太常少卿、起居舍人、显谟阁大学士、左大中大夫，封新安郡侯。著名文学家、诗人。以鸿文硕学闻于当世，俗语有“江左二宝，胡伸汪藻”。著有《浮溪集》等书。参见《宋史》、《全宋诗》、《四库全书》、《中国文学家大辞典》。

注释

[1]遣兴：抒发情怀，解闷散心。元·曾瑞《喜春来·寻乐》曲云：“湖山遣兴还诗债，杖履寻芳释闷怀。”清·吴敬梓《儒林外史》第十五回云：“偶尔遣兴之作，颇不足观。”[2]鸣窗：飘打；交响。唐·牟融《秋夜醉归有感而赋》云：“竹窗凉雨鸣秋籁，江郭清砧捣夜寒。”[3]还孤：还需孤孤单单；默默等待。唐·吕岩《绝句》云：“独上高峰望八都，黑云散后月还孤。”[4]梅期：入梅与出梅间的时段，又称梅雨期。宋·杨万里《普明寺见梅》云：“城中忙失探梅期，初见僧窗一两枝。”[5]泉声：唐·灵一《送王颖悟归左绵》云：“想得故山青霭里，泉声入夜独潺潺。”

5. 清明雨

元·董寿民

子规声里又清明，病起支筇独步行。
愁见胥徒催役事，梦录游子计归程。
禁烟门巷梨花老，积雨池塘春草生。
引睇松楸遥洒泪，裂钱犹待十分晴。

作者简介

董寿民（1267—1345年），字松间，号懒翁，江西省德兴市海口镇人。元·庠生、居士、隐士。元时归隐不仕，陶情觞咏，善工诗词。元末诗人。著有《元懒翁诗集》。参见《海川董氏实录》、《海川董氏宗谱》。

注释

[1]子规：杜鹃鸟的别名。唐·杜甫《子规》诗云："两边山木合，终日子规啼。"[2]支筇（qióng）：拄着拐杖。筇，筇竹，实心节高，宜于作拐杖。宋·丘葵《支筇》诗云："多少关情处，支筇古树阴。"[3]胥徒：民服徭役者；官府衙役。宋·王禹偁《扬州寒食赠屯田张员外》诗曰："胥徒费簿领，使客烦送迎。"[4]引睇（dì）：遥望。明·吾丘瑞《运甓记·缄报平安》云："欲见无由空引睇，缄书如泪寄江鳞。"[5]松楸（qiū）：松树与楸树；墓地多植，因以代称坟墓。唐·朱子奢《文德皇后挽歌》云："寒光向

垄没，霜气入松楸。[6]裂钱：宋·张耒《寒食歌》云："旧坟新冢累累是，裂钱浇酒何人家。"

【延伸阅读·十景1】

西山暮雨

元·董寿民

山云载雨夕阳边，密洒斜飞度远天。
伴我小楼看爽气，任渠高阁卷珠帘。

【延伸阅读·十景2】

碧潭秋月

元·董寿民

玉宇无尘月更明，寒潭印影老龙腾。
主人俯仰观光景，心与乾坤一样清。

【延伸阅读·十景3】

寒江钓雪

元·董寿民

江上风寒雪片深，孤舟渔夫钓江心。
鬓眉交白君休笑，会见持顺来听琴。

6. 赠天师府道童祈雨赞

明·董俸

笔洒青天墨染云，胸中造化氤氲。
霎时间，大雨倾盆。
处处禾苗茂盛，村村儿女欢欣。
大家问道，是谁恩？
呀！这都是仙转乾坤，仙转乾坤。

作者简介

董俸，字公爵，江西省德兴市海口镇人。明·弘治十一年（1497年）戊午科举人，官至广德学正、临湘知县、江夏知县。参见《德兴县志（同治版）》、《海川董氏实录》、《海川董氏宗谱》。

注释

[1]赠天师府道童祈雨赞：董俸七龄之诗作。[2]道童：亦作“道僮”，为修道者执役的童子。《全元散曲·贺圣朝》曰：“道童将驴鞴上鞍，忍不住只恁般顽。”[3]氤氲（yīn yūn）：迷茫；弥漫的烟气。三国·魏·曹植《九华扇赋》曰：“效虬龙之蜿蝉，法虹霓之氤氲。”元·王实甫《西厢记》第三折云：“又不是轻云薄雾，都只是香烟人气，两般儿氤氲得不分明。”[4]乾坤：乾坤，一般代表天地，阴阳。唐·杜甫《登岳阳楼》诗云：“吴楚东南坼，乾坤日夜浮。”

7. 孤舟钓雪

——海川十景之一

宋·董真卿

溪江渐渐晚云同，雪满扁舟一钓翁。
净洗银河清到骨，不知身在画图中。

作者简介

董真卿，字季真，江西省德兴市海口镇人。北宋政和二年（1112年）进士，官至谏议大夫。南宋介轩学派代表人物之一。著有《周易会通（14卷）》。参见《海川董氏实录》、《海川董氏宗谱》。

注释

[1]溪江：溪水与江流；此指流经海口镇域的“海口河”，计有16公里。[2]扁舟：小船；像一片小树叶那样的小船。宋·苏轼《前赤壁赋》云：“驾一叶之扁舟，举匏尊以相属。”[3]钓翁：渔翁。唐·李贺《南园》诗之十云：“舍南有竹堪书字，老去溪头作钓翁。”[4]银河：又名天河，即晴天夜晚，天空呈现的银白色的光带。隋·江总《内殿赋新诗》云：“织女今夕渡银河，当见新秋停玉梭。”唐·李白《望庐山瀑布》诗云：“飞流直下三千尺，疑是银河落九天。”[5]画图：图像、画像；比喻优美的景色。唐·薛媛《写真寄夫》诗云：“恐君浑忘却，时展画图看。”

8. 鹅颈水

明·董来

引领遥观水面浮，支分一线浪悠悠。
谁家不把鹅龙去，竟使长鸣蓼岸头。

作者简介

董来，生卒年不详，明·庠生，江西省德兴市海口镇人。参见《海川董氏实录》、《海川董氏宗谱》。

注释

[1]鹅颈水：位于德兴市海口镇海口村村东北一里处。[2]引领：抬头；仰脖子。魏晋·陆机《拟迢迢牵牛星诗》云："引领望大川，双涕如沾露。"[3]遥观：遥远观望。宋·冯时行《题泸南石》云："云间依约起楼台，江上遥观眼豁开。"[4]鹅龙：像龙一样的鹅。[5]蓼（lù）：形容植物高大。《诗经·小雅·蓼莪》云："蓼蓼者莪，匪莪伊蒿。哀哀父母，生我劬劳。"

【知识链接·水系】

海口的水系

海口镇域内的水系主要有：三水即江西李宅水、浙江体泉水与安徽乐安水；一河即海口河（或称海口村河、海口镇河）；五条小溪即八字水、鹅颈水、碧波水、芝兰滩与仙从脚泉水。

9. 八字秀水

清·董毓华

活水洋洋曲岸流，徐行荡漾送沙鸥。
支分八字波层折，说隔杨林脑上洲。

作者简介

董毓华，字含真，号憨翁，江西省德兴市海口镇人。清·雍正十年（1799）贡生。参见《德兴县志（同治版）》、《海川董氏实录》、《海川董氏宗谱》。

注释

[1]八字秀水：即八字水：位于德兴市海口镇海口村村西二里，村河下端。[2]活水：静流之水；有源头常流动的水。汉·王充《论衡·状留》曰："活水，沙石不转；洋风，毛芥不动。"朱熹《观书有感》诗云："问渠那得清如许，为有源头活水来。"[3]徐行：缓慢前行。宋·曾巩《喜晴》诗云："今晨霾曀一扫荡，羲和徐行驱六龙。"[4]沙鸥：俗称江、鸥海鸥，栖息沙洲的鸥一类的水鸟。唐·左偃《江上晚泊》云："寒云淡淡天无际，片帆落处沙鸥起。"

【知识链接·水系】

海口的池塘潭

海口镇域内的池塘潭主要有：凤池、日池、月池、养生池、芙蓉池、藕池、深湖、枣林池、荷花塘、胡家潭、七角潭。

10. 凤池

元·董见可

丝纶继美集簪缨，池取高岗彩凤名。
润澈面书贻世泽，香沾翰墨毓群英。
朝谐雅奏钟铃动，夜焕文光牛斗明；
一举首登楼远望，龙津哕哕欲蜚声。

作者简介

董见可，字有衡，江西省德兴市海口镇人。元·至元二十八年（1292年）辛卯科举人，官至江州知事。参见《德兴县志（同治版）》、《海川董氏实录》、《海川董氏宗谱》。

注释

[1]凤池：位于德兴市海口镇海口村村东门书院前面。[2]簪缨（zān yīng）：古代达官贵人的冠饰；后遂借以指高官显宦。唐·李白《少年行》之三曰："遮莫姻亲连帝城，不如当身自簪缨。"明·冯梦龙《东周列国志》第四十四回云："文公依其言，使内侍以簪缨袍服，往召郤缺。"[3]贻：赠给、遗留。[4]毓（yù）：养育、培养。班固《答宾戏》曰："鸟鱼之毓山泽，得气者蕃滋，失时者零落。"[5]文光：错杂的波光；绚烂的文采。清·黄遵宪《岁暮怀人》诗云："赤嵌城高海色黄，乍销兵气变文光。"[6]龙津：龙门、龙池。《晋书·郭璞传》云："登降纷於九五，沧涌悬乎龙津。"[7]哕哕（huì huì）：有节奏的铃声。《水浒传》第八二回云："九重门启，鸣哕哕之鸾声。"

11. 日池

明·练炫

地脉汪洋若个穿，扶桑日暖到池边。
楼台倒影文光显，灿烂云霞薄九天。

作者简介

练炫，字子辉，江西省德兴市海口镇人。明·正德五年（1511）庚午科举人，官至石埭县令。参见《德兴县志（同治版）》、《海川董氏实录》、《海川董氏宗谱》。

注释

[1]日池：位于德兴市海口镇海口村村书院背后。[2]地脉：地的脉络；地势；地下水。唐·孟云卿《放歌行》云："地脉日夜流，天衣有时扫。"[3]扶桑：又名朱槿、佛槿，四季常开，主供园林观用；也用来称东方极远处或太阳出来的地方。《文选·陆士衡·乐府·日出东南隅行》曰："扶桑开朝晕，此高台端。"[4]倒影：亦作"倒景"，映在水中，倒立的影子。唐·高骈《山亭夏日》诗云："绿树阴浓夏日长，楼台倒影入池塘。"[5]灿烂：明亮貌；鲜明貌。隋·诸葛颍《奉和月夜观星》云："星月满兹夜，灿烂还相临。"《二刻拍案惊奇》卷十三云："微茫几点疏星，户前相引；灿烂一钩新月，木末来邀。"[6]九天：天的最高处，形容极高；传说古代天有九重，也作"九重天"。魏晋·庾阐《观石鼓》诗云："鸣石含潜响，雷骇震九天。"

12. 月池

清·董枝桂

影在池塘月在天，波云上下共澄鲜。
蟾宫倒向虚空凿，近处楼台得最先。

作者简介

董枝桂，字子芳，号韦斋，江西省德兴市海口镇人。清·乾隆元年（1736）丙辰科举人，官至南昌府奉新县训导。参见《德兴县志(同治版)》、《海川董氏实录》、《海川董氏宗谱》。

注释

[1]月池：位于德兴市海口镇海口村村书院背后。[2]波云：像云彩和水波那样；飘荡不定的云气。唐·刘慎虚《江南曲》曰："日暮还家望，云波横洞房。"[3]澄鲜：清新。南朝·宋·谢灵运《登江中孤屿》诗曰："云日相辉映，空水共澄鲜。"[4]蟾宫：月宫；月亮。唐·许昼《中秋月》诗云："应是蟾宫别有情，每逢秋半倍澄清。"[5]倒向：南北朝·沈炯《长安少年行》云："朝复一日，忽见朝市空。扶桑无复海，昆山倒向东。"[6]虚空：空无所有，空虚；天空、太空。《庄子·徐无鬼》曰："夫逃虚空者，藜藋柱乎鼪鼬之径。"唐·岑参《与高适薛据登慈恩寺浮图》诗云："登临出世界，磴道盘虚空。"

13. 芙蓉池

明·董礼初

馆外芙蓉出水鲜，淤泥不染濯清涟。
娇迎晓日人何处，倚栏临风忆昔年。

作者简介

董礼初，明·居士，儒林，江西省德兴市海口镇人。参见《海川董氏实录》、《海川董氏宗谱》。

注释

[1]芙蓉池：位于德兴市海口镇海口村村南。[2]芙蓉：芙蓉花、木芙蓉，一种锦葵科植物，花美丽，白色或粉红色。魏晋·无名氏《子夜四时歌》云："芙蓉始结叶，抛艳未成莲。"[3]水鲜：南北朝·阮研《棹歌行》云："芙蓉始出水，绿荇叶初鲜。"[4]濯(zhuó)：洗刷、光明。[5]清涟：水清而有微波貌；清水。唐·杜甫《重题郑氏东亭》诗云："崩石欹山树，清涟曳水衣。"[6]晓日：朝阳；清晨。唐·刘禹锡《酬令狐相公使宅别斋初栽桂树见怀之作》诗云："影近画梁迎晓日，香随绿酒入金杯。"元·郝经《贤台行》云："晓日曈昽赤羽旗，燕王北面亲前席。"[7]倚栏：亦作"倚阑"；凭靠在栏干上。唐·赵嘏《宿灵岩寺》诗云："倚栏香径晚，移石太湖秋。"[8]临风：迎风；当风。《楚辞·九歌·少司命》曰："望美人兮未来，临风怳兮浩歌。"

14. 养生池

清·董仲和

传说芍开自德彰，先师何事建池塘。
人言弭患安千载，我渭钟灵毓一乡。
海水养成仙鲤质，龙门漾澈碧波光。
源头活泼知无限，澞发书斋笔墨香。

作者简介

董仲和，字次中，号莲峰，江西省德兴市海口镇人。清·乾隆四十年（1776年）丁酉科举人，官至建昌府新城县训导。参见《德兴县志（同治版）》、《海川董氏实录》、《海川董氏宗谱》。

注释

[1]养生池：位于德兴市海口镇海口村村中练家巷聪门口前。[2]芍：芍药，多年生草本植物，羽状复叶。[3]德彰：道德彰显；芍药花开。南北朝·梁神荐《芳林园甘露颂》云；“福以德彰，庆沿业皎。”[4]弭患：消除祸患。唐·刘禹锡《武陵观火诗》云：“无苛自可乐，弭患非所图。”[5]钟灵毓：即钟灵毓秀，指山川秀美，人才辈出。唐·柳宗元《马退山茅亭记》曰：“天台为仙境，为佛地，无怪钟灵毓秀，甲于他邑。”[6]澞（yú）：丘陵间的溪水。[7]书斋：书房；读书的地方。唐·王勃《赠李十四诗》云：“直当花院里，书斋望晓开。”

15. 浴龙池

宋·程瑀

异人古剑昔时分，漕运充兵为弟昆。
蛟害已除公亦殒，至今银港水犹浑。

作者简介

程瑀（1087—1152），字伯寓，号愚翁，饶州浮梁（今属江西）人。宋徽宗政和六年（1117 年）进士。历任校书郎、提点江东刑狱、给事、知抚州、知严州、兵部侍郎兼侍读、兵部尚书、知信州。著有《饱山集》六十卷、《论语说》、《周礼仪》等。参见《中国历代人名大辞典》。

注释

[1]浴龙池：位于德兴市海口镇海口村村东北。[2]异人：怀有异才、特殊本领的人。《三国演义·第六十二回》曰："吾闻锦屏山中有一异人，道号紫虚上人，知人生死贵贱。"[3]漕运：利用水道（河道和海道）调运粮食（主要是公粮）的一种专业运输。宋·王禹偁《献转运使雷谏议》云："江南江北接王畿，漕运帆樯去似飞。"[4]弟昆：弟兄。宋·苏轼《东坡》诗曰："吾师卜子夏，四海皆弟昆。"[5]蛟害：蛟龙之害。蛟，古代传说中一种能发洪水的龙。[6]殒（yǔn）：死亡、殒命。

16. 藕池

清·吴遁斋

藕池遗庙属何年，天佑忠臣事可怜。
坠地蛇龙空作雨，断阶萤草自无烟。
山河带砺唐安在，熏业嫖姚汉尚传。
啼鸟亦知亡国恨，为公啼过落花前。

作者简介

吴遁斋，生卒年不详，清·文庠，江西省德兴市海口镇人。参见《海川董氏实录》。

注释

[1]藕池：位于德兴市海口镇海口村村西南。[2]遗庙：犹古庙。唐·杜甫《武侯庙》诗云："遗庙丹青落，空山草木长。"[3]天佑上天佑助。《宋书·卷二十·乐志二》云："天佑圣皇，万邦来贺。"[4]山河带砺：泰山小得象块磨刀石，黄河细得象条衣带；比喻时间久远，任何动荡也决不变心。《史记·高祖功臣侯者年表》曰："使河如带，泰山若砺，国以永宁，爰及苗裔。"[5]嫖姚：矫捷强劲；汉代对将军的称号。唐·李白《塞下曲》之三云："功成画麟阁，独有霍嫖姚。"[6]啼鸟：唐·武元衡《和李丞题李将军林园》云："落英飘蕊雪纷纷，啼鸟如悲霍冠军。"

17. 泗洲堂

清·董瀛秀

四水并流脉络通，怀珠孕玉在其中。
堂开锦绣人文蔚，地列屏帷庙貌崇。
翠柏凌云留古迹，寒泉汲井瀹心聪。
休哉胜地簪缨远，世代书香续懒翁。

作者简介

董瀛秀，字我随，号立庵，江西省德兴市海口镇人。清·康熙四十一年（1703）壬午科举人，官至宁国县知县。参见《德兴县志（同治版）》、《海川董氏实录》、《海川董氏宗谱》。

注释

[1]泗洲堂：又叫泗洲庙，有水塘，位于德兴市海口镇海口村村中。[2]脉络：动脉和静脉的统称；山的主脉支脉水的主流支流。明·徐弘祖《徐霞客游记·滇游日记六》云："一山之脉络，皆以兹为绾毂云。"[3]人文：人类的礼乐教化。《易经·贲卦·彖》曰："观乎天文以察时变，观乎人文以化成天下。"[4]屏帷：内室。《红楼梦》第七八回云："诼谣謑诟，出自屏帷，荆棘蓬榛，蔓延窗户。"[5]瀹（yuè）心：瀹，煮、浸渍、疏导（河道）。清·李兴祖《趵突泉赋》云："汲其碧，可以瀹心；扬其清，更为彻骨。"[6]懒翁：即董寿民（1267—1345年），字松间，号懒翁，江西省德兴市海口镇人。元末诗人。著有《元懒翁诗集》。

18. 荷花塘

清·胡奇尧

说种荷花是此塘，亭亭净植冠群芳。
鹭戏鱼游欣得意，淤泥不染满池香。

作者简介

胡奇尧，生卒年不详，江西省德兴市海口镇人。清·康熙三十年（1692）贡生。官至临江府司训。参见《德兴县志（同治版）》、《海川董氏实录》、《海川董氏宗谱》。

注释

[1]荷花塘：位于德兴市海口镇海口村南。[2]说种：口头讲要种植（荷花）。宋·冯山《题辛叔仪花园》云："前载闻君说种花，重来轩槛早芬葩。只知造化随人力，岂觉光阴换岁华。"[3]净植：原指洁净的枝干；后作为莲花或荷花的代称。宋·周敦颐名作《爱莲说》曰："出淤泥而不染，濯清涟而不妖；中通外直，不蔓不枝，香远益清，亭亭净植，可远观而不可亵玩焉！"[4]鹭戏：白鹭戏水。鹭，鸟类的一科，翼大尾短，嘴直而尖，颈和腿很长，常见的有"白鹭"、"苍鹭"、"绿鹭"等。宋·无名氏《郎官湖亭》云："郎官遗爱凿成湖，李白题诗在昔初。春水浪翻惊野鹭，夏荷盘侧戏游鱼。"[5]淤泥不染：生长在淤泥中，而不被污泥所污染。清·陈维英《并蒂莲》云："淤泥不染两朱丹，此种应教号合欢。若使亭亭还解语，同心相对臭如兰。"

19. 胡家潭

清·胡凤起

荡漾波摇析木枝，居然暘谷焕重离。
灵光晃耀寰区满，浴日依稀是此池。

作者简介

胡凤起，生卒年不详，字虎臣，江西省德兴市海口镇人。清·康熙五十六年（1718）丁酉科举人。参见《德兴县志（同治版）》、《海川董氏实录》、《海川董氏宗谱》。

注释

[1]胡家潭：位于德兴市海口镇海口村村南。[2]暘（yì）谷：暘，太阳在云层里忽隐忽现；太阳无光。暘谷，东方、太阳升起的地方。宋·姜特立《杨诚斋作日屋名小暘谷次其韵》云："旋规暘谷敌霜天，掩映金乌上紫烟。"[3]重离（zhòng lí）：太阳；帝王。晋·陆云《喜霁赋》云："尔乃俯顺习坎，仰炽重离，兼明畅而天地晔兮，羣生悦而万物齐。"[4]灵光：神异的光辉；圣贤的德泽。明·屠隆《綵毫记·仙官列奏》云："灵光现真人，形气参幻化。"[5]晃耀：闪耀；辉映。三国·魏·曹植《鞞舞歌·灵芝篇》曰："荣华相晃耀，光采曄若神。"[6]浴日：太阳初从水面升起。唐·杨巨源《寄昭应王丞》诗云："光动泉心初浴日，气蒸山腹总成春。"[7]依稀：隐约；不清晰。宋·梅尧臣《至和元年四月二十日夜梦觉而录之》诗云："滉朗天开云雾阁，依稀身在凤皇池。"

20. 七角潭

清·董执中

秀水生波几万里，潭开七角傍西峰。
桃花浪暖三春候，引起凡鱼悉化龙。

作者简介

董执中，字允其，江西省德兴市海口镇人。清·顺治十一年（1655）贡生。参见《德兴县志（同治版）》、《海川董氏实录》、《海川董氏宗谱》。

注释

[1]七角潭：位于德兴市海口镇海口村村西。[2]秀水：清澈鲜亮之水。宋·刘攽《送程少卿》云："故乡秀水三百里，送远游子情无穷。"[3]浪暖：浪水变暖。宋·毛滂《偶成二首》云："此生弱草寄轻尘，辜负南山笋蕨春。好去桃花破浪暖，清风明月不辜人。"[4]三春：孟春、仲春、季春；春季的第三个月即暮春；三个春天即三年。唐·孟郊的《游子吟》云："慈母手中线，游子身上衣。临行密密缝，意恐迟迟归。谁言寸草心，报得三春晖！"[5]凡鱼：普通的鱼类。唐·自在《放少师行脚时颂》云："放汝南行入大津，碧潭深处养金鳞。等闲莫与凡鱼伴，直透龙门便出身。"[6]化龙：唐·胡曾《咏史诗葛陂》云："长房回到葛陂中，人已登真竹化龙。莫道神仙难顿学，嵇生自是不遭逢。"

21. 茅墩石堪潭

清·董星曜

石堪高低气势张，茅墩草色共呈芳。
潭中有水神龙卧，一听春雷上九苍。

作者简介

董星曜，字友月，号珠光，江西省德兴市海口镇人。清·康熙五十五年（1717）贡生，官至瑞金训导。参见《德兴县志（同治版）》、《海川董氏实录》、《海川董氏宗谱》。

注释

[1]茅墩石堪潭：位于德兴市海口镇海口村村南。[2]石堪：堪，地面突起处；引申为高。东汉·许慎《说文》云："堪，地突也。谓土之坟起者。"[3]气势：气象；形势。唐·杜牧《长安秋望》诗云："南山与秋色，气势两相高。"[4]茅墩：墩，土墩、石墩。东汉·许慎《说文》曰："墩，平地有堆。"[5]九苍：九天。三国·魏·阮籍《答伏义书》云："夫九苍之高，迅羽不能寻其巅。"[6]草色：唐·无名氏《杂诗》云："花落长川草色青，暮山重叠两冥冥。"[7]神龙：宋·王十朋《观潮阁》云："雷初出地神龙怒，银忽成山海若骄。"[8]春雷：宋·杨杰《恭轩》云："春雷惊起苍龙角，春风摆开紫云箨。"[9]九苍：犹九天。三国·魏·阮籍《答伏义书》曰："夫九苍之高，迅羽不能寻其巅。"

22. 扶舆春涛

——海川十景之一

宋·董真卿

夭桃夹岸落红飞，滟滟波痕雨后肥。
装得满舡鸥鹭起，柳边新涨没鱼矶。

作者简介

董真卿，字季真，江西省德兴市海口镇人。北宋政和二年（1112年）进士，官至谏议大夫。董鼎之子，学于双湖勿轩。南宋介轩学派代表人物之一。著有《周易会通（14卷）》。参见《宋元学案》、《江西通志（四库本）》、《德兴县志（同治版）》、《海川董氏实录》、《海川董氏宗谱》。

注释

[1]扶舆：扶摇；盘旋升腾貌。汉·王褒《九怀·昭世》曰："登羊角兮扶舆，浮云漠兮自娱。"[2]夭桃：艳丽的桃花。宋·曾巩《南湖行》之二曰："蒲芽荇蔓自相依，踯躅夭桃开满枝。"[3]滟滟：水光貌，形容水波闪动的样子。唐·皇甫松《采莲子》曰：船动湖光滟滟秋，贪看年少信舡流。[4]满舡（chuán）：同"船"。《儒林外史》那日叫了一只小舡，在水西门起行。[5]鱼矶：亦称渔矶，可供垂钓的水边岩石。明·高启《答默堂在绍兴见寄》诗云："共买鱼矶瓮城下，迩来江湖向谁明。

三、春秋花鸟树园墩

1. 春日

宋·汪藻

一春略无十日晴，处处浮云将雨行。
野田春水碧于镜，人影渡傍鸥不惊。
桃花嫣然出篱笑，似开未开最有情。
茅茨烟暝客衣湿，破梦午鸡啼一声。

作者简介

汪藻（1079—1154 年），字彦章，号浮溪，江西省德兴市海口镇人。崇宁二年（1103）进士。历任太常少卿、起居舍人、显谟阁大学士、左大中大夫，封新安郡侯。著名文学家、诗人。著有《浮溪集》等书。参见《宋史》、《全宋诗》、《四库全书》、《中国文学家大辞典》。

注释

[1]春日：汪藻少年时在家乡海口镇时所写。[2]略无：大概没有。宋·方岳《春日杂兴》云："牡丹又是一年过，春事略无三日晴。"[3]出篱：钻出篱笆。篱，竹苇篱笆。唐·元稹《遣行十首》云："犬吠穿篱出，鸥眠起水惊。"[4]茅茨：草盖的屋顶；茅屋。唐·钱起《早渡伊川见旧邻作》诗云："村落通白云，茆茨隐红叶。"

2. 秋日作

明·练子宁

水精帘动桂花风，湘簟凉生八月中。
魄落西窗银烛里，乌丝雪茧寄秋鸿。

作者简介

练子宁（1350—1402 年），名安，字子宁，号松月居士，江西德兴市海口镇人（一说江西省新淦县人）。洪武十八年（1385 年）进士，授翰林修撰。历任工部侍郎、吏部左侍郎、御史大夫。燕王即位，练子宁拒死不从，被断舍磔死。练死后，海口练姓偷其尸体运回海口，葬于海口村南。练子宁平反昭雪后，海口人在海口村练家弄建造了练子宁忠贞祠即今天的“聪门”。练博学多才，善工文章。著有《金川玉屑集》。参见《中国文学家大辞典》、《海川董氏实录》。

注释

[1]水精帘：用水晶制成的帘子；晶莹华美的帘子。唐·温庭筠《菩萨蛮》词云：“水精帘里颇梨枕，暖香惹梦鸳鸯锦。”[2]湘簟(diàn)：湘竹编的席子。唐·韦应物《横塘行》曰：“玉盘的历矢白鱼，湘簟玲珑透象牀。”[3]乌丝：乌丝栏，上下以乌丝织成栏，其间用朱墨界行的绢素。后亦指有墨线格子的笺纸。[4]雪茧：雪白的蚕茧。元·王逢《寒机女辞》云：“鸳鸯机满东西舍，雪茧缫来日相射。”[5]秋鸿：秋日的鸿雁。宋·苏轼《送陈睦知潭州》诗云：“有如社燕与秋鸿，相逢未稳还相送。”

3. 咏菊

宋·汪藻

依倚西风不自持，葳蕤羽葆杂金规。
繁开不负朝阳色，独步非关昊帝私。
把酒可能追靖节，掇苗终欲慕天随。
春红过尽聊经眼，赖有芬菲慰所思。

作者简介

汪藻（1079—1154 年），字彦章，号浮溪，江西省德兴市海口镇人。崇宁二年（1103）进士。历任太常少卿、起居舍人、显谟阁大学士、左大中大夫，封新安郡侯。著名文学家、诗人。以鸿文硕学闻于当世，俗语有“江左二宝，胡伸汪藻”。著有《浮溪集》、《文献通考》、《世说新语叙录》二卷、《青唐录》三卷、《裔夷谋夏录》三卷、《靖康要录》、《古今俗雅字》等书。参见《宋史》、《全宋诗》、《四库全书》、《中国文学家大辞典》、《德兴县志（同治版）》、《江西通志(四库本)》。

注释

[1]依倚（yǐ）：倚靠；依傍。清·孙枝蔚《归来》诗云：“依倚诸有位，不如为农商。”[2]自持：自我克制。唐·元稹《莺莺传》云：“非礼之动，能不愧心。特愿以礼自持，毋及于乱。”[3]葳蕤（wēi ruí）：草木茂盛枝叶下垂貌；羽毛饰物貌。[4]羽葆：帝王

仪仗中以鸟羽联缀为饰的华盖。[5]非关：不是因为；无关。[6]昊帝：玉帝。[7]靖节：靖节先生，是东晋著名诗人陶渊明的私谥。唐·赵嘏《赠桐乡丞》诗云："若教靖节先生见，不肯更吟《归去来》。"[8]天随：随顺天然；纯任自然。唐·李肇《唐国史补》卷下云："吾之于五弦也，始则心驱之，中则神遇之，终则天随之。"

【延伸阅读·花草】

斋中见杏花残枝有感

元·汪泽民

杏花憔悴减胭脂，闭户春深笑不知。
芳艳半开争共赏，何人还爱雨馀枝。

【延伸阅读·梅花】

梅

宋·董杞

略彴低横露浅滩，瘦筇独立月华残。
一枝拂掠浑如旧，思入清江烟水寒。

作者简介：董杞，生卒年不详，字国材，江西省德兴市海口镇人（一说番阳人）。著有《听松吟稿》。参见《全宋诗》、《江湖后集》。

4. 九月九日咏花

宋·董鼎

重阳自古称佳节，戏马龙山几豪杰。
满眼西风落帽愁，归来只与黄花说。
黄花无语对渊明，把酒悠然手自倾。
闭门莫作登高去，风雨潇潇尚满城。

作者简介

董鼎，字季亨，号深山，江西省德兴市海口人。南宋初年进士。官至太学博士。介轩学派代表人物之一。著有《四书疏义》、《书诗二经训释》、《孝经大义》、《尚书辑录纂注》。参见《宋元学案》、《中国儒学辞典》、《海川董氏实录》、《海川董氏宗谱》。

注释

[1]重阳：即重阳节。农历九月初九，二九相重，称为“重九”，又称“登高节”、“重九节”、“茱萸节”、“菊花节”。[2]黄花：即菊花，又称金针菜、七星菜、宜男草、忘忧草。[3]渊明：即陶渊明。陶渊明（365—427年），字元亮，又名潜，私谥“靖节”，世称靖节先生。浔阳柴桑人。东晋末至南朝宋初期伟大的诗人、辞赋家，中国第一位田园诗人，被称为“古今隐逸诗人之宗”，有《陶渊明集》。

5. 沙汀鸥鹭

——海川十景之一

宋·董真卿

芷汀兰渚水禽飞，沥喋毰毸刷羽衣。
半掩湘帘清坐久，主人语尔共忘饥。

作者简介

董真卿，字季真，江西省德兴市海口镇人。北宋政和二年（1112）进士，官至谏议大夫。董鼎之子，学于双湖勿轩。南宋介轩学派代表人物之一。著有《周易会通（14卷）》。参见《宋元学案》、《江西通志（四库本）》、《德兴县志（同治版）》、《海川董氏实录》、《海川董氏宗谱》。

注释

[1]芷汀（zhǐ tīng）：芷，亦称“辟芷”，多年生草本植物，根粗大；茎叶有细毛，夏天开白色小花，果实椭圆形。汀，水边平地，小洲：~洲。北宋·范仲淹《岳阳楼记》云：“岸芷汀兰，郁郁青青。”[2]兰渚（zhǔ）：渚的美称。汉·公孙乘《月赋》曰：“鹍鸡舞于兰渚，蟋蟀鸣于西堂。”[3]毰毸（péi sāi）：鸟羽张开貌；披拂貌；飞舞貌。清·黄景仁《题马氏斋头秋鹰图》诗云：“仰天大笑缨索絶，毰毸斗大盘高城。”[4]湘帘：用湘妃竹做的帘子。宋·范成大《夜宴曲》诗：“明琼翠带湘帘斑，风幛绣浪千飞鸞。”

6. 长江烟树

——海川十景之一

宋·董真卿

十里长江秀郁松，高楠古栎远烟中。
酒馀琴罢聊延伫，疑是邻居避世翁。

作者简介

董真卿，字季真，江西省德兴市海口镇人。北宋政和二年（1112）进士，官至谏议大夫。董鼎之子，学于双湖勿轩。南宋介轩学派代表人物之一。著有《周易会通（14 卷）》。参见《宋元学案》、《江西通志（四库本）》、《德兴县志（同治版）》、《海川董氏实录》。

注释

[1]烟树：云烟缭绕的树木、丛林。唐·孟浩然《闲园怀苏子》诗曰："鸟从烟树宿，萤傍水轩飞。"[2]郁松：茂盛、浓密的松树。宋·孔武仲《万松亭》云："郁郁青山夹路松，行人笑语绿阴中。"[3]高楠：常绿大乔木，木材坚固，是贵重的建筑材料，又可做船只、器物等。宋·文同《郡学锁宿》云："长柏高楠荫广庭，夜凉人静梦魂清。"[4]古栎（lì）：落叶乔木，叶子长椭圆形；木材坚硬，可制家具，供于建筑。宋·李公麟《春社出郊》云："千寻古栎笑声中，此日春风属社公。"[5]延伫：久立；引颈悬望。南朝·齐·孔稚珪《北山移文》云："磵石摧绝无与归，石径荒凉徒延伫。"[6]居避：离世隐居，避免和外界接触。隋·李巨仁《登名山篇》云："避世桃源士，忘情漆园吏。"

7. 杏花园

清·董月垣

派别支分溯本源，发荣端属杏花园。
开时红似熏蒿焕，春色难关莫掩门。

作者简介

董月垣，名昌期，字鸣瑞，号月垣，江西省德兴市海口镇人。清·嘉庆三年（1799）戊午科文庠。参见《海川董氏实录》、《海川董氏宗谱》。

注释

[1]杏花园：位于德兴市海口镇海口村村西。[2]杏花：杏树的花，属被子植物门，落叶乔木，三四月展叶前开放。[3]派别：事物的分支；区分；区别。清·徐用锡《得何义门太史凶信》诗云："君学谨派别，原本切讲究。"[4]本源：根本；起源；源头。宋·王禹偁《盐池十八韵》云："本源皆泻卤，异端亦咸鹾。"[5]发荣：草木生长茂盛；开花。明·刘基《旅兴》诗云："今晨视郊原，草木皆发荣。"[6]端属：宋·刘弇《贡院奏号奉呈同舍诸公》云："收拾春光终未晚，烂游端属绿衣鞭。"[7]熏蒿（xūn hāo）：同"薰蒿"；气蒸腾貌。蒿，一种草本植物，引申为野草的意思。[8]掩门：关门。唐·曹邺《北郭闲思》云："山前山后是青草，尽日出门还掩门。"

8. 内河园

清·董维城

内河遥忆在当年，茅屋低低只一椽。
白发两昆形惫甚，苍颜孀嫂意萧然。
檐头枣实垂间地，苍口梅花艳远天。
过此久无烦顾问，衰情付与夜啼鹃。

作者简介

董维城，字迈三，号东屏，江西省德兴市海口镇人。“南宋第一书”董熠进士之后。清·乾隆三十六年（1771 年）辛卯科进士，官至四川省资阳县知县、四川按使。著有《金藤解义》、《东屏集》。参见《德兴县志（同治版）》、《海川董氏实录》、《海川董氏宗谱》。

注释

[1]内河园：位于德兴市海口镇海口村村北。[2]椽（chuán）：装于屋顶以支持屋顶盖材料的木杆。常用词组有椽子、椽条、飞檐椽等。[3]两昆：众多，诸多；盛明貌。《大戴礼记》云：“昆小虫，抵蚳。昆，众也。”《文选·扬雄·甘泉赋》曰：“樵蒸昆上，配藜四施。”[4]孀嫂：死了丈夫的女人及嫂子。[5]檐（yán）头：屋檐，房檐。[6]枣实：枣子。宋·欧阳修《戏书示黎教授》诗云：“乌衔枣实园林熟，蜂采桧花村落香。”

9. 百花墩

宋·董甫

墩上花开斗艳妆，邀宾玩赏笑飞觞。
裁时几费春风剪，合处长欢夜月光。
醉眼留情看海川，美景真个赛河阳。

作者简介

董甫，字申伯，江西省德兴市海口镇人。宋·淳祐元年（1241）辛丑科进士，官至东宫侍讲。参见《德兴县志（同治版）》、《海川董氏实录》、《海川董氏宗谱》。

注释

[1]百花墩：位于德兴市海口镇海口村内。[2]斗艳：比赛艳丽。唐·孙鲂《主人司空后庭牡丹》诗云："斗艳何惭蜀，矜繁未让秦。"宋·晏殊《渔家傲》词云："人貌与花相斗艳，流水慢，时时照影看妆面。"[3]邀宾：邀请朋友。宋·米芾《奉呈彦昭使君陪壮观之赏》云："邀宾壮观不辞寒，玉立风神气上干。"[4]笑飞觞(shāng)：笑掉了酒杯。觞，古代酒器王羲之《兰亭集序》云："一觞一咏，亦足以畅叙幽情。"[5]春风剪：唐·贺知章《咏柳》云："不知细叶谁裁出，二月春风似剪刀。"[6]合处：集合一处。宋·王安石《岭云》云："岭云合处小盘桓，人得敷衾马解鞍。"[7]醉眼：醉后迷糊的眼睛。元·乔吉《金钱记》第二折云："我这里问春风桃李无言，空着我烘烘醉眼迷芳草。"

10. 柏树墩

明·董源

苍苍古柏枝交横，秉性孤高独自贞。
风雨频来音不辍，岁寒清节后调零。
墩下笑他桃与李，争荣只在春三月。

作者简介

董源，字渊夫，号竹窗，江西省德兴市海口镇人。明·永乐二十年（1423 年）癸卯科举人，官至长沙府学训、济南府教授。参见《德兴县志（同治版）》、《海川董氏实录》、《海川董氏宗谱》。

注释

[1]柏树墩：位于德兴市海口镇海口村内。[2]苍苍：深青色；茂盛；众多。《诗·秦风·蒹葭》曰："蒹葭苍苍，白露为霜。"毛传："苍苍，盛也。"[3]古柏：古老高大的柏树。唐代·杜甫《古柏行》云："孔明庙前有老柏，柯如青铜根如石。霜皮溜雨四十围，黛色参天二千尺。"[4]秉性：天性，本性。《红楼梦》第九十回："薛蝌一则秉性忠厚，二则到底年轻。"[5]频来：连续到来。唐·郑谷《菊》云："重阳过后频来此，甚觉多情胜薄情。"[6]清节：清操。高洁的节操。明·凤尹岐《送兄广东参政应奎》诗云："珍重平生清节在，不妨引满酌贪泉。"[7]争荣：争奇斗艳；繁花似锦。宋·王之道《告春亭诗》云："欣欣木争荣，民析肯居隩。"

11. 凤冠墩

明·练炫

显荣身得上金銮，诰赠封应赐凤冠。
试问此墩谁世业，皇恩宠沐万年欢。

作者简介

练炫，字子辉，江西省德兴市海口镇人。明·正德五年（1511）庚午科举人，官至石埭县令。参见《德兴县志（同治版）》、《海川董氏实录》、《海川董氏宗谱》。

注释

[1]凤冠墩：形似凤冠，位于德兴市海口镇海口村内。[2]显荣：显赫荣耀；仕宦；兴旺繁荣。唐·元结《喻友》曰："人生不方正忠信以显荣，则介洁静和以终老。"[3]金銮：帝王车马的装饰物；代帝王车驾；金銮殿；翰林学士的美称。[4]诰赠：明清对五品以上官员的曾祖父母、祖父母、父母及妻室之殁者，以皇帝的诰命追赠封号，叫诰赠。清·蒲松龄《聊斋志异·褚生》曰："君先世福薄，悭吝之骨，誥赠所不堪也。"[5]凤冠：古代皇帝后妃的冠饰，其上饰有凤凰样珠宝。唐·柳泌《玉清行》云："嵬峨丹凤冠，摇曳紫霞裾。"[6]世业：世代相传的事业；先人的事业、功绩。唐·元结《自释》云："世业载国史，世系在家牒。"[7]宠沐（mù）：犹恩泽。隋·江总《山水纳袍赋》云："滥时来之宠沐，振长缨以祗肃；奉性与之文章，侍相娱之丝竹。"

12. 冬青墩

明·董有光

相传墩上树冬青，墩上冬青世几经。
桃李不随争俗艳，千霄蔽日影亭亭。

作者简介

董有光，字伯谦，号中岳，江西省德兴市海口镇人。万历三十五年（1607年）丁未科黄士俊榜进士，官至湘乡县令、刑部主事、南京西曹主政。参见《德兴县志（同治版）》、《海川董氏实录》、《海川董氏宗谱》。

注释

[1]冬青墩：位于德兴市海口镇海口村内。[2]冬青：常绿乔木，开花植物，树皮灰色或淡灰色，花瓣紫红色，果实椭圆形成熟时深红色。[3]几经：经过许多次。唐·李宏皋《桃源》云：“草色几经坛杏老，岩花犹带涧桃香。”[4]桃李：桃花和李花。魏晋·陶潜《归园田居》云：“榆柳荫后园，桃李罗堂前。”[5]千霄：霄，云霄、九霄、云际、天空。宋·沈括《梦溪笔谈》云：“皆包在诸谷中，自岭外望之，都无所见；至谷中，则森然千霄。”[6]亭亭：耸立；高貌。曹丕《杂诗》云：“西北有浮云，亭亭如车盖。”

13. 松林墩

明·董士光

此墩原是号松林，风人聊堪弄素琴。
一曲弹来天地老，间时伴有鹤相寻。

作者简介

董士光，字辉吉，号远山，江西省德兴市海口镇人。清·康熙十三（1675）甲寅科贡生，官至广昌训导。参见《德兴县志（同治版）》、《海川董氏实录》、《海川董氏宗谱》。

注释

[1]松林墩：位于德兴市海口镇海口村前市。[2]松林：松树林。唐·常建《张山人弹琴》云："玄鹤下澄空，翩翩舞松林。"[3]风人：古代采集民歌风俗等以观民风的官员；诗人。南朝·梁·刘勰《文心雕龙·明诗》云："自王泽殄竭，风人辍采。"[4]聊堪：宋·陈与义《除夜二首》云："比量旧岁聊堪喜，流转殊方又可惊。"[5]素琴：无弦琴，空琴，不加装饰的琴。汉·秦嘉《留郡赠妇诗》之三曰："芳香去垢秽，素琴有清声。唐·李白《古风》之五五云："安识紫霞客，瑶台鸣素琴。"[6]间时：期间时时。宋·王令《寄题韩丞相定州阅古堂》云："间时公来命绘匠，亲以玉指交画挥。"[7]相寻：相继；寻访；找寻。唐·王勃《赠李十四》云："琴尊唯待处，风月自相寻。"

14. 桂林墩

清·董月垣

桂林传说有高墩，今日高墩旧号存。
举手秋风香满袖，一枝攀取笑盈门。

作者简介

董月垣，名昌期，字鸣瑞，号月垣，江西省德兴市海口镇人。清·嘉庆三年（1799）戊午科文庠。参见《海川董氏实录》、《海川董氏宗谱》。

注释

[1]桂林墩：位于德兴市海口镇海口村前市。[2]桂林：桂木的树林。《楚辞·九怀·株昭》曰："步骤桂林兮，超骧卷阿。"[3]旧号：老的名号。宋·岳珂《经进百韵诗》云："岳阳还旧号，岭表返诸茕。"[4]满袖：充满两袖。元·张可久《水仙子》曲曰："翰林风月进多才，满袖春风下玉阶。"[5]攀取：唐·李白《书情寄从弟邠州长史昭》云："绿杨已可折，攀取最长枝。"

【知识链接·墩】

海口的"十三墩"

海口镇域内的土墩共有十三墩：天香墩、黄荆墩、紫竹墩、凤冠墩、佛印墩、百花墩、椰树墩、柏树墩、柿树墩、桂林墩、松林墩、朝笏墩、冬青墩。这些人造土墩，平时用于观赏遮风，遇有天然洪水或战时敌方淹城时，用于避险逃生。古谚曰："九井十三墩，墩墩不出村。"

15. 柿树墩

清·董天爵

叶饱经霜树树直，停车错认一林枫。
登云馆里闲凭眺，恍似霞蒸灿远空。

作者简介

董天爵，字尊一，号中峰，江西省德兴市海口镇人。清·雍正三年（1799）丁未科文庠。参见《海川董氏实录》、《海川董氏宗谱》。

注释

[1]柿树墩：位于德兴市海口镇海口村北边。[2]柿树：柿子树，落叶乔木，叶子是椭圆形，花是黄白色，果扁圆形，橙黄色或黄色。木材可以制器具。[3]经霜：经过秋霜；历经考验或磨炼。明·倪长圩《秋日过张子读易居喜遇顾徐二子》诗云："江上蒹葭方浥露，洲前鸿雁正经霜。"[4]错认：错误地分辨、认识。清·吴骞《扶风传信录》云："悔当初错认你心同竝蒂莲，到今朝方知你心不同如其面。"[5]登云馆：位于江西省德兴市海口镇海口村东北。[6]凭眺：踞高远望。清·唐孙华《题宋大中丞漫堂先生》诗云："默然若有思，流目恣凭眺。"[7]霞蒸：云霞蒸腾貌。明·申时行《瑞莲赋》云："星敷电发，雾变霞蒸。触景而生态，随物而赋形。"

16. 榔树墩

清·董澄

榔树行来又一墩，而今化作小名园。
欲将春色牢关住，有客游敲紧闭门。

作者简介

董澄，字我清，号潜溪，江西省德兴市海口镇人。清·乾隆十二年（1748）丁卯科文庠，贡生，官至武功大夫。参见《海川董氏实录》、《海川董氏宗谱》。

注释

[1]榔（láng）树墩：位于德兴市海口镇海口村内。[2]榔树：毛白榆落叶乔木，树皮粗糙，嫩枝有薄毛，可以药用，有活血化瘀、止血止痛的功效。[3]行来：往来；走来。《逸周书·大聚》曰："市有五均，早莫如一，送行逆来，振乏救穷。"[4]化作：变化而成；化育生成。《庄子·天道》曰："万物化作，萌区有状，盛衰之杀，变化之流也。"[5]欲将：唐·卢纶《塞下曲·其三》云："月黑雁飞高，单于夜遁逃。欲将轻骑逐，大雪满弓刀。"[6]关住：明·张萱《园居六十章》诗云："春色满园关得住，何须白昼掩柴门。"[7]游敲：游客敲门。宋·王安中《戒坛院》云："老僧遮护不许见，敲门游客遭慢欺。"

17. 朝笏墩

清·董士锦

巨灵心欲入进班，有笏时携在手间。
祝效嵩三呼万岁，端然拱奉对南山。

作者简介

董士锦，字兼三，号慎庵，江西省德兴市海口镇人。清·康熙二十一（1683）壬戌科文庠，禀生。参见《海川董氏实录》、《海川董氏宗谱》。

注释

[1]朝笏（cháo hù）墩：形似朝笏，位于德兴市海口镇海口村前市。[2]朝笏：古代君臣朝会时所执狭长板子，用玉、象牙或竹片制成，用以指画和记事。《封神演义》第六五回云："且説南极仙翁即忙收拾，换了朝服，繫了玎璫玉珮，手执朝笏，离了玉虚宫。"[3]巨灵：河神；神灵。宋·丘葵《北山》云："欲问巨灵知不知，孤鸢飞处白云起"[4]进班：进入宫殿或朝堂。[5]有笏：拿着朝笏。[6]祝效：祝福、效力。宋·郊庙朝会歌辞《绍兴朝会十三首》云："声效呼嵩，祝圣人寿。"[7]嵩（sōng）三：多次嵩呼、多次高呼。宋·无名氏《宁宗郊祀大礼》词云："嵩呼万岁，鳌三抃、颂升平。"[8]端然：端正、不歪斜；庄重整肃貌。宋·曾巩《王君俞哀词》云："常爱君俞气貌端然，虽燕休未尝慢。"

18. 佛印墩

清·董鼎威

佛印胡为到我村，谁将嘉号赐斯墩。
当年料想留仙迹，曲远依然故事存。

作者简介

董鼎威，字忝承，江西省德兴市海口镇人。清·康熙十三（1675）甲寅科贡生。参见《德兴县志（同治版）》、《海川董氏实录》、《海川董氏宗谱》。

注释

[1]佛印墩：又名和尚墩，位于德兴市海口镇海口村中市。[2]佛印：即佛印禅师。佛印（1032—1098）宋代云门宗僧，法号了元，字觉老，俗姓林，饶州浮梁人。元符元年一月示寂，享年六十七岁，法腊五十二，朝廷赐号佛印禅师。[3]胡为：何为，为什么。明·高启《赠金华隐者》诗曰："嗟我胡为在尘网，远望高峰若天壤。"[4]嘉号：美名；好名声。三国·魏·曹植《酒赋》云："仰酒旗之景曜，协嘉号于天辰。"[5]仙迹：神仙足迹。宋·萧渊言《题三洲洞》云："洞中古老传仙迹，望外风光接海隅。"[6]曲远：词曲悠远。唐·皇甫冉《送云阳少府》云："渭曲春光无远近，池阳谷口倍芳菲。"[7]故事：掌故；典故；传说中的旧事；杜撰的事情。《西游记·第十三回》云："又念一卷孔雀经，及谈苾蒭洗业的故事。

19. 天香墩

清·董奕叶

地傍蟾宫辟讲堂，桂花开遍满庭芳。
仙来惯喜歌霓羽，几阵秋风韵亦香。

作者简介

董弈叶，字受谦，号五峰，江西省德兴市海口镇人。清·乾隆三十五年（1770 年）庚寅恩科举人，官至知县，以年老辞。参见《德兴县志（同治版）》、《海川董氏实录》、《海川董氏宗谱》。

注释

[1]天香墩：位于德兴市海口镇海口村内。[2]天香：天上傳來的香氣；祭天専用之檀香。唐·沈佺期《乐城白鹤寺》诗云："潮声迎法鼓，雨气湿天香。"[3]地傍：依托、就地。南北朝·无名氏《木兰辞》云："两兔傍地走，安能辨我是雄雌。"[4]讲堂：讲学的堂舍；讲解经学的厅堂。清 金人瑞《梦游虎丘》诗云："不是晓钟来枕畔，至今还在讲堂隈。"[5]桂花：桂花树。常绿灌木或小乔木，质坚皮薄，叶长椭圆，花生叶腑间，仲秋时节丛桂怒放，把酒赏桂陈香扑鼻，令人神清气爽。[6]满庭芳：满庭芳香。[7]惯喜：习惯喜欢。[8]霓（ní）羽：霓，虹的一种，亦称"副虹"。唐·史凤《迷香洞》云："洞口飞琼佩羽霓，香风飘拂使人迷。"

20. 紫竹墩

清·董义和

当年紫竹密成林，客枕丝桐卧绿阴。
此日古墩依旧在，问谁游坐笑弹琴。

作者简介

董义和，字致未，号信轩，江西省德兴市海口镇人。清·乾隆五十八年（1794 年）癸丑科贡生。参见《德兴县志（同治版）》、《海川董氏实录》、《海川董氏宗谱》。

注释

[1]紫竹墩：位于江西省德兴市海口镇海口村下市。[2]紫竹：一种竹子，幼竿绿色，终成紫黑色，南北各地多有栽培，竹材较坚韧，供制作小型家具及工艺品。唐·刘言史《葛巾歌》云："十年紫竹溪南住，迹同玄豹依深雾。"[3]客枕：客中使用之枕；旅途中过夜。明·郭奎《客枕》诗云："客枕睡不着，天高秋气清。"[4]丝桐：琴；古人削桐为琴，练丝为弦，故称之；乐曲。汉·王粲《七哀诗》云："丝桐感人情，为我发悲音。"宋·贺铸《罗敷歌》词云："自怜楚客悲秋思，难写丝桐，目断书鸿，平淡江山落照中。"[5]游坐：游来、独坐。唐·钱起《南中春意》云："客游南海曲，坐见韶阳蚤。"[6]弹琴：弹奏琴瑟。唐·李贺《仙人》一年："弹琴石壁上，翻翻一仙人。"

21. 黄荆墩

清·练流芳

墩边春发是黄荆，古迹依然未变更。
到晚苍烟笼处合，争栖鸟雀弄娇声。

作者简介

练流芳，生卒年不详，清·庠生，江西省德兴市海口镇人。参见《海川董氏实录》、《海川董氏宗谱》。

注释

[1]黄荆墩：位于江西省德兴市海口镇海口村内。[2]黄荆：一种灌木生长在中国长江以南地区、北达秦岭淮河；小枝四棱形，密生灰白色绒毛，掌状复叶，可入药治病。[3]春发：春天开始；植物发芽。明·陈履《怀梁白楼》云："即看兰萼先春发，更有梅花照眼新。"[4]变更：改变；更改。《史记卷·五十四·曹相国世家》曰："参代何为汉相国，举事无所变更，一遵萧何约束。"《三国演义·第一〇五回》云："照依旧制，不敢变更。"[5]苍烟：苍茫的云雾。唐·陈子昂《岘山怀古》诗曰："野树苍烟断，津楼晚气孤。"金·元好问《泛舟大明湖》诗："看山水底山更佳，一堆苍烟收不起。"[6]娇声：娇滴滴的声音；向别人撒娇时的声音。唐·欧阳炯《春光好其七》云："几见纤纤动处，时闻款款娇声。"唐·崔怀宝《忆江南》云："得近玉人纤手子，研罗裙上放娇声，便死也为荣。"

四、楼馆亭台门井轩

1. 东门楼

清·董钟华

日出于东淡雾妆，往来宾客过门楼。
闻登眺望文光射，直上层霄逼斗牛。

作者简介

董钟华，字西来，江西省德兴市海口镇人。清·乾隆六年（1742）辛酉科举人，官至赣州府长宁训导。参见《德兴县志（同治版）》、《海川董氏实录》、《海川董氏宗谱》。

注释

[1]东门楼：位于江西省德兴市海口镇海口村内深山书院左。[2]淡雾：薄薄的雾气。唐·唐彦谦《东韦曲野思》云：“淡雾轻云匝四垂，绿塘秋望独颦眉。”[3]宾客：客人的总称；以宾客之礼相待。唐·姚合《晦日宴刘值录事宅》诗云：“花落莺飞深院静，满堂宾客尽诗人。”[4]眺望：从高处远望。宋·刘克庄《贺新郎·跋唐伯玉奏稿》词云：“但一片、丹心如故。赖有越台堪眺望，那中原、莫已平安否?”[5]层霄：高空；云气。明·徐弘祖《徐霞客游记·粤西游日记》曰：“东上入石峡，峡两峰中剖，上摩层霄，裂罅相距不及丈。”[6]斗牛：星名。二十八星宿中的斗宿和牛宿。《晋书·张华传》云：“仆察之久矣，惟斗牛之间颇有异像。”

2. 西门楼

清·董融

月生于西映几重，门楼百尺白云封。
巍巍奕奕真雄壮，堞外山围送翠浓。

作者简介

董融，字享吴，江西省德兴市海口镇人。清·乾隆五十五年（1791）庚戌科文庠。参见《海川董氏实录》、《海川董氏宗谱》。

注释

[1]西门楼：位于江西省德兴市海口镇海口村内晏公祠旁。[2]巍巍：高大壮观的样子。《吕氏春秋. 观世》：“登山者，处已高矣，左右视，尚巍巍焉山在其上。”[3]奕奕：高大貌；盛貌；美好貌。唐·沉佺期《从幸香山寺应制》诗：“南山奕奕通丹禁，北阙峩峩连翠云。”[4]堞（dié）外：堞，堞墙，即城上如齿状的矮墙，城墙内外侧均可设置矮墙。也称女儿墙。

【知识链接·楼阁】

海口的“楼阁亭台”

海口镇域内五大名楼分别是东门楼、西门楼、望江楼、御书楼、报晖楼；两大名阁分别是文昌阁、寒泉阁；三大“名亭”分别是怡情亭、表善亭、喜雨亭；三大“戏台”分别是上市戏台，中市泗洲庙戏台，后市戏台。

3. 天香馆

清·董奕叶

桂殿云开夜月光，飘来馆内散天香。
少年本是嫦娥客，漫道蟾宫路渺茫。

作者简介

董弈叶，字受谦，号五峰，江西省德兴市海口镇人。清·乾隆三十五年（1770 年）庚寅恩科举人，官至知县，以年老辞。参见《德兴县志（同治版）》、《海川董氏实录》、《海川董氏宗谱》。

注释

[1]天香馆：位于江西省德兴市海口镇海口村村西横街井右边，主要祭祀文林郎董容护。[2]桂殿：对寺观殿宇的美称。北周·庚信《奉和同泰寺浮屠》云：“天香下桂殿，仙梵入伊笙。”[3]嫦娥：又作“姮娥”。传说中后羿的妻子，后从人间飞升到月亮。后比喻美女。《搜神记》云：“羿请不死之药于西王母，嫦娥窃之以奔月。”[4]渺茫：模糊不清；难以预期；没有把握。宋·苏轼《留别金山宝觉圆通二长老》诗云：“风流二老长还往，顾我归期尚渺茫。”

【知识链接·馆坛坊斋】

海口的“馆坛坊斋”

海口镇域内两大“名馆”分别是天香馆、登云馆；三大“社稷坛”分别是东门书院社稷坛、练家巷社稷坛、邹家畈社稷坛；三大“名坊”分别是恩荣坊、进士坊、文元坊。主要名斋有思齐斋。

4. 登云馆

清·董芳远

立志登云自异堂，以斯名馆永流芳。
天衢何事梯绳上，捷足偏能达彼苍。

作者简介

董芳远，字子兰，江西省德兴市海口镇人。清·乾隆六年(1742)辛酉科贡生。参见《德兴县志（同治版）》、《海川董氏实录》、《海川董氏宗谱》。

注释

[1]登云馆：位于江西省德兴市海口镇海口村村东北，祭祀梓童帝君、汉儒董仲舒。[2]立志：指立下志愿，树定志向。《左传·襄公二十七年》曰："志以发言，言以出信，信以立志，参以定之。"[3]流芳：散发香气；流传美好名誉。《三国志·蜀志·郤正传》曰："辞穷路单，将反初节，综坟典之流芳，寻孔氏之遗艺。"[4]天衢：天空广阔；任意通行。南朝·梁·刘勰《文心雕龙·时序》云："驭飞龙于天衢，驾骐骥于万里。"[5]捷足：脚步快；行动迅速。《前汉书平话》卷中曰："秦朝失其天下，天下共逐，高材捷足者先得之。"[6]彼苍：天庭；天空。《诗·秦风·黄鸟》曰："彼苍者天，歼我良人。"孔颖达疏："彼苍苍者，是在上之天。"

5. 怡情亭

明·陈策

何处孤撑一小亭，红尘不着坐来洧。
白头花萼画中景，青草池塘梦里情。
尺布淮南嗟薄俗，有烟海口坛佳名，
葛巾藜杖皆行乐，山自苍苍水自平。

作者简介

陈策，生卒年不详，字嘉言，号蓉湖，明常州府无锡人。弘治六年进士。任户部主事，出为饶州知府，桃源洞民变，奏建万年县以治之。官至江西左布政使。嘉靖初致仕。参见《全明诗》、《中国历代人名大辞典》。

注释

[1]怡情亭：位于江西省德兴市海口镇海口村后市。[2]孤撑：单独的支柱。唐·韩愈《孟郊城南联句》云："浮虚有新劚，摧扤饶孤撑。"[3]红尘：闹市的飞尘；繁华的社会。宋·秦观《金明池》词云："纵宝马嘶风，红尘拂面，也只寻芳归去。"[4]洧(wěi)：水；水名；生长鱼类的河流。《诗·郑风·溱洧》云："溱与洧，方涣涣兮。"[5]花萼：植物花冠外面的绿色被片，花的组成部分之一，由若干萼片组成，包在花瓣外面，花开时托着花冠。唐·戎昱《送陆秀才归觐省》云："武陵何处在，南指楚云阴。花

萼连枝近，桃源去路深。”[6]尺布淮南：即尺布斗粟。意指刘氏兄弟因争夺王位而互相残害，兄弟间因利害冲突而不能相容。西汉·司马迁《史记·淮南衡山列传》：“汉文帝（刘恒）弟淮南厉王（刘长）谋反事败，被徙蜀郡，途中绝食而死。孝文十二年，民有作歌歌淮南厉王曰：‘一尺布，尚可缝；一斗粟，尚可舂；兄弟二人不相容。’”[7]薄俗：轻薄的习俗，坏风气。《汉书·元帝纪》云：“民渐薄俗，去礼义，触刑法，岂不哀哉!”[8]葛巾：古时用葛布做的头巾。[9]藜杖：用藜的老茎做的手杖。质轻而坚实。宋·无名氏《醉蓬莱生朝日》云：“角簟纱厨，葛巾葵扇，正麦秋时候。”[10]藜杖：用藜的老茎做的手杖。《晋书·山涛传》曰：“魏帝尝赐景帝春服，帝以赐涛，又以母老，并赐藜杖一枚。”明·徐复祚《投梭记·叙饮》云：“藜杖西山且扶书，蹉跎光景徂。”[11]行乐：寻欢作乐。《新刊大宋宣和遗事》曰：“人生如白驹过隙，倘不及时行乐，则老大徒伤悲也。”

【延伸阅读·十景】

山市楼台

元·董寿民

林影岚光接世尘，卖鱼买酒日喧阗。
东家楼阁西台榭，长有书声杂管弦。

6. 山市楼台

——海川十景之一

宋·董真卿

风飐青帘柳色新，参差楼阁倚山津。
座中时景清如许，墙外谁知有市尘。

作者简介

董真卿，字季真，江西省德兴市海口镇人。北宋政和二年（1112年）进士，官至谏议大夫。董鼎之子，学于双湖勿轩。南宋介轩学派代表人物之一。著有《周易会通（14卷）》。参见《宋元学案》、《江西通志（四库本）》、《德兴县志（同治版）》、《海川董氏实录》。

注释

[1]风飐（zhǎn）：风吹；风吹颤动。五代·孙光宪《河传·风飐》云："风飐，波敛，团荷闪闪，珠倾露点。木兰舟上，何处吴娃越艳：藕花红照脸。"[2]青帘：旧时酒店门口挂的幌子；酒家。唐·郑谷《旅寓洛阳村舍》诗曰："白鸟窥鱼网，青帘认酒家。"[3]山津：山间路口。津，津渡、关津、津要。游武宋·辛弃疾《夷作棹歌呈晦翁十首》云："山头有路接无尘，欲觅王孙试问津。[4]清如许：宋·朱熹《观书有感》云："半亩方塘一鉴开，天光云影共徘徊。问渠那得清如许，为有源头活水来。"[5]市尘：城市的喧嚣。宋·陆游《东窗小酌》云："市尘远不到林塘，嫩暑轩窗昼漏长。"

7. 化龙门

清·董香

麟甲养成数十年，龙门在此孰登先。
千层浪激乘时出，际会风云上九天。

作者简介

董香，字景黄，号兰碗，江西省德兴市海口镇人。清·嘉庆元年（1796）丙辰科贡生。参见《德兴县志（同治版）》、《海川董氏实录》、《海川董氏宗谱》。

注释

[1]化龙门：位于江西省德兴市海口镇海口村后市。[2]麟甲：麟，麒麟的简称，比喻才能杰出的人。甲，动物身上有保护功能的硬壳。明·欧大任《送谈思永下第还江南》云："咸阳貂弊出关迟，回首丹霄未易窥。晓色楼台长乐树，秋风麟甲定昆池。"[3]龙门：比喻声望高的人；科举试场的正门。隋·扈谦《诗二首其二》云："进不登龙门，退不求名位。"[4]际会风云：亦作风云际会，比喻有才能之士遭逢时运。元·宫天挺《范张鸡黍》第一折云："文王应飞熊梦兆，遇吕望际会风云。"[5]乘时：乘机；趁势。晋·左思《吴都赋》："富中之甿，货殖之选，乘时射利，财丰巨万。"[6]九天：天的最高处，形容极高；传说古代天有九重，也作"九重天"、"九霄"。楚·屈原《离骚》云："指九天以为正兮，夫唯灵修之故也。"

8. 官路门

清·董珩

北望村门路独悠，往来官吏自瀛洲。
层价俨若梯云上，衣锦荣归任行游。

作者简介

董珩，生卒年不详，清·庠生，江西省德兴市海口镇人。参见《海川董氏实录》、《海川董氏宗谱》。

注释

[1]官路门：位于江西省德兴市海口镇海口村北。[2]独悠：独自、悠然。唐·王绩《黄颊山》云："无人堪作伴，岁晚独悠哉。"[3]瀛洲：传说中的东海仙山；五湖四海。汉·司马迁《史记·秦始皇本纪》云："海中有三神山，名曰蓬莱、方丈、瀛洲。"[4]层价：层层台阶。[5]俨若：恭敬貌宛若，好象。宋·范仲淹《君以民为体赋》："心和则其体俨若，君惠则其民晏如。"[6]衣锦：即衣锦还乡。旧指富贵以后回到故乡；含有向乡里夸耀的意思。《旧唐书·姜暮传》云："衣锦还乡，古人所尚。今以本州岛相授，用答元功。"[7]荣归：光荣地归回；旧时多指富贵返乡。元·本高明《琵琶记·风木馀恨》曰："你今日荣归故里，光耀祖宗。"[8]行游：出行；出游。三国·魏·曹植《杂诗》云："仆夫早严驾，吾将远行游。"明·李贽《与耿司寇告别》曰："仆则行游四方，效古人之求友。"

9. 文公虹井

明·董源

山岳钟灵处，当年紫气浮。
镜天涵日月，胜概老春秋。
玉罂生苔藓，虹光贯斗牛。
生贤南渡后，千载复何来。

作者简介

董源，字渊夫，号竹窗，江西省德兴市海口镇人。明·永乐二十年（1423 年）癸卯科举人，官至长沙府学训、济南府教授。参见《德兴县志（同治版）》、《海川董氏实录》、《海川董氏宗谱》。

注释

[1]文公虹井：位于江西省德兴市海口镇海口村内。[2]山岳：又高又大的山。宋·范仲淹《岳阳楼记》云："日星隐曜，山岳潜形。"[3]钟灵：灵秀之气汇聚。清·昭梿《啸亭杂录·裕陵闻香》曰："盖寝宫幽閟日久，山岳秀气所钟灵也。"[4]紫气：紫色云气；古代以为祥瑞之气。[5]镜天：明净的天空。宋·陈亮《一丛花·溪堂玩月作》词："冰轮斜辗镜天长，江练隐寒光。"[6]胜概：美景；美好的境界。清·魏源《武夷九曲诗》之三云："精舍第五曲，亦复少胜概。"[7]玉罂（yīng）：汲水瓶的美称；玉瓶。宋·欧阳修《归田录》卷二云："余家有一玉罂，形制甚古而精巧，始得之，梅圣俞以为碧玉。"

10. 石埭井

明·董应运

此心清白凛渊泉，石埭荣归把井扦。
缅想循良风尚在，嘉石肇锡自当年。

作者简介

董应运，字学参，号晓园，江西省德兴市海口镇人。清·乾隆三十三年（1769年）戊子科文庠。参见《海川董氏实录》、《海川董氏宗谱》。

注释

[1]石埭（dài）井：位于江西省德兴市海口镇海口村内。[2]渊泉：深泉；思虑深远；源泉。《列子·黄帝》云："心如渊泉，形如处女。"[3]石埭：石筑的堤岸。埭，堵水的土坝。宋·林逋《上湖闲泛檥舟石函因过下湖小墅》诗云："青山连石埭，春水入柴扉。"[4]井扦（qiān）：扦，插，插进去。[5]缅想：遥想。后蜀·毛熙震《何满子》词云："缅想旧欢多少事，转添春思难平。"[6]循良：官吏奉公守法；循良的官吏。唐·李邕《唐赠太子少保刘知柔神道碑》曰："出膺贤守，则郡国循良。"[7]嘉石：文理之石，树之外朝门左，欲使罢民思其文理，以改悔自修。《周礼·秋官·大司寇》："乃致于朝，然后听之，以嘉石平罢民。"[8]肇锡：开始；从此。清·乌竹芳《题文石书院》云："肇锡嘉名文运启，澎瀛钟毓遇前贤。"

11. 掬清井

明·董盘

汲水兴怀到井边，人生宜饮是清泉。
书常笑读还烹茗，绕榻炉浮几缕烟。

作者简介

董盘，生卒年不详，字子用，号掬清逸士，明·庠生，江西省德兴市海口镇人。参见《海川董氏实录》、《海川董氏宗谱》。

注释

[1]掬清井：位于江西省德兴市海口镇海口村南。[2]兴怀：引起感触。晋·王羲之《兰亭集序》曰："俯仰之间，已为陈迹，犹不能不以之兴怀。"《旧唐书·忠义传下·李源》云："言念於此，慨然兴怀。"[3]掬（jū）清：用两手捧；以手掬水。《礼记·曲礼》云："受珠玉者以掬。释文：'两手曰掬。'"《左传·宣公十二年》曰："舟中之指可掬也。注：'两手可掬。'"[4]烹茗：煮茶或沏茶。宋·苏轼《安平泉》诗云："烹茗僧夸瓯泛雪，炼丹人化骨成仙。"[5]绕榻：围绕小床。宋·韦骧《回宿故县驿》云："回首边城暮霭轻，乱山深处宿归程。流泉绕榻鸣寒夜，别是劳生一段清。"[6]烟缕：袅袅上升的细长烟气。唐·李中《途中柳》云："翠色晴来近，长亭路去遥。无人折烟缕，落日拂溪桥。"

12. 横街井

清·董华国

井在横街地势平，天香馆外水泉清。
人思汲古将修绠，滚滚长流不断生。

作者简介

董华国，字坤美，江西省德兴市海口镇人。清·乾隆九年（1745）甲子科贡生。参见《德兴县志（同治版）》、《海川董氏实录》、《海川董氏宗谱》。

注释

[1]横街井：位于江西省德兴市海口镇海口村西北。[2]天香馆：位于江西省德兴市海口镇海口村村西横街井石，主要祭祀文林郎董容萱。[3]汲古：钻研或收藏古籍、古物；汲水于井。明·何景明《水营墅治田圃种树》诗云："汲古缀遗言，欣焉秉柔翰。"[4]修绠（gěng）：汲水用的长绳。明·郑若庸《玉玦记·送行》曰："鸿迹等浮萍，银瓶怯修绠。"

【知识链接·井】

海口的"九井"

海口镇域内主要有九井：横街井、蔡家井、石碌井、石泉井、掬清井、寒泉井、社坛井、下井、文元井。古谚曰："九井十三墩，墩墩不出村。"

13. 石泉井

清·董应瑞

从来井养说无穷，石上泉流万壑通。
栏外底由苔藓结，至今修绠动情融。

作者简介

董应瑞，生卒年不详，清·太学生，江西省德兴市海口镇人。参见《海川董氏实录》、《海川董氏宗谱》。

注释

[1]石泉井：位于江西省德兴市海口镇海口村内练家巷。[2]石上泉流：流经山石间的泉水。楚·屈原《九歌·山鬼》："山中人兮芳杜若，饮石泉兮荫松柏。"《文选·左思·招隐诗二首之一》云："石泉漱琼瑶，纤鳞亦浮沉。"[3]井养：井水供养于人，源源不尽。《易·井》曰："井养而不穷也。"孔颖达疏："叹美井德，愈汲愈生，给养於人，无有穷已也。"[4]万壑：高低重叠；山谷极多；溪水奔流。唐·杜甫《咏怀古迹五首》："群山万壑赴荆门，生长明妃尚有村。南朝·宋·刘义庆《世说新语·言语》："千岩竞秀，万壑争流，草木蒙笼其上，若云兴霞蔚。"[5]苔藓：属于最低等的高等植物。植物无花，无种子，以孢子繁殖。能作为监测空气污染程度的指示植物。宋·文同《墅居》云："无人来谷口，苔藓上松门。"[6]情融：情意、融洽。宋·赵蕃《送施教授》云："情融香梅葩，玉水春茫茫。"

14. 下井

清·董澄

下井曾遗有旧圈，人居近地至今传。
一坊尘垢都清涤，汲绠何须问昔年。

作者简介

董澄，字我清，号潜溪，江西省德兴市海口镇人。清·乾隆十二年（1748）丁卯科文庠，贡生，官至武功大夫。参见《海川董氏实录》、《海川董氏宗谱》。

注释

[1]下井：位于江西省德兴市海口镇海口村内。[2]曾遗：曾经遗留。宋·无名氏《仙迹岩题诗》云："许氏功成获上升，曾遗一剂语丁宁。山生绀箬奇无骨，洞隐金丹显有灵。"[3]人居：居住村民的地方。宋·王安石《过刘全美所居》云："西崦晴天得强扶，出林知有故人居。数能过我论奇字，当复令公见异书。"[4]清涤（dí）：古时祭祀用的水；清洗；清除。唐·张九龄《岁除陪王司马登薛公逍遥台序》云："盖因丘陵而视远，必有以清涤孤愤，舒啸佳辰。"[5]汲绠：汲水长绳。宋·李复《杂诗》云："泉挹浅沙黄，井汲深江冷。六月火云生，旱乌炎午影。烦心欲清涤，呼儿问修绠。"[6]昔年：往年；从前。宋·贺铸《减字浣溪沙》词云："记得西楼凝醉眼，昔年风物似如今。只无人与共登临。"

15. 甘露井

清·董纯瑜

缓步行来古井边，南山甘露酿通泉。
滚滚长流几万年，汲饮堪同不老仙。

作者简介

董纯瑜，字乘六，江西省德兴市海口镇人。清·乾隆十四年(1750) 己巳科文庠。参见《海川董氏实录》、《海川董氏宗谱》。

注释

[1]甘露井：位于江西省德兴市海口镇海口村南。[2]甘露：甘美的雨露；长生不老的仙水。《汉书·宣帝纪》云："乃者凤皇集泰山、陈留，甘露降未央宫。"[3]缓步：犹徐步。慢行。唐·杜甫《寒雨朝行视园树》诗："衰颜更觅藜牀坐，缓步仍须竹杖扶。"《儒林外史》第二四回云："像老爹拄着拐杖，缓步细摇，依我说，这乡饮大宾就该是老爹做！"[4]汲饮：汲水、喝水。明·陶安《寄题清高亭》云："汲水瓢堪饮，乘风杖独跻。超然胸次远，境胜畅幽栖。"[5]堪同：能够相比；可以相同。宋·王质《题张君量恩波寺》云："濠梁此日堪同乐，文沼何时共效灵。人意亦随鱼意好，一觥相对万荷青。"[6]不老仙：长生不死的神仙。明·罗贯中《三国演义·第一〇五回》云："朕建高台峻阁，欲与神仙往来，以求长生不老之方。"宋·李刘《寿牛都大》云："梅花岁岁横参影，长伴罗浮不老仙。"

16. 枣林井

清·董书田

迅步乘闲到枣林，相传有井发龙吟。
兴云自化为甘雨，布泽情由济旱深。

作者简介

董书田，又名斐然，字志丰，号半亩，江西省德兴市海口镇人。清·嘉庆三年（1799）戊午科文庠。参见《海川董氏实录》、《海川董氏宗谱》。

注释

[1]枣林井：位于江西省德兴市海口镇海口村内。[2]乘闲：趁着空闲。清·李海《歧路灯》第一〇一回云："也有乘闲游览于此，题诗记名于小孔者。"[3]龙吟：龙发出声音，形容声音深沉或细碎，也形容箫笛类管乐器声音响亮。《淮南子》曰："龙吟而景云至，虎啸而谷风輳。《易·干》曰："云从龙。"唐·孔颖达疏："龙是水畜，云是水气，故龙吟则景云出。"[4]兴云：布施云彩、兴起云彩。唐·吴融《太湖石歌》云："想得沈潜水府时，兴云出雨蟠蛟螭。"[5]布泽：布施恩泽。明·李时勉《古意寄曾学士》云："万古长若斯，焉能为量数。蛟龙挟云雨，倏忽甘泽布。"[6]自化：自然化育。老子《道德经》曰："法令滋彰，盗贼多有，故圣人云'我无为而民自化。'"[7]情由：事情的经过及其原由。《三国演义》第四二回："在船中正诉情由，江西南上战船一字儿摆开，乘风唿哨而至。"

17. 高节轩

宋·董兆麟

不花不果惬幽明，非草非株自洁清。
淇澳久疏龙舞影，海川今见凤蜚声。
不因霜雪凋琼叶，曾拂星河长翠茎。
最是主人堪爱处，千年劲气为峥嵘。

作者简介

董兆麟，字玉书，号吐轩，江西省德兴市海口镇人。清·康熙三十一年（1693）辛未科贡生。参见《海川董氏实录》、《海川董氏宗谱》。

注释

[1]高节轩：位于江西省德兴市海口镇海口村内。[2]幽明：有形和无形的事物；昼夜；阴阳；善恶；贤愚。《易·系辞上》曰："仰以观於天文，俯以察於地理，是故知幽明之故。"韩康伯注："幽明者，有形无形之象。"[3]淇澳：淇水弯曲处；淇水澳水；借指卫武公或高德之士。《诗·卫风·淇奥》曰："瞻彼淇奥，绿竹猗猗。毛传：'奥，隈也。'"《左传·昭公二年》云："自齐聘於卫，卫侯享之。北宫文子赋《淇奥》。杜预注：'言宣子有武公之德。'"[4]琼叶：美称花木的叶子。唐·李德裕《比闻龙门敬善寺有红桂树》诗云："琼叶润不凋，珠英粲如织。"[5]峥嵘：卓越；兴盛；兴旺。宋·苏轼《和刘景文见赠》云："元龙本志陋曹吴，豪气峥嵘老不除。"

18. 克复轩

清·董义和

克复相循励进修，先儒道范任追求。
功深一日推多士，天下归仁效可妆。

作者简介

董义和，字致未，号信轩，江西省德兴市海口镇人。清·乾隆五十八年（1794 年）癸丑科贡生。参见《德兴县志（同治版）》、《海川董氏实录》、《海川董氏宗谱》。

注释

[1]克复轩：位于江西省德兴市海口镇海口村南揭家巷左。[2]克复：能够恢复；攻克收复；用武力收复。明·罗贯中《三国演义》第一〇三回云："使得上报君恩，下救民命，克复旧物，永延汉祀。"[3]进修：进一步研究学习。唐·韩愈《通解》云："夫古人之进修，或几乎圣人。"[4]先儒：先世儒者；已去世的儒者。元·黄溍《日损斋笔记·辨经》云："先儒所见，适与前人暗合，而非有所祖述。"[5]归仁：归附仁德仁政。《孟子·离娄上》曰："民之归仁也，犹水之就下，兽之走圹也。"

【知识链接·轩】

海口的"九轩"

海口镇域内主要有九轩：高节轩、克复轩、近南轩、芝兰轩、翠秀轩、近秀轩、鹊噪轩、紫林轩、育锂轩。

19. 近南轩

清·董仲和

挂榜南山案近身，文明运启讲堂新。
他年馆内英雄辈，上国观光作大宾。

作者简介

董仲和，字次中，号莲峰，江西省德兴市海口镇人。清·乾隆四十年（1776年）丁酉科举人，官至建昌府新城县训导。参见《德兴县志（同治版）》、《海川董氏实录》、《海川董氏宗谱》。

注释

[1]近南轩：位于江西省德兴市海口镇海口村内。[2]挂榜：张挂公布考中的名单；做法事时张挂的文榜。明·徐渭《女状元》第四出曰："我凤羽孩儿，见应试科，明日该挂榜了。"[3]文明：精神财富；有较高文化；光明，有文采；《易·乾·文言》曰："见龙在田，天下文明。"[4]运启：唐·宋之问《入泷州江》云："运启中兴历，时逢外域清。"[5]英雄：非凡出众的人物；见解、才能超群出众或领袖群众的人。《三国演义·第一回》曰："人情势利古犹今，谁识英雄是白身？"[6]观光：参观旅行；观览赏光。《儒林外史·第三十七回》曰："先生这个议论，我怎么敢当？只是礼乐大事，自然也愿观光。"[7]大宾：国宾；贵宾。明·宋濂《林君母墓铭》曰："吾母事吾大父母，如子事父，敬吾父犹大宾。"

20. 迎秀轩

清·张琼英

湾环曲折且玲珑，不砌高墙回望通。
地近月楼闻桂馥，基连书院仰儒风。
南山耸翠形如画，北涧流霞气似虹。
迎秀有轩轩有秀，一迎而秀到轩中。

作者简介

张琼英，字鹤舫，江西省永丰人。清嘉庆辛酉进士。官至饶州府教授。著有《采馨堂诗集》。参见《晚晴簃诗汇·卷一一六》。

注释

[1]迎秀轩：位于江西省德兴市海口镇海口村西瓜巷。[2]玲珑：物体精巧细致；人灵巧敏捷。明·何景明《高桥》诗云："阑干既重复，结构亦玲珑。"[3]桂馥：清朝著名学者桂馥（公元1736—1805年），字未谷，别号萧然山外史，曾创立潭西精舍、借书园，藏书万卷。[4]儒风：儒家的传统、风尚。南朝·梁·刘勰《文心雕龙·时序》云："华实所附，斟酌经辞，盖历政讲聚，故渐靡儒风者也。"[5]耸翠：形容山峦、树木等高耸苍翠。宋·楼钥《题范宽〈秋山小景〉》诗云："欲识无穷意，耸翠更天外。"[6]流霞：亦作"流瑕"、"流赮"。浮动的彩云。《旧唐书·刘洎传》曰："综宝思於天文，则长河韬映；摛玉字於仙札，则流霞成彩。"

五、书院书屋祠庙堂

1. 深山书院：送董深山二首

元·胡炳文

远林无限春意，幽谷自涵太空。
行到水源穷处，犹闻鸡犬云中。

☆☆☆☆☆

洞口桃花易见，源头沽水难寻。
欲知云尽不尽，须到深山更深。

作者简介

胡炳文（1250—1333 年），元徽州婺源人，字仲虎，号云峰。幼嗜学，笃志朱子之学。为信州道一书院山长，调兰溪州学正，不赴。南宋介轩学派代表人物之一。著有《周易本义通释》、《四书通》、《云峰集》。参见《元诗选》、《中国历代人名大辞典》。

注释

[1]作者题注：深山之号，盖有取於艮止而求深於斯道者也。一日访予明经，敢发此意，题於诸吟卷之尾，炳文再拜。[2]深山书院：位于江西省德兴市海口镇海口村内，始建于南宋。《江西通志（四库本）·卷二十一二》载曰："深山书院在德兴县八都，黄勉斋门人董鼎讲学之所，鼎子真卿为胡双湖门人请立书院，胡云峰

有诗并额之。”[3]董深山：即董鼎，生卒年不详，字季亨，号深山，江西省德兴市海口人。深山书院是董董鼎先生讲学之所。[4]春意：春天的气象。宋☆陈师道《绝句》云：“丁宁鸟语传春意，白下门东第几家?”[5]幽谷：幽深的山谷。宋·王安石《次韵春日感事》云：“潺潺嫩水生幽谷，漠漠轻寒动远林。”[6]太空：天空；天地之间；宇宙。唐·韦应物《咏声》诗云：“万籁自生听，太空长寂寥。”[7]穷处：贫瘠闭塞之地。唐·韩愈《送区册序》曰：“阳山，天下之穷处也。”[8]云中：云霄之中；高耸入云的山上。宋·严参《沁园春·自适》词云：“吾应有，云中旧隐，竹里柴扉。”[9]源头：水发源处。唐·罗虬《比红儿诗》之二十：“戏水源头指旧踪，当时一笑也难逢。”[10]不尽：未完；无尽。《史记·老子韩非列传》曰：“弥子食桃而甘，不尽而奉君。”[11]夜深。唐·杜甫《火》诗云：“流汗卧江亭，更深气如缕。”

【知识链接·书院】

海口的“书院书屋”

海口镇域内“五大书屋”分别是：掬清书屋、浣花书屋、中岳书屋、芙蓉书屋、鹊园书屋。（参见《海川董氏实录》）《江西通志（四库本）·卷二十一二》记载：“深山书院”在德兴县八都，黄勉斋门人董鼎讲学之所，鼎子真卿为胡双湖门人请立书院，胡云峰有诗并额之。“勿斋书院”原名“四勿斋书院”，在德兴县八都，宋逸士王亿读书于此，明万历间知县吴维魁重建改今额。“归轩书院”在德兴县八都，宋儒邹近仁讲学处，明嘉靖间巡抚汪元锡额之。裔孙邹侃重修。（参见清·谢旻（mín）主修．江西通志（160卷）．四库全书本．上海：上海古籍出版社．1987.）

海口镇域内“五大书屋”分别是：掬清书屋、浣花书屋、中岳书屋、芙蓉书屋、鹊园书屋。（参见《海川董氏实录》）

2. 深山书院（Ⅰ）

明·董昶

深山来自紫阳山，此处家风不等闲。
木叶雨滋书幌润，山花露点砚池班。
堆储蠹简时翻阅，谈笑鸿儒日往还。
墙字再新吾道重，后人希孟又希颜。

作者简介

董昶，生卒年不详，明·庠生，参政官，江西省德兴市海口镇人。参见《海川董氏实录》、《海川董氏宗谱》。

注释

[1]深山书院：位于江西省德兴市海口镇海口村内，始建于南宋。[2]深山：与山外距离远的、人不常到的山岭；这里指深山书院。汉·东方朔《非有先生论》曰："遂居深山之间，积土为室，编蓬为户。"[3]紫阳山：拥有或居住神仙、真人、大儒的名山；宋代理学家朱熹的别称。唐·许浑《姑孰官舍》云："不待秋风便归去，紫阳山下是吾庐。"[4]家风：家庭或家族的传统风尚或作风。宋·辛弃疾《水调歌头·题永丰杨少游提点一枝堂》词云："一葛一裘经岁，一钵一瓶终日，老子旧家风。"[5]雨滋：唐·岑参《秋夕读书幽兴献兵部李侍郎》云："雨滋苔藓侵阶绿，秋飒梧桐覆井黄。"[6]书幌：书帷；书房。唐·刘长卿《过裴舍人故居》

诗云："书幌无人长不卷，秋来芳草自为萤。"[7]露点：露珠。《南朝梁·简文帝·七励》："于是露点饴蜜，溜泓澄于玉掌，云垂五采，覆旖旎于仙楼。"[8]砚池：凹形的砚；砚端贮水处；洗砚的水池。唐·杜荀鹤《题弟侄书堂》诗曰："窗竹影摇书案上，野泉声入砚池中。"[9]堆储：堆放储存。[10]蠹（dù）简：被虫蛀坏的书；破旧书籍。宋·陆游《掩扉》诗云："一编蠹简从吾好，又见西窗挂夕晖。"[11]谈笑鸿儒：与学问渊博的人在一起无拘无束地谈笑。唐·刘禹锡《陋室铭》曰：谈笑有鸿儒，往来无白丁。"[12]墙字：即孔壁得书，相传在孔子住宅墙壁中发现的古文经书；今泛指古字或汉代以前的文字。[13]道重：唐·李白《相和歌辞》云："道重天地，轩师广成。"[14]希孟：希，希望、景仰、仰慕；孟，孟子，儒家代表人物。宋·邵雍《新春吟》云："践形有说常希孟，乐内无功可比回。"[15]希颜：希，希望、景仰、仰慕。颜，颜回，孔门七十二贤人之一；后以"希颜"泛指仰慕贤者。宋·朱熹《教思堂作示诸同志》诗云："咏归同与点，坐忘庶希颜。"

【延伸阅读·诗词】

拜深山先生（董鼎）墓

明·董应翰（知县）

是谓深山宰大林，白云衰草动萧森。
文章断简悬星斗，天地浮云变古今。
铜雀分香羞自费，茂陵遗稿笑徒存。
何如道学先生重，不尽遗风洒敝襟。

3. 深山书院（Ⅱ）

明·陈策

瓣香敬为拜深山，院宇沉沉松桂间。
千载斯文原有续，六经断简手增删。
春融谷口嘘生意，月到天心照古颜。
隔水星源应不远，考亭何在欲跻攀。

作者简介

陈策，生卒年不详，字嘉言，号蓉湖，明常州府无锡人。明弘治六年进士。历任户部主事、饶州知府、江西左布政使。参见《全明诗》、《中国历代人名大辞典》、《海川董氏实录》。

注释

[1]瓣香：敬仰；崇敬。宋·陈若水《沁园春·寿游侍郎》词曰："丹心在，尚瓣香岁岁，遥祝尧龄。"[2]六经：诗、书、礼、乐、易、春秋。《庄子·天运》云："丘治诗、书、礼、乐、易、春秋六经。"[3]断简：断简残编，残缺不全的书籍。宋·陆游《对酒》诗云："断简残编不策勋，东皋犹得肆微勤。"[4]谷口：山谷的出入口；隐者所居之处。[5]天心：天空的中央。唐·卢仝《月下寄徐希仁》诗云："夜半沙上行，月莹天心明。"[6]考亭：宋代理学家朱熹的别称。宋·丰芑《题御史袁公像》云："先生独得考亭传，一脉斯文瑞应天。"[7]跻攀：亦作"跻扳"，犹攀登。宋·刘克庄《沁园春·送孙季蕃吊方漕西归》词云："尽缘云鸟道，跻攀绝顶。"

4. 深山书院（Ⅲ）

明·程楷

深山书院拜前修，祠貌峥嵘草色幽。
孔壁残经新议论，朱门高第旧源流。
斯文元气远香火，古道贞风合冕旒。
携手诸孙上高关，青灯夜半箕阅裘。

作者简介

程楷，字正之，号程佛子，江西省乐平市人。明成化二十三年进士。官至翰林编修、教中官、预修《皇明通典》。著有《史断玉亭集》。

注释

[1]前修：前贤。宋·陈亮《答陈知丞启》云：“犹怀晚进，及识前修。”[2]孔壁残经：古文经出于孔子故宅的墙壁中，故着称孔壁。残经，残缺不全的古文经书。[3]斯文：读书人；文人；儒士。《论语·子罕》曰：“天之将丧斯文也，后死者不得与于斯文也。”[4]贞风：贞洁的风范。清·唐孙华《读梅村先生〈鹿樵纪闻〉有感题长句》曰：“鼎湖浩气归天地，椒寝贞风迈汉唐。”[5]冕旒：古代大夫以上的礼冠。[6]青灯：光线青荧的油灯。清·龚自珍《与吴虹生书》十一曰：“背老亲而独游，理兔园故业，青镫顾影，悴可知已。”[7]箕（jī）阅裘（qiú）：箕，簸箕；裘，皮衣。箕裘指由易而难、有次序的学习方式。《语本礼记·学记》曰：“良冶之子必学为裘，良弓之子必学为箕。”

5. 宿深山书院

明·刘凤

山深到空夜，烟色雨余微。
新水涵松岸，残霞曳竹扉。
兰滋香入梦，苔长翠侵衣。
静院幽生思，魂清待月辉。

作者简介

刘凤，字子威，明苏州府长洲人。嘉靖二十三年进士，授中书舍人。官至御史，河南巡按。博学强记，家多藏书。著有《续吴先贤赞》、《子威集》。参见《中国历代人名大辞典》。

注释

[1]新水：新汲之水；春水；新的降水。唐·雍陶《晴诗》曰："新水乱侵青草路，残烟犹傍绿杨村。"[2]竹扉：用竹子编造的门。宋·王庭珪《题郭秀才钓亭》诗云："他年欲访沙头路，会自携竿扣竹扉。"[3]苔长：青苔；苔藓。唐·姚合《陕下厉玄侍御宅五题》云："迹深苔长处，步狭笋生时。"[4]幽生：幽静；产生。南北朝·伍辑《劳歌二首》云："幽生重泉下，穷年冰与澌。"[5]魂清：思路清晰；头脑清醒。唐·陆龟蒙《新秋杂题六首》云："一簟临窗薤叶秋，小帘风荡半离钩。魂清雨急梦难到，身在五湖波上头。"

6. 游深山书院

明·汪尚宁

精一薪传百世长，御书题扁墨辉煌。
光流映带通瀛海，山耸嵬峨接紫阳。
松影横斜侵俎豆，鸟声清适啭文章。
云×千载官墙近，家法遗编在莫忘。

作者简介

汪尚宁，生卒年不详，明·庠生，江西省德兴市海口镇人。江西省德兴市海口镇人。参见《海川董氏实录》、《海川董氏宗谱》。

注释

[1]精一：精粹而齐心。《尚书·大禹谟》："人心惟危，道心惟微，惟精惟一，允执厥中。"[2]薪传：柴虽烧尽，火种仍可留传；师生授受相传不绝。《庄子·养生主》："指穷于为薪，火传也，不知其尽也。"[3]御书：皇帝书写的字；皇帝书写。唐·张说《端午三殿侍宴应制》诗云："甘露垂天酒，芝花捧御书。"[4]题扁：题写匾额。清·金埴《不下带编》云："偶应饮阁主人之请，为题扁曰'寻常坐处'。"[5]嵬（wéi）峨：高大雄伟。元·胡助《五度朝晖》云："大小嵬峨五度峰，朝晖暮霭变无穷。"[6]俎（zǔ）豆：俎和豆，古代祭祀时盛食物的礼器，引申为祭祀、奉祀。[7]啭（zhuàn）：鸟宛转地鸣叫。[8]家法：封建家长的治家之法。[9]遗编：前人留下的著作；散佚的典籍。唐·罗隐《咏史》云："蠹简遗编试一寻，寂寥前事似如今。"

7. 棋山院

宋·董渊

风际有云多世态，海中无底是人心。
可堪更问棋山话，一局闲争古到今。

作者简介

董渊，字几道，江西省德兴市海口镇人。北宋仁宗庆历二年（1042）进士。官至长乐令、大理寺少卿。参见《全宋诗》、《淳熙三山志》、《德兴县志（同治版）》、《江西通志（通行本）》。

注释

[1]棋山院：围棋学习、交流与切磋之院。[2]世态：世俗的情态；人情淡薄而言。唐·戴叔伦《旅次寄湖南张郎中》诗云："却是梅花无世态，隔墙分送一枝春。"[3]可堪：犹言那堪，怎堪。唐·李商隐《春日寄怀》诗云："纵使有花兼有月，可堪无酒又无人。"[4]一局：谓全盘；下棋一次。唐·司空图《题休休亭》诗云："一局棋，一炉药，天意时情可料度。"

【延伸阅读·书院】

瑞峰院

宋·董渊

石屏树幄白云端，溪路生苔树石间。
闲访禅家问尘世，总言尘事不相干。

8. 掬清书屋

明·董盘

水之清兮，靡汩其流；
于彼掬之，我疾以瘳。
水之清兮，靡壅其泉；
既洌其邑，亦澄其源。
瞻彼日月，悠悠其迈；
我德未纯，我心未快。

☆☆☆☆☆

水之清兮，靡兴其波；
于彼掬之，我瑕以磨。
彼共之子，薄言有之；
聿新厥德；百虑涤之。
迨今弗谖，昭监维则；
则之伊河，虚涵太极。

作者简介

董盘，生卒年不详，字子用，号掬清逸士，明·庠生，江西省德兴市海口镇人。参见《海川董氏实录》、《海川董氏宗谱》。

注释

[1]掬清书屋：位于江西省德兴市海口镇海口村南园，始建于

明代。[2]靡汩（gǔ）：靡，水边、河岸；靡丽、奢靡。汩，水流的样子，水流动的声音。元·贡师泰《黄河行》云："滔滔汩汩兮，同宇宙之悠久。"[3]掬之：以手掬水。宋·卫宗武《所居遇雪》云："掬之滋吟觞，石铛煮团月。"[4]瘳（chōu）：病愈；减损。方苞《狱中杂记》曰："其伤于缚者，即幸留，病数月乃瘳。"[5]靡壅：壅，堵塞，壅塞，壅水。[6]既洌（liè）其邑：洌，水清、清澄、洌清；邑，整齐的样子。宋·黄裳《题杨氏聚义轩》云："源泉洌清甃，既与还不穷。"[7]瞻彼：宋·王柏《和得全喜雪韵》云："瞻彼西山紫翠间，百年遗族备艰难。"[8]未纯：宋·王令《叔孙通》云："弟子从来学未纯，异时得失亦频频。"[9]我瑕（xiá）：玉上面的斑点；喻缺点或过失。《左传·闵公元年》曰："心苟无瑕，何恤乎无家！"[10]薄言：浅薄的话，多用作谦词；相劝勉之。[11]聿（yù）新厥（jué）德：聿，文言助词无义，用于句首或句中。厥，其，他的，她的。《诗·大雅·文王》云："无念尔祖，聿修厥德。"[12]百虑：各种思虑；许多想法。明·刘基《永康胡元鼎白云楼》诗云："昔时望云煎百虑，今日看云美无度。"[13]迨今弗谖（xuān）：迨，等到，达到。谖，忘记，谖言。《诗经·卫风·考盘》云："独寐寤言，永矢弗谖。"[14]伊河：一则指中原的一条河流；一则指代指曾经在伊河之畔定居讲学的北宋著名理学家程颢、程颐二人。唐·白居易《闲游即事》云："郊野游行熟，村园次第过。蓦山寻浥涧，蹋水渡伊河。"[15]虚涵：包罗，包含。宋·华镇《秦淮》云："平截埋金地，虚涵建邺宫。六朝乘王气，疏凿竟无功。"[16]太极：天地混沌未分以前，称为「太极」。天宫、仙界。宋·张君房《笈七签卷八第十六章》曰："太极有元景之王，司摄三天之神仙者也。"

9. 芙蓉书屋

明·李辉

桃李得先榜，群葩争艳阳。
春风故无私，根柢各专场。
芙蓉独藏瑞，寂寞山溪榜。
草木欲妆实，我独呈孤芳。
影占澄江月，色夺名园霜。
顾彼桃李花，冷暖徒可伤。
伟哉辰溪宰，久困穷经堂。
晚叨贤榜荣，肯热水檗胁。
早岁摅忠辈，勋绩谁优长。
活民书垂世，瞻此芙蓉庄。

作者简介

李辉，生卒年不详，明·庠生，江西省德兴市海口镇人。参见《海川董氏实录》、《海川董氏宗谱》。

注释

[1]芙蓉书屋：位于江西省德兴市海口镇海口村南园，始建于宋代。[2]先榜：最先知道；先知榜名。宋·王迈《送徐子学梦鲤赴梅教》云："九州四海尽同年，德行公居一榜先。"[3]群葩

(pā)：葩，花卉、华美、奇葩异草。明末清初·李渔《芙蕖》曰："群葩当令时，只在花开之数日，前此后此皆属过而不问之秋矣。"[4]根柢（dǐ）：草木的根、事物的基础。宋·艾性夫《答诸友》云："自有乾坤心最大，稍无根柢学皆虚。"[5]专场：专门场地；一定场所无所匹敌。唐·白居易《代书诗一百韵寄微之》云："中第争无敌，专场战不疲。"[6]山溪：山中溪水。明·李梦阳《门前溪》诗云："山溪信清浅，入海作洪波。"[7]妆实：打扮充实。明·唐顺之《咏天坛梅花》云："拟结千年实，先呈五出妆。"[8]澄江：清澈的江水。[9]辰溪宰：借指南宋进士董煟曾经担任辰溪县县令。经堂：佛教称藏经之堂和诵经、做佛事之堂。明·顾元庆《献花岩》云："松殿秋阴肃，经堂雨叶黄。"[10]水檗(bò)：檗，黄檗，落叶乔木，木材坚硬，茎可制黄色染料，树皮入药，简称"檗"。宋·五迈《送要公似有这宰古田》曰："吾辈惯水檗，世好殊酸咸。"[11]早年。元·吴师道《吴礼部诗话》云："钱塘李道坦坦之，早岁入道洞霄宫。"[12]勋绩：功勋；功绩。明·方孝孺《藏用斋记》："功业著乎生民，勋绩流而长存。"[13]活民书：即南宋进士董煟撰写的《救荒活民书》，该书是中国古代第一部较为完备的救荒专著。书中详列救荒之策，要求统治者充分认识救荒与巩固封建统治之密切关系，关心民间疾苦，采取正确的政策，克服各种弊病，及时做好救荒工作。

10. 御书楼（Ⅰ）

宋·洪迈

势倚层霄上，思覃雨露时。
数封天子诏，两代帝王师。
拥坐传龙凤，巡檐送斗箕。
云礽争接武，长步广寒梯。

作者简介

洪迈（1123—1202）字景卢，号容斋，宋饶州鄱阳人。高宗绍兴十五年（1145 年）进士。历任中书舍人、直学士院、知赣州、知婺州、翰林学士、端明殿学士。卒谥文敏。学识博洽，论述弘富，尤熟掌故。南宋文学家、史学家。著有《容斋五笔》、《夷坚志》、《野处类稿》、《史记法语》、《万首唐人绝句》等。参见《德兴县志（同治版）》、《海川董氏实录》。

注释

[1]御书楼：位于江西省德兴市海口镇海口村前市，始建于北宋。董义，字彦臣，江西省德兴市海口镇人。北宋英宗治平二年（1065 年）进士，担任魏王宫教授，是为宋神宗、哲宗两帝之师。董义告老还乡后宋哲宗赐建“御书楼”，为其贮书之用。门联曰：“数封天子诏，两代帝王师。”[2]势倚：势，姿势、气势、情势。倚，靠着、倚靠、倚傍。唐·柳宗元《至小丘西小石潭记》曰：

“其岸势犬牙差互，不可知其源。”[3]层霄：高空；指云气。晋·庾阐《游仙诗》云：“层霄映紫芝，潜涧汎丹菊。”唐·李白《大猎赋》曰：“彼层霄与殊榛，罕翔鸟与伏兔。”[4]思覃（qín）：深思。唐·杨炯《卧读书架赋》云：“庶思覃於下帏，岂遽留而更读。”[5]雨露：雨和露；恩惠、恩泽。唐·元稹《代曲江老人百韵》云：“暇日耕耘足，丰年雨露频。”唐·高适《送李少府贬峡中王少府贬长沙》诗云：“圣代即今多雨露，暂时分手莫踌躇。”[6]数封天子诏，两代帝王师：《全书词》收录了董义的这两句诗。[7]拥坐：拥有享坐；安坐而拥有。宋·叶适《寄题朝宗新楼》云：“侵云切月绛一炬，拥坐排檐青几峰。”[8]巡檐（yán）：来往于檐前。唐·杜甫《舍弟观赴蓝田取妻子到江陵喜寄》诗曰：“巡檐索共梅花笑，冷蘂疏枝半不禁。”[9]斗箕（dòu jī）：一则是指印，指纹有斗有箕，圆纹为斗，斜纹为箕，故称指纹为斗箕；二则是统称二十八宿中的斗星和箕星。宋·吴泳《寿李雁湖》云：“金碧苍岩下，神光射斗箕。”[10]云礽（réng）：亦作“云仍”；远孙；比喻后继者；沿袭、因袭。[11]接武：步履相接；前后相接；继承。宋·司马光《与吕晦叔简》曰：“自晦叔入都，及得共事，每与僚寀行坐不相离，未尝得伸悃愊，虽日夕接武，犹隔阔千里也。”[12]广寒：广寒宫。唐·陆龟蒙《上元日道室焚修寄袭美》诗云：“三清今日聚灵官，玉刺齐抽谒广寒。”

11. 御书楼（Ⅱ）

宋·董昌朝

云围村郭树围楼，云树苍茫古迹幽。
好把明窗开八面，贪临曲栏豁双眸。
堂壁许多诗句在，怪无余墨绍前修。

作者简介

董昌期，字鸣瑞，号月垣，江西省德兴市海口镇人。清·嘉庆三年（1799）戊午科文庠。参见《海川董氏实录》、《海川董氏宗谱》。

注释

[1]御书楼：位于江西省德兴市海口镇海口村前市，始建于北宋。[2]村郭：村镇。村，乡下村子；郭，围着城的墙。《乐府诗集·木兰诗》曰："爷娘闻女来，出郭相扶将。"[3]苍茫：广阔无边的样子。唐·杨炯《登秘书省阁诗》序："林野苍茫，青天高而九州迥。"[4]古迹：文化遗迹。南北朝·王僧达《和琅琊王依古诗》云："既践终古迹，聊讯兴亡言。"[5]曲栏：曲折的栏杆。宋·文同《蒲氏别墅十咏·清蟾桥》云："谁此伴高兴，画桥凭曲栏。"[6]堂壁：房子墙壁、堂屋墙壁。宋·孔道辅《题祖庙二首》云："秦火自焚宁害圣，金丝堂壁閟家书。"[7]余墨：残留的墨汁；残存的书画。宋·欧阳修《哭曼卿》诗云："遗踪处处在，馀墨润不枯。"

12. 威烈端公祠

宋·苏轼

铁柱凌嶒照豸冠，亲操八砦继韩坛。
挫锋尚惜援兵寡，断首还提伪贼看。
云奋有声应自鼓，马归无主更谁鞍。
藕池不尽清泠水，夜夜含愁带月寒。

作者简介

苏轼（1037—1101 年），字子瞻，号东坡居士，宋眉州眉山人。仁宗嘉祐二年进士。历任开封府推官、杭州通判、知密徐湖三州、黄州团练副使、知登州、中书舍人、翰林学士兼侍读、龙图阁学士知杭州、知颍州、知定州、琼州别驾等。谥文忠。诗文清新畅达，作词豪放开拓，工书善画。《宋史》有传。著有《东坡七集》、《东坡志林》、《东坡乐府》、《仇池笔记》《论语说》等。参见《德兴县志（同治版）》、《海川董氏实录》。

注释

[1]端公祠：位于江西省德兴市海口镇海口村西大王林，始建于北宋。[2]端公：一则指董端公、殿中御史董全祯。一则指，唐代对侍御史的别称。唐·李肇《唐国史补》卷下：“外郎御史遗补相呼为院长，上可兼下，下不可兼上，唯侍御史相呼为端公。”[3]凌嶒：高峻突兀貌。清·阎尔梅《连云栈》诗云：“草凉山驿

苦嵯峨，千转凌嶒古渡河。”[4]豸冠（zhì guān）：即獬（xiè）豸冠。獬即獬豸，古代传说中的异兽，能辨曲直，见有人争斗就用角去顶坏人。豸即虫豸，古书上说的没有脚的虫。冠，帽子、衣冠、冠戴。[5]八砦（zhài）：砦同“寨”，守卫用的栅栏、营垒。《宋史·宗泽传》曰：“今河东西不从敌国而保山砦者，不知其几。”[6]韩坛：韩信坛，汉刘邦为韩信拜将所设的坛场；拜将帅的高台；被授予将帅。宋·叶适《送林退思四川分司茶马干官》诗云：“汉中王霸地，从古锋镝争；崩摧韩信坛，阙落张鲁营。[7]挫锋：锋芒受挫。宋·蒋之奇《石门山》云：“岂料王师到寻狭，挫锋困粟遂无前。”[8]断首：砍头；身首异处。《管子·侈靡》曰：“断指满稽，断首满稽，断足满稽。”[9]无主：没有主人。唐·许棠《成纪书事诗》云：“满野多成无主冢，防边半是异乡人。”[10]含愁：怀着愁苦。唐·沈佺期《古意呈补阙乔知之》诗云：“谁谓含愁独不见，更教明月照流黄。”

13. 裔拜端公祠

清·董昌期

讨巢当日建奇功，享祀于今庙貌崇。
叫杀提头追马上，宣威仗剑动营中。
山河奠镇唐氛扫，俎豆馨香祖德融。
省试裔孙阶下拜，悠然千载仰高风。

作者简介

董昌期，字鸣瑞，号月垣，江西省德兴市海口镇人。清·嘉庆三年（1799）戊午科文庠。参见《海川董氏实录》、《海川董氏宗谱》。

注释

［1］端公祠：位于江西省德兴市海口镇海口村西大王林，始建于北宋。［2］讨巢：讨，征伐、讨伐、声讨；巢，敌人或盗贼盘踞的地方。［3］享祀：祭祀。《三国演义》第九六回云："却说孔明斩了马谡，将首级遍示各营已毕，用线缝在尸上，具棺葬之，自修祭文享祀。"［4］宣威：宣传威力。《新唐书·卷一〇〇·阎立德传》云："时姜恪以战功擢左相，故时人有'左相宣威沙漠，右相驰誉丹青'之嘲。"［5］省试：唐宋时由尚书省礼部主持举行的考试。又称礼部试，后称会试。唐·姚合《寄杨茂卿校书》诗云："到京就省试，落籍先有名。"［6］裔（yì）孙：远代子孙。清·叶廷管《吹网录·吴许公奏议》云："又知此书在国初时，曾经裔孙所谓汝州君者付梓。"

14. 瞻拜忠贤祠

宋·谢枋得

正气冲融自一家，宦情儒墨共根芽。
身因世故归民社，道为时谋重圣涯。
千古流光寒夜月，满天余彩漾晴霞。
殷勤瞻拜诸公侧，送尽长林几晚鸦。

作者简介

谢枋得（1226—1289），字君直，号叠山，信州弋阳（今属江西）人。宋理宗宝祐四年进士，官至抚州司户参军、江东提刑、江西招谕使。宋亡居闽中。元初坚辞不起，强之北上，遂不食而死。门人私谥文节。著有《文章轨范》、《叠山集》。《宋史》卷四二五有传。参见《中国历代人名大辞典》、《全宋诗》、《德兴县志（同治版）》、《海川董氏实录》。

注释

[1]忠贤祠：位于江西省德兴市海口镇海口村后市；祭祀董义、董全祯、董鼎，始建于宋代。[2]题注：作者题注《忠贤祠》诗为祠祀德兴董公全贞董公鼎而作。[3]正气：光明正大的风气；刚正的气节。《文子·符言》："君子行正气，小人行邪气。[4]冲融：充溢弥漫貌；冲和；恬适。唐·韩愈《游青龙寺赠崔大补阙》诗曰："魂翻眼倒忘处所，赤气冲融无间断。"[5]宦情：做官的志趣

意愿；做官的心情。宋·陆游《宿武连县驿》诗云："宦情薄似秋蝉翼，乡思多於春茧丝。"[6]儒墨：儒家和墨家，战国时期同为重要学派。《韩非子·显学》曰："世之显学，儒、墨也。儒之所至，孔丘也；墨之所至，墨翟也。"[7]根芽：植物的根与幼芽；事物的根源、根由。元·曾瑞《留鞋记》第三折云："你道是真赃正犯难乾罢，平白地揣与我个祸根芽。"[8]世故：世事变故；变乱。《文选·潘尼〈迎大驾〉诗》曰："世故尚未夷，崤函方崄涩。"张铣注："世乱未平，崤谷函关之路尚崄涩未通也。"[9]时谋：应时的谋略。《文选·王粲〈从军诗〉之四》曰："恨我无时谋，譬诸具官臣。"吕延济注："粲自恨无应时之谋，犹无才而具官位之臣。"[10]晴霞：明霞。宋·刘克庄《满江红》词云："织女机边云锦烂，天台赋里晴霞赤。"[11]殷勤：勤奋；恳切；情意深厚。唐·李商隐《无题》曰："蓬山此去无多路，青鸟殷勤为探看。"[12]瞻拜：参拜；瞻仰礼拜。晋·傅亮《为宋公至洛阳谒五陵表》云："故老掩涕，三军悽感，瞻拜之日，愤慨交集。"

15. 尚德祠

清·董昌期

本属栋梁材，欣移砌下来。
节同淇澳竹，心比岁寒梅。
敝日清阴叠，千霄碧影堆。
荣滋从此始，祖德广栽培。

作者简介

董昌期，字鸣瑞，号月垣，江西省德兴市海口镇人。清·嘉庆三年（1799）戊午科文庠。参见《海川董氏实录》、《海川董氏宗谱》。

注释

[1]尚德祠：位于江西省德兴市海口镇海口村内，祭祀董氏先人，始建于年代不详。[2]淇澳：旧时常用以称颂辅佐国政的人或代指一个品德高尚的士大夫。《诗·卫风·淇奥序》曰："《淇奥》美武公之德也。有文章，又能听其规谏，以礼自防，故能入相於周。"[3]敝日：天气不好；太阳被遮盖。清·徐嘉炎《昭化寺古罗汉松歌赠苍岩沈师》云："深林霏霏敝日月，交柯杂沓回芊绵。"[4]碧影：青色的云彩。唐·刘沧《夏日登西林白上人楼》云："寒光远动天边水，碧影出空烟外山。"[5]荣滋：茂盛生长。三国·魏·嵇康《琴赋》云："嘉鱼龙之逸豫，乐百卉之荣滋。"[6]祖德：祖宗的功德。《管子·四称》曰："循其祖德，辩其顺逆，推育贤人，谗慝不作。"

16. 克念祠

清·董昌期

楷模犹在可追从，后学须当绍厥宗。
世味浑涵风味淡，德华昭灼露华浓。
盰源铎响三更梦，梓里家声五夜钟。
先绪自今谁克缵，举头天外欲攀龙。

作者简介

董昌期，字鸣瑞，号月垣，江西省德兴市海口镇人。清·嘉庆三年（1799）戊午科文庠。参见《海川董氏实录》、《海川董氏宗谱》。

注释

[1]克念祠：位于江西省德兴市海口镇海口村内，祭祀董氏先人，始建年代不详。[2]绍厥宗：绍，继承、恢复；厥，其、他的。清·董诰等纂修《全唐文卷·陈子昂》云："泱泱大风，其太公兮。穆穆君子，绍厥宗兮。"[3]浑涵：博大深沉；含蓄；含混。明·高攀龙《讲义·仁者人也》云："夫子语意浑涵，原无所不该。"[4]昭灼：显著、彰明。《文选·鲍照·行药至城东桥》曰："尊贤永昭灼，孤贱长隐沦。"[5]盰（hàn）源：盰，盛大的样子。[6]铎（duó）响：铎，大铃，形如铙、钲而有舌；古代乐器；木铎、铃铎。宋·张耒《宿柳子观音寺》云："夜久月高风铎响，木鱼呼觉五更寒"。[7]梓里：故乡。[8]克缵（zuǎn）：继承、撰写。明·何乔新《平林十章送宪使钱廷珍赴任》云："克缵前休，维邦之秀。"

17. 红庙

清·无名氏

时逢姚贼寇吾乡，裂地轰天势莫挡。
仗显神威为捍御，金鞭千载放灵光。

作者简介

无名氏，生卒年不详，江西省德兴市人。参见《海川董氏实录》、《海川董氏宗谱》。

注释

[1]红庙：位于江西省德兴市海口镇海口村在村西洞真观右，供奉赵云将军尊神，始建年代不详。[2]时逢：当时正碰上。宋·王令《同顾保之游灵隐》云："时逢天风吹客过，还有野鸟惊人来。"[3]姚贼：明朝某年，姚贼进犯古海口。[4]裂地轰天：又称轰天裂地，形容声响猛烈或声名巨大。裂地，地面坼裂，亦谓使地面开裂。明·刘基《怨王孙》词曰："海风裂地鲸鱼死，三万里水击蓬莱徙。"轰天，巨声震天。[5]仗显：依仗、彰显。[6]捍御：保卫；防御。《后汉书·逸民传逢萌传》云："行至劳山，人果相率以兵弩捍御，吏被伤流血，奔而还。"[7]神威：强大的威力。清·许传霈《再为田道士作》云："道家一样能驱疫，瞻仰神威日几摩。"[8]灵光：神异的光辉帝王或圣贤的德泽。明·屠隆《綵毫记·仙官列奏》云："灵光现真人，形气参幻化。"

18. 水玉堂

清·董淑孝

玉润水清回异堂，连登科甲姓名扬。
标题雁塔堪随步，翁婿同荣得号堂。

作者简介

董淑孝，字子鹄，江西省德兴市海口镇人。清·顺治二年（1646）乙酉科拔贡生。参见《德兴县志（同治版）》、《海川董氏实录》、《海川董氏宗谱》。

注释

[1]端公祠：位于江西省德兴市海口镇海口村上市，始建于南宋，为南宋进士董熠和其岳父程迥沙随先生讲学之所。[2]玉润：形容外貌光洁润泽。《礼记·聘义》曰："君子比德于玉焉，温润而泽，仁也。"[3]连登科甲：又称科甲连登。汉唐取士，有甲乙等科，后世因称科举为科甲；而明清时亦称进士、举人出身为科甲。元·乔吉《金钱记·第一折》云："几年窗下学班马，吾岂匏瓜，指望待一举登科甲。"[4]标题雁塔：唐代新进士常题名于大雁塔。唐新进士同榜，题名塔上，有行次之列。唐韦、杜、裴、柳之家，兄弟同登，亦有雁行之列。故名'雁塔'。后常用为中式高举之典实。[5]翁婿同荣：翁即董熠的岳父程沙随先生，婿即程沙随先生的女婿董熠先生。[6]号堂：旧时一户人家的称号。宋·洪炎《福州程使君止戈堂》云："堂号止戈贤守意，郡名长乐圣君心。"

19. 双柏堂

明·邹位

老柏崔嵬不纪年，双撑华盖壮门前。
凌霄黛色压桃李，溜雨霜被沐雾烟。
点点丹仁皆赤子，层层翠叶是青山。
香风长守岁寒节，肯与乔松论后先。

作者简介

邹位，生卒年不详，字子能，江西省德兴市海口镇人。明·贡生，官至辰溪县训导。参见《德兴县志（同治版）》、《海川董氏实录》、《海川董氏宗谱》。

注释

[1]双柏堂：位于江西省德兴市海口镇海口村内，董氏先人讲学之所，始建年代不详。[2]纪年：纪年是人们给年代起名的方法。主要的纪年有帝王纪年、公元纪年、岁星纪年和干支纪年等。[3]崔嵬（cuī wéi）：高峻、高大的様子。唐·杜甫《古柏行》云："崔嵬枝幹郊原古，窈窕丹青户牖空。"[4]华盖：帝王车驾的伞形顶盖；阳台或屋盖。魏晋·石崇《还京诗》云："迅风翼华盖，飘遥若鸿飞。"[5]丹仁：丹，红色、赤色、丹砂、丹桂。[6]凌霄：凌云。宋·张镃《北山早兴》云："啄木声穿竹，凌霄色映松。"[7]黛色：黛色青黑色。[8]乔松：高大的松树。明·沈鲸《双珠记·人珠还合》云："特俾丝萝，得附乔松。"

20. 鼓山草堂二首

清·董尧文

一带清流松竹巷，轩开紫翠鉴回塘。
云浮岩岫千山动，面面青排色满堂。

☆☆☆☆☆

断云横阁竹松清，草绿斜阳傍沼生；
日暮西风倚栏立，半楼新月远峰明。

作者简介

董尧文，生卒年等不详，清·太学生、监生，江西省德兴市海口镇人。参见《海川董氏实录》。

注释

[1]鼓山草堂：位于江西省德兴市海口镇海口村下鼓山，祭祀董子贤，始建年代不详。[2]清流：清澈的流水；德行高洁之士。《文选·左思·吴都赋》曰："玄荫耽耽，清流亹亹。"[3]云浮：云之飘散。魏晋·无名氏《子夜四时歌》云："昔别春风起，今还夏云浮。"[4]断云：片云。南北朝·朱超《咏孤石诗》云："对影疑双阙，孤生若断云。"[5]沼生：即沼生植物，一般生长于沼泽浅水中或地下水位较高的地表。[6]日暮：太阳快落山的时候；傍晚。南北朝·刘孝绰《咏小儿采菱诗》云："采菱非采菉，日暮且盈舠。踟蹰未敢进，畏欲比残桃。"

六、题赠别送友谊长

1. 题义公（唐·董义公）

宋·汪藻

唐家勋业鼎钟妆，千载遗思祀典留。
陇古流风就署晓，海川斜阳石坛秋。
田供厚黍庭仪在，碑蚀荒苔字晕稠。
多少休光贤嗣继，献酬无愧旧箕裘。

作者简介

汪藻（1079—1154 年），字彦章，号浮溪，江西省德兴市海口镇人。崇宁二年（1103）进士。历任太常少卿、起居舍人、显谟阁大学士、左大中大夫，封新安郡侯。著名文学家、诗人。以鸿文硕学闻于当世，俗语有“江左二宝，胡伸汪藻”。著有《浮溪集》、《文献通考》、《世说新语叙录》二卷、《青唐录》三卷、《裔夷谋夏录》三卷、《靖康要录》、《古今俗雅字》等书。参见《宋史》、《全宋诗》、《四库全书》、《中国文学家大辞典》、《德兴县志（同治版）》、《江西通志（四库本）》。

注释

[1]题乂（yì）公：即题诗唐·董乂公，唐申（754—825 年），字维坤，号洛成，谥号乂，江西省德兴市海口镇人，唐贞元年间进

士。[2]勋业：功业。唐・李颀《赠别张兵曹》诗云："勋业河山重，丹青锡命优。"[3]鼎钟：鼎与钟。古代钟鼎上刻铭文，以旌有功者。明・汪廷讷《种玉记・乘访》云："儿今别去远从戎，指日勋庸建鼎钟。"[4]遗思：犹怀念。汉・刘桢《公燕》诗曰："遗思在玄夜，相与复翱翔。"[5]祀典：记载祭祀仪礼的典籍；祭祀的仪礼。南朝・宋・傅亮《为宋公修张良庙教》曰："夫盛德不泯，义存祀典。"[6]流风：前代流传下来的风气。《孟子・公孙丑上》曰："纣之去武丁未久也，其故家遗俗，流风善政，犹有存者。"[7]石坛：石头筑的高台，古代多用于祭祀。[8]献酬：敬酒；斟饮；酬答；应答。[9]箕裘：比喻祖先的事业。宋・楼钥《送张子宓分教澧阳》诗曰："君家世为儒，青箱袭箕裘。"

【延伸阅读・诗词】

次韵董禹川（董浚）二首

宋・汪藻

其一

江山怪我数能来，政坐刀斤赦不才。
生理喜于鱼得计，交情羞似鸠为媒。
烟尘回首烽三月，花柳关情酒一杯。
日夜故园归梦好，忆冲细雨□蒿莱。

其二

涉世真成百罅舟，漫教俗子相壶丘。
投林老去三椽在，堕甑年来万事休。
只欲携儿耕甫里，谁能著酒换凉州。
绝怜扬子津头雨，管断江南庾信愁。

2. 题董颖《霜杰集》

宋·朱熹

先生人物魏晋间，题诗便欲倾天悭。
向来无地识眉宇，今日天遣窥波澜。
平生尚友陶彭泽，未肯轻为折腰客。
胸中合处不作难，霜下风姿自奇特。
小儒阀阅金匮书，不滞周南滞海隅。
枌榆连阴一见晚，何当挽袖凌空虚。

作者简介

朱熹（1130—1200），字元晦，号晦庵，别称紫阳，谥文，宋徽州婺源（今属江西）人。高宗绍兴十八年进士。历任知南康军、提举浙东茶盐公事、知漳州、秘阁修撰、南京鸿庆宫。南宋理学家，主持白鹿洞、岳麓书院，其学派被称为程朱学派。著有《四书章句集注》、《周易本义》、《诗集传》、《晦庵词》、《楚辞集注》等；后人编有《朱子语类》、《朱文公文集》等。参见《德兴县志（同治版）》、《海川董氏实录》。

注释

[1]题董颖《霜杰集》：《霜杰集》为诗人董颖著作文集，计三十卷。绍兴二十年（1150 庚午）正月，朱熹为江西苦吟诗人董颖《霜杰集》题诗。[2]题诗：就一事一物或一书一画等，抒发感受，

题写诗句。唐·高适《人日寄杜二拾遗》诗曰："人日题诗寄草堂，遥怜故人思故乡。"[3]尚友：上与古人为友；与高于己者交游。[4]天悭（qiān）：悭，小气、吝啬、悭吝。元·关汉卿《青杏子·离情》曲曰："常言道好事天悭。"[5]天谴：上天的责罚；帝王的责罚。《新唐书·韩思彦传》曰："后太白昼见，劝帝修德答天谴。"[6]陶彭泽：东晋大诗人陶渊明曾任彭泽（今属江西）县令，故称陶彭泽。唐·白居易《题浔阳楼》云："常爱陶彭泽，文思何高玄。"[7]小儒：勉力矫性而有得的儒者；浅陋的儒者。[8]阀阅：功勋、功绩和经历；有功勋的世家、巨室。[9]金匮：亦作"金柜"，铜制的柜，古时用以收藏文献或文物；借指藏书。[10]周南：民歌；诗教的典范；滞留某地而毫无建树之典。宋·刘克庄《再和实之〈读邸报〉》诗之二云："留落周南众，萧条冀北空。"[11]海隅：海角；海边；僻远的地方。[12]枌榆（fén yú）：白榆的别名；家乡。《文选·张衡·西京赋》曰："岂伊不虔思于天衢，岂伊不怀归于枌榆。"

3. 游海川题秋堂翁

元·汪泽民

海口隐君子，人称马少游。
诗书双鬓雪，风露一堂秋。

作者简介

汪泽民（1285—1355），字叔志，汪藻七世孙，号堪老真逸，江西省德兴市海口镇人。元延祐五年（1318）进士。历任岳州路、平江路同知、南安路推官、国子司业、集贤殿直学正、嘉议大夫、礼部尚书。卒后追封谯国郡公，谥文节。著有《春秋纂疏》、《宛陵群英集》。参见《元史》、《元诗选》、《四库全书》、《海川董氏实录》。

注释

[1]游海川：即游学造访海川即今德兴市海口镇。[2]秋堂翁：海川名人众多，“秋堂翁”乃当时海川一位贤人，情况不详。海川贤人董寿民《元懒翁诗集》亦有多首诗词吟诵“秋堂翁”。[3]隐君子：犹隐士。唐·储光羲《寄孙山人》诗云：“借问故园隐君子，时时来往住人间。”[4]马少游：东汉名将伏波将军马援的从弟，《后汉书·马援传》中记载了马少游规劝马援的事迹。后世把马少游作为士人不求仕进、知足求安的典型。[5]双鬓雪：鬓发斑白如雪。宋·李昴英《贺新郎》词云：“老行要寻松竹伴，雅爱山翁鬓雪。”[6]一堂秋：宋·孔平仲《送提举太平观熊舍人》曰：“寂寞旧居谁复顾，桂花深锁一堂秋。”

4. 题端公死马湾

元·徐明善

八砦神威失元将，兵马一弛天自放。
鞍辔萧萧无人羁，还驮元将飚霆上。
三载骄威一夜妆，远随旗剑青冥游。
穆王八骏今何在，不及区区黄柏州。

作者简介

徐明善，生卒年不详，字志友，号芳谷，江西省德兴市人。元世祖至元年间任隆兴教授，又为江西儒学提举。尝奉使安南。历聘江浙湖广三省考试，拔黄晋于落卷中。以文学著名。著有《芳谷集》。参见《中国历代人名大辞典》、《海川董氏实录》。

注释

[1]端公死马湾：端公，殿中御史董全祯；死马湾，海口村大杨林附近小河边。[2]元将：指董全祯将军。[3]自放：自我放纵；自我放逸；自骋才气。明·宋濂《抱瓮子传》云："与其强情而徇世，宁若任真以自放也。"[4]青冥：青苍幽远；仙境；天庭。唐·李白《梦游天姥吟留别》云："青冥浩荡不见底，日月照耀金银台。"[5]鞍辔（pèi）：鞍子和驾驭牲口的嚼子、缰绳。[6]飚（biāo）霆：飚，暴风，形容声势大，速度快；霆，暴雷，霹雳，雷霆。[7]穆王八骏：传说中周穆王驾车用的八匹骏马，能够日行万里。

5. 题马伏波像

宋·董烈

眉目真如画，英姿迥不凡。
识高能择主，功大不胜谗。
马革忠何壮，壶头怒尚衔。
谁甘骑款段，长服野人衫。

作者简介

董烈，字文父，江西省德兴市海口镇人。宋淳祐辛丑年（1241年）徐俨夫榜进士。官至江西漕运使、知隆兴府。参见《德兴县志(同治版)》、《海川董氏实录》、《海川董氏宗谱》。

注释

[1]马伏波：东汉马援受封为伏波将军，见《后汉书·马援传》。宋·黄庭堅《病起荊江亭即事詩》云："翰墨場中老伏波，菩提坊裡病維摩。"[2]不胜谗：不胜，无法承担；承受不了。谗，谗言、诋毁、陷害。唐·岑参《终南东溪口作》诗云："沙平湛濯足，石浅不胜舟。"[3]马革：亦作"马革裹尸"，用马皮把尸体包裹起来。《后汉书·马援传》曰："男儿要当死于边野，以马革裹尸还葬耳，何能卧床上在儿女子手中邪?"[4]款段：马行迟缓貌。清·顾炎武《酬李子德二十四韵》云："自言安款段，何意辱千旗。"[5]野人：村野之人；农夫；庶人；平民。

6. 自题眄怡斋二首

宋·程迥

六月松风万籁寒，笙竽频到枕屏间。
夜深梦绕匡庐阜，瀑布溅珠过药阑。

☆☆☆☆☆

葵花已过菊花开，万里西风拂面来。
问字今朝几人至，细看屐齿破苍苔。

作者简介

程迥，字可久，号沙随，人称“沙随先生”，原籍宁陵（今属河南）人，后寓居江西省德兴市海口镇成为“海口人”。隆兴元年（1163）进士。历任扬州泰兴尉、知饶州德兴、隆兴进贤、信州上饶。南宋儒学家。好学博闻，释订经史。《宋史》卷四三七有传。著有《论语传》、《孟子章句》、《周易古占法》、《周易章句外编》、《南斋小集》等书。参见《中国历代人名大辞典》、《海川董氏实录》、《德兴县志（同治版）》。

注释

[1]自题：自己题写诗词。唐·崔道融《班婕妤》云：“宠极辞同辇，恩深弃后宫。自题秋扇后，不敢怨春风。”[2]眄（miǎn）怡斋：房屋、书房的雅称或别号。[3]松风：松林之风。南朝·宋·颜延之《拜陵庙作》诗曰：“松风遵路急，山烟冒垄生。”

[4]万籁：各种声响。籁，从孔穴中发出的声音。南朝・齐・谢朓《答王世子》诗云："苍云暗九重，北风吹万籁。"[5]笙竽：笙和竽，乐器，因形制相类，故常联用。晋・左思《吴都赋》曰："盖象琴筑并奏，笙竽俱唱。"[6]枕屏：枕前屏风。宋・赵彦卫《云麓漫钞》云："绍兴末，宿直中官，以小竹编联，笼以衣，画风云鹭丝作枕屏。"[7]匡庐：江西的庐山，相传殷周之际有匡俗兄弟七人结庐于此，故称。明・吴国伦《鄱阳湖》诗云："欲向匡庐卧白云，宫亭水色昼氤氲。"[8]瀑布：从悬崖或河床纵断面陡坡处倾泻下的水流。远看如挂着的白布。宋・苏轼《舟中听大人弹琴》诗云："风松瀑布已清绝，更爱玉佩声琅珰。"[9]葵花：向日葵。元・郭钰《葵花叹》诗云："朝见葵花长叹息，暮见葵花重于邑。"[10]问字：从人受学或向人请教为"问字"。宋・陆游《小园》诗云："客因问字来携酒，僧趁分题就赋诗。"[11]屐（jī）齿：屐底的齿；足迹；游踪；履声。宋・张孝祥《水龙吟・过浯溪》词曰："漫郎宅里，中兴碑下，应留屐齿。"[12]苍苔：青色苔藓。晋・潘岳《河阳庭前安石榴赋》曰："壁衣苍苔，瓦被驳鲜，处悴而荣，在幽弥显。"清・孙枝蔚《醉题田家翁壁上》诗云："醉墨淋漓留在壁，莫教风雨生苍苔。"

7. 读《玉屑集》有怀

明·张诩

短楫秋风不暂停，未从江海叹飘零。
柬传吉水罗评事，诗咏金川练子宁。
挂笏看山吟甫就，倚蓬扪虱酒初醒。
鹑衣未补寒先透，旅况凄凉衹自怜。

作者简介

张诩（1455—1514），字廷实，号东所，明广东南海人。明成化二十年进士。历任户部主事、南京通政司参议。著有《白沙遗言纂要》、《南海杂咏》、《东所文集》。

注释

[1]玉屑集：练子宁进士著作文集。[2]短楫：短桨；亦指代小船。唐·钱珝《江行无题》诗云："短楫休敲桂，孤根自驻萍。"[3]飘零：飘泊流落；凋谢；凋零。唐·卢照邻《曲池荷》诗云："常恐秋风早，飘零君不知。"[4]柬传：柬，信件、请柬、书柬。[5]吉水：因赣江与恩江合行洲渚间，形若"吉"字，吉水由此得名。[6]挂笏（hù）：笏，笏板，用玉、象牙或竹片制成，用以记事。[7]评事：职官名。汉置廷尉平，与廷尉正、廷尉监同掌决断疑狱。[8]鹑衣：破烂的衣服。宋·梅尧臣《田家》诗曰："卒岁岂堪念，鹑衣著更穿。"

8. 赠董乂还海川（宋·董乂）

宋·王安石

奉诏归田两鬓丝，优荣几杖拜天慈。
金枝玉叶王宫教，凤翼龙鳞帝子师。
姓字已藏金柜册，英华多聚锦囊诗。
到家定是春三月，桃李园林花满枝。

作者简介

王安石（1021—1086）字介甫，晚号半山，抚州临川人。宋仁宗庆历二年（1042）进士。历任签书淮南判官、知鄞县、通判舒州、知常州、提点江东刑狱、度支判官、知江宁府、翰林学士、参知政事、同中书门下平章事、文殿学士知江宁府、镇南军节度使、同平章事判江宁府。封舒国公、封荆国公。北宋著名文学家、政治家、诗人，唐宋八大家之一。《宋史》卷三二七有传。著有《王临川集》、《临川先生歌曲》、《周官新义》、《诗义钩沉》、《老子注》等书。参见《德兴县志（同治版）》、《海川董氏实录》。

注释

[1]赠董乂：即董彦臣，江西省德兴市海口镇人。北宋英宗治平二年（1065 年）进士。历任魏王宫教授、天章阁修撰、大理寺卿、朝议大夫、敷文阁待制。封开国男。参见《全宋词》、《海川董氏实录》、《德兴县志（民国版）》、《宋诗纪事补遗》。[2]还海

川：董乂告老回到家乡海川，即今天的德兴市海口镇。[3]奉诏：接受皇帝的命令。唐·韩愈《元和圣德诗》云："崇文奉詔，进退规矩。"[4]归田：辞官归里，退隐。《东周列国志》第二回："群臣弃职归田者甚众。朝中惟尹球、虢石父、祭公易一班佞臣在侧。"[5]鬓丝：鬓发。唐·李商隐《赠司勋杜十三员外》诗曰："心铁已从干镆利，鬓丝休叹雪霜垂。"[6]天慈：皇帝的慈爱。北周·庾信《为杞公让宗师骠骑表》云："天慈无滥，私愿获从。"[7]金枝玉叶：花木枝叶美好；皇族子孙；出身高贵之人。唐·王建《宫中调笑》词云："胡蝶、胡蝶，飞上金枝玉叶。"[8]凤翼龙鳞：龙鳞和凤翼都是十分珍贵稀有的事物，用以比喻杰出的人才。汉·扬雄《法言·渊骞》云："攀龙鳞，附凤翼。"[9]金柜册：金柜，即金匮，铜柜，藏书。[10]英华：精英华彩；美好、精粹的人或物。《文选·扬雄〈长杨赋〉》云："英华沉浮，洋溢八区。普天所覆，莫不沾濡。"

【延伸阅读·诗词】

连山致政还神

明·董晤（教谕）

一官解却一身轻，人爵宁如天爵荣。
两意歇时咏正稳，日头高处梦终成。
门无士扰心常静，家没金藏夜不惊。
岁月从今由我便，得闲何必问前程。

9. 赠仕献（董仕献）诗

明·李均度

长林深受圣皇知，不许居丧满限期。
族亲已扶归故里，仙舟今泛八王畿。
百年余恨风前木，一寸丹心日下葵。
此去莅官应有暇，思亲惟诵蓼莪诗。

作者简介

李均度，生卒年不详，明·庠生，江西省德兴市海口镇人。参见《海川董氏实录》。

注释

[1]仕献：即董仕献，字叔可，江西省德兴市海口镇人。明·朝洪武十三年（1371 年）庚申科贡补太学，举贤良入仕，官至刑部主事。参见《德兴县志（同治版）》、《海川董氏实录》、《海川董氏宗谱》。[2]长林：高大的树林；喻隐逸者的居处。南朝·宋·范晔《乐游应诏诗》云："探己谢丹黻，感事怀长林。"[3]圣皇：对皇帝的尊称。[4]族亲：家族和亲戚；同族的亲戚。[5]仙舟：舟船的美称。[6]莅官：到职；居官；涖官：任官。宋·王栐《燕翼诒谋录》云："莅官之日少，闲居之日长。"[7]蓼（lù）莪（é)：蓼，形容植物高大；莪，一种草，即莪蒿。《蓼莪》是《诗·小雅》篇名，此诗表达了对亡亲父母的悼念。宋·苏轼《谢生日诗启》云："《蓼莪》之感，追衰老而不忘。"

10. 赠国子监簿董淑不赴召

宋·王安石

岂为要名强隐庐，清风门巷自萧疏。
九重天子今优老，两诏先生不赴书。
有望只归高仕传，无贪仍属旧溪渔。
谁知自在心无著，一片浮云漾太虚。

作者简介

王安石（1021—1086）字介甫，晚号半山，宋抚州临川人。北宋著名文学家、政治家、诗人，唐宋八大家之一。著有《王临川集》等书。参见《德兴县志（同治版）》、《海川董氏实录》。

注释

[1]国子监簿：又称国子学，为最高教育行政长官。设丞一人，主簿一人，负责学生学习成绩和学籍等具体事宜。[2]董淑：生卒年不详，德兴市海口人，担任国子监主簿。[3]隐庐：隐居、隐士；房舍、茅庐。[4]萧疏：稀疏；寂寞；萧条；洒脱。[5]九重：九层，九道；天之极高处。[6]高仕传：东汉皇甫谧撰写的一本著作。该书分上中下三卷，采尧舜夏商周秦汉魏古今八代之士，主要记载没有出过仕的“高让之士”。[7]太虚：空寂玄奥之境；天空宇宙。《文选·孙绰〈游天台山赋〉》曰：“太虚辽廓而无阂，运自然之妙有。”李善注：“太虚，谓天也。”

11. 赠董渊与董庄

宋·范仲淹

鄱水英髦富鲁儒，同时公选赴乡闾。
文章耻学扬雄赋，议论休谈贾谊书。
喜得明珠三十六，恨遗壮士二千余。
送君同上青云去，行看归家驷马车。

作者简介

范仲淹（989—1052），字希文，吴县（今江苏苏州）人。宋真宗大中祥符八年（1015）进士。历任枢密副使、参知政事；历知睦、苏、饶、润、越、永兴、延、耀、庆、邠、邓、杭、青等州军。谥文正。工诗文及词。名作《岳阳楼记》“先天下之忧而忧，后天下之乐而乐”之语，为世所传诵。《宋史》卷三一四有传。著有《范文正公集》。参见《德兴县志（同治版）》、《海川董氏实录》。

注释

[1]董渊：字几道，江西省德兴市海口镇人。北宋仁宗庆历二年(1042）进士。官至长乐令、太常博士、大理寺少卿。参见《全宋诗》、《淳熙三山志》、《德兴县志（同治版）》、《江西通志（四库本）》。[2]董庄：字仲容，江西省德兴市海口镇人。北宋仁宗庆历六年（1046）进士。官至大理寺寺丞。参见《德兴县志（同治版）》、《江西通志（四库本）》、《海川董氏实录》。[3]鄱水：泛指鄱阳湖；

借指饶州府一带。[4]英髦（máo）：亦作“英旄”，俊秀杰出的人。汉·枚乘《柳赋》曰：“儁乂英旄，列襟联袍。”[5]鲁儒：鲁国儒生；亦泛指儒家学说的信奉者、儒派学者。唐·皇甫冉《送孔党赴举》诗云：“家承孔圣后，身有鲁儒名。”[6]公选：科举考试。宋·冯山《闻内舍榜将至》云：“元丰内舍初公选，开宝中秋定试期。”[7]乡闾：家乡；故里。古以二十五家为闾，一万二千五百家为乡，因以“乡闾”泛指民众聚居之处。宋·王庭圭《赠刘亚稷》云：“君家大父当元祐，赋压乡闾在人口。”[8]扬雄赋：扬雄（公元前53~公元18），西汉学者、辞赋家。代表作主要有《河东赋》《甘泉赋》《羽猎赋》《长杨赋》，史称扬雄四赋。[9]贾谊书：即西汉著名政治家贾谊撰写的著作《新书》又称《贾子》，计五十八篇，主要记述当时社会政治、经济、外交等重大问题。[10]明珠：光泽晶莹的珍珠；可宝贵的事物。唐·韩愈《奉酬卢给事云夫四兄〈曲江荷花行〉》诗云：“遗我明珠九十六，寒光映骨睡骊目。”[11]青云去：青色的云；青云之士；青云之志。唐·王勃《滕王阁序》云：“老当益壮，宁知白首之心；穷且益坚，不坠青云之志。”[12]驷马车：驷马，指驾一车之四马；显贵者所乘的驾四匹马的高车。唐·许浑《将赴京师留题孙处士山居》诗云：应学相如志，终须驷马回。”

12. 送董子仁给事出使琉球（I）

明·李东阳

琉球东望海门山，圣代提封亦壮哉！
万里风涛才七日，六年天使此重来。
麒麟有服真殊宠，薏苡无车莫浪猜。
归忆皂囊封事在，殿前丰采尚崔嵬。

作者简介

李东阳（1447—1516），字宾之，号西涯，湖广茶陵人，迁籍北京。明英宗天顺八年进士。历官礼部、户部、吏部尚书，文澜殿、谨身殿、华盖殿大学士，居相位十五年。谥文正。以宰臣而领袖文坛，其诗开“茶陵派”。著有《怀麓堂集》，《怀麓堂诗话》、《燕对录》。参见《德兴县志（同治版）》、《海川董氏实录》。

注释

[1]董子仁：即董旻（mín），德兴市海口人，明成化二年（1466）进士，官至兵科给事中、吏科都给事中、四川参议。曾出使琉球王国。所著诗多，句雅高趣。[2]出使：派遣使臣；接受使命出外办理外交事务。《新唐书·颜真卿传》曰：“郎官、御史，陛下腹心耳目之臣也，故出使天下，事无细大得失，皆俾访察，还以闻。”[3]琉球：琉球王国（琉球群岛），位于东中国海上，呈东北西南向，包括大隅群岛、吐噶喇群岛、奄美群岛、冲绳群岛、宫古群岛、八

重山群岛等，统称琉球三十六岛。[4]海门山：沿海的群山。海口，河流入海之处。唐·韦应物《赋得暮雨送李胄诗》曰："海门深不见，浦树远含滋。"[5]圣代：古人对自己所处时代的美称。唐·高适《送李少府贬峡中王少府贬长沙》诗云："圣代即今多雨露，暂时分手莫踌躇。"[6]提封：提举四境之内的土地，总计其数字。《汉书·卷二十三·刑法志》曰："天子畿方千里，提封百万井，定出赋六十四万井，戎马四万匹，兵车万乘，故称万乘之主。"[7]天使：天帝的使者；旧称皇帝派遣的使臣。明·罗贯中《三国演义》第十四回云："正要收拾起兵，忽报有天使赍诏宣召。"[8]薏苡（yì yǐ）：也称药玉米、薏米，为禾本科，一年生粗壮草本，可做成粥、饭、各种面食供人们食用，尤其对老弱病者更为适宜。这里有取典故"薏苡之谤""薏苡之嫌"之意，典出《后汉书》卷二十四〈马援列传·马援〉。[9]浪猜：胡乱猜测。明·刘基《蒋山寺十月桃花》云："残蜂剩蝶相逢浅，黄菊芙蓉莫浪猜。"[10]皂囊：黑绸口袋；密封的奏章。汉制规定群臣上章奏，如事涉秘密，则以皂囊封之。唐·杜牧《长安杂题》诗云："束带谬趋文石陛，有章曾拜皂囊封。"[11]封事：密封的奏章。古时臣下上书奏事，防有泄漏，用皂囊封缄，故称封事。南朝·梁·刘勰《文心雕龙·奏启》云："自汉置八仪，密奏阴阳，皂囊封板，故曰封事。"[12]崔嵬：高山、山顶；显赫、盛大。明·梁辰鱼《浣纱记·得赦》："气吞宇宙真豪杰，谁似我崔嵬功业。"

13. 送董子仁给事出使琉球（Ⅱ）

明·程敏政

万里乘槎羡董生，手持龙节气峥嵘。
远凭主上班恩到，坐使陪臣谢礼成。
番贸不收沙上市，粤船长下水边城。
知君可副中朝望，一寸心随汉月明。

作者简介

程敏政（1445—1499 年），字克勤，程信子，明徽州府休宁人。明宪宗成化二年进士。授编修，历左谕德，以学问该博著称。弘治中官至礼部右侍郎兼侍读学士。见唐寅乡试卷，激赏之。著有《新安文献志》、《明文衡》、《篁墩集》。

注释

[1]董子仁：即董旻（mín），德兴市海口人，明成化二年（1466）进士，官至兵科给事中、吏科都给事中、四川参议。曾出使琉球王国。所著诗多，句雅高趣。[2]出使：派遣使臣；接受使命出外办理外交事务。《新唐书·颜真卿传》曰：“郎官、御史，陛下腹心耳目之臣也，故出使天下，事无细大得失，皆俾访察，还以闻。”[3]琉球：琉球王国（琉球群岛），位于东中国海上，呈东北西南向，包括大隅群岛、吐噶喇群岛、奄美群岛、冲绳群岛、宫古群岛、八重山群岛等，统称琉球三十六岛。[4]乘槎（chá）：亦作“乘楂”。

乘坐竹、木筏。宋·苏轼《次韵正辅同游白水山》云："岂知乘槎天女侧，独倚云机看织纱。"[5]龙节：龙形符节（交通凭证）；泛指奉王命出使者所持之节。唐·王维《平戎辞》曰："卷旆生风喜气新，早持龙节静边尘。"[6]主上：臣下对君主的称呼。汉·司马迁《报任少卿书》曰："后数日，陵败书闻，主上为之食不甘味，听朝不怡。"[7]坐使：宋·陈与义《伤春》云："庙堂无策可平戎，坐使甘泉照夕烽。"[8]陪臣：古代外交使臣出使时，对对方国家的君主而言亦称"陪臣"。宋·司马光《涑水记闻》曰："仆与夏主比肩从事天子，若夏主自来，当相为宾主。尔陪臣也，安得为主人。"[9]谢礼：酬谢的财物。唐·戴叔伦《李大夫见赠因之有呈》诗云："谢礼诚难答，裁诗岂易酬。"[10]番贸：番，称外国的或外族的，如番邦；贸，交换财物等商业活动，如贸易、外贸。[11]汉月：汉家或汉时的明月；祖国或故乡。唐·范摅《云溪友议》云："万里隔关山，一心思汉月。"

14. 送黄门董子仁使琉球

明·徐哲

朝罢皇华拜冕旒，遥持玉节下琉球。
文章绝域知名姓，剑气清霄逼斗牛。
灯火吠厖蛮寨晚，楼船飞鹢海天秋。
不须投却班超笔，谈笑堪封万里侯。

作者简介

徐哲，字成夫，南海人。与弟汝勋负才名。明武宗正德十四年（1519年）举人。官新城知县。著有《半城集》。事见清温汝能《粤东诗海》。参见《全粤诗》、《德兴县志（同治版）》、《海川董氏实录》。

注释

[1]董子仁：即董旻（mín），德兴市海口人，明成化二年（1466）进士，官至兵科给事中、吏科都给事中、四川参议。曾出使琉球王国。所著诗多，句雅高趣。[2]出使：派遣使臣；接受使命出外办理外交事务。《新唐书·颜真卿传》曰："郎官、御史，陛下腹心耳目之臣也，故出使天下，事无细大得失，皆俾访察，还以闻。"[3]琉球：琉球王国（琉球群岛），位于东中国海上，呈东北西南向，包括大隅群岛、吐噶喇群岛、奄美群岛、冲绳群岛、宫古群岛、八重山群岛等，统称琉球三十六岛。[4]皇华：奉命出使或出使者，即指董子仁。皇华即"皇皇者华"，乃是《诗经·小雅》中一首诗歌篇

名。《毛诗序》谓曰："《皇皇者华》，君遣使臣也。送之以礼乐，言远而有光华也。"汉·郑玄《郑笺》曰："言臣出使能扬君之美，延其誉于四方，则为不辱命也。"后因以"皇华"为赞颂奉命出使或出使者的典故。[5]玉节：玉制的符节，古代天子、王侯的使者持以为凭；持节赴任的官员。隋·江总《洛阳道》诗云："玉节迎司隶，锦车归濯龙。"[6]文章：文辞、文字、著作；德行事功、礼乐法度。《论语·泰伯》曰："焕乎！其有文章。"[7]绝域：极远之地。唐·赵嘏《昔昔盐·一去无还意》诗云："良人征绝域，一去不言还。[8]清霄：天空；空中浮云。晋·张载《羽扇赋》云："飘縞羽於清霄兮，拟妙姿於白雪。"[9]吠厖（fèi máng）：吠叫的狗。明·刘基《凉夜》诗云："潇潇凉雨泻檐泷，聒聒鸣蛙似吠厖。"[10]飞鹢（yì）：鹢，水鸟名，鹢鸟，亦泛指船。宋·王安石《送江宁彭给事赴阙》云："均输北转荆门鹢，劝课西临蜀市蚕。"[11]班超：东汉时期著名军事家、外交家。班超胸有大志，投笔从戎，奉命出使西域，先后平定了西域五十多个邦国，为西域回归、促进民族融合，做出了巨大贡献。[12]万里侯：古代由立功边远地区而受封的侯爵。唐·王勃《春思赋》云："都护新封万里侯，将军稍定三边地。"

15. 送董熠归鄱阳

宋·项安世

沙随程子九州闻，独拥经纶谢世纷。
传业只今惟董杞，爱人于古似鄱君。
活民鸿宝方书备，寿国灵枢脉络纷。
欲服上医何物是，他时种杏满青云。

作者简介

项安世（1129—1208 年），字平父，湖广江陵人。宋孝宗淳熙二年（1175）进士。历任除秘书省正字、校书郎兼实录院检讨官、通判池州、知鄂州、湖广总领、湖南转运判官。《宋史》卷三九七有传。著有《易玩辞》、《项氏家说》、《平庵悔稿》等。

注释

[1]题注“送董熠归鄱阳”：董君，沙随先生程迥字可久之婿也。沙随著书甚富，董亦著《寿国脉书》及《救荒活民书》。[2]董熠：字季兴，号南隐，江西省德兴市海口镇人。南宋光宗绍熙四年（1193年）进士。历知应城、瑞安、辰溪县。著有《救荒活民书》、《抱膝稿》十卷、《南隐集》。[3]鄱阳：泛指鄱阳地区；泛指饶州府一带。[4]沙随程子：程迥，字可久，号沙随，人称“沙随先生”，宋隆兴元年（1163 年）进士。[5]九州：古代分中国为九州；泛指天下，全中国。宋·陆游《示儿》诗云：“死去元知万事空，但悲

不见九州同。”[6]经纶：筹划治理国家大事；治理国家的抱负和才能。宋・秦观《滕达道挽词》曰：“经纶未了埋黄土，精爽还应属斗牛。”[7]谢世：谢世，犹去世、逝世。宋・陆游《独坐闲咏》云：“深掩柴荆谢世纷，南山时看起孤云。”[8]传业：传承家业或传授学业。宋・王安石《处士葛君挽辞》云：“令子能传业，流光未可涯。”[9]董祀、鄱君：均借指董熠。[10]爱人：爱护百姓；友爱他人；仰慕前人。《论语・学而》曰：“节用而爱人，使民以时。”[11]活民：指董熠《救荒活民书》。[11]鸿宝：即《救荒活民书》；泛指珍贵的书籍。[12]方书：官府文书；史书；史册；医书。唐・刘知几《史通・品藻》云：“光武则受误于庞萌，曹公则见欺于张邈。事列在方书。”[13]寿国灵枢：指董熠著《寿国脉书》之书。[14]他时：昔日；往时；将来；以后。宋・徐铉《送郝郎中为浙西判官》诗云：“若许他时作闲伴，殷勤为买钓鱼船。”[15]青云：青色的云。宋・叶适《送郭黄中》诗云：“雁山削玉上青云，仙侣常游遣俗纷。”

16. 送子从师之武夷二首

宋·董鼎

母氏生平爱子均，老夫将汝答慈恩。
切须常记亡亲约，莫道家无人倚门。

☆☆☆☆☆

千里从师不惮烦，圣经贤传用心看。
莫教谈笑嬉游过，空腹归来说建安。

作者简介

董鼎，字季亨，号深山，江西省德兴市海口人。南宋初年进士。官至太学博士。介轩学派代表人物之一。著有《四书疏义》、《书诗二经训释》、《孝经大义》、《尚书辑录纂注》。参见《宋元学案》、《中国儒学辞典》、《海川董氏实录》。

注释

[1]武夷：指武夷山，是三教名山，朱熹、陆游、辛弃疾等一批历史文化名人都先后在武夷山生活、讲学，留下了不少文化遗产。[2]子均：董鼎儿子的小名，字子均。[3]汝（rǔ）：你；汝辈；汝等。[4]慈恩：称上对下的恩惠。唐·宋之问《上阳宫侍宴应制得林字》诗云："旧渥驂宸御，慈恩忝翰林。"[5]亡亲约：指去世的父母；死掉父母。宋·林同《贤者之孝二百四十首·陶侃》云："陶公宴参佐，限极每欢余。忆与亡亲约，凄然不敢逾。"

[6]倚门：靠着门；父母望子归来之心殷切。唐・张说《岳州别姚司马绍之制许归侍》诗曰："天从扇枕愿，人遂倚门情。"[7]惮(dàn)烦：怕麻烦。《左传・昭公三年》："唯惧获戾，岂敢惮烦?"[8]圣经贤传：旧指圣人手订的经典和贤人阐释的著作。唐・韩愈《答殷侍御书》云："圣经贤传，屏而不省，要妙之义，无自而寻。"[9]建安：一指建安七子；一指建安文学。建安文学代表作家主要是曹氏父子（曹操、曹丕、曹植）以及建安七子（孔融、陈琳、王粲、徐干、阮瑀、应玚、刘桢），蔡琰。

【延伸阅读・别送】

送处士董文泗

明・舒清（进士）

一夜秋风换物华，白云晴望尽天涯。
七千里外思归客，四百年来仕宦家。
江山红蕖荣暮景，篱边黄菊著新花。
都亭酒散怜君去，思绕青门欲种瓜。

17. 送交代董矩堂（董槐）赴召三首

宋·李曾伯

渊源正学富经纶，炳炳如丹一片心。
中外久期还荷橐，江湖所至是棠阴。
威声足使戎心慑，边腹何虞客气侵。
指日玉阶清问及，盍思长策济当今。

☆☆☆☆☆☆

渡泸已定葛巾北，分陕既成周衮东。
二者于斯皆上意，群然以此望明公。
香名千载梅边雪，归路三秋桂子风。
百万民夷休恋恋，公方柄用福无穷。

☆☆☆☆☆☆

溯风绣节洞庭滨，作噩重逢未识真。
不谓颓龄来岭海，乃承华武接星辰。
公捐累印轻于叶，我愧满襟皆是尘。
从此庙堂医国去，好留肘后遗陈人。

作者简介

李曾伯，字长孺，号可斋，宋怀州（今河南沁阳）人。宋理宗宝祐二年特赐同进士出身。历任襄阳知县、沿江制置司参议官、江东转运判官、淮西总领、两淮制置使兼知扬州、静江府兼广西经略安抚使、京湖制置使兼知江陵府、夔路策应大使、四川宣抚使、湖南安抚大使兼知潭州、知庆元府兼沿海制置使。以文臣主军，长于边事。著有《可斋杂稿（34卷）》。参见《中国历代人名大辞典》、《全宋诗》、《四库全书》。

注释

[1]送交：呈送交给。清·孔尚任《桃花扇·赚将》云："差俺捧着印牌前来送交，就请他进城筵宴。"[2]董矩堂（董槐）：董槐，生卒年不详，字庭植，号矩堂，江西省德兴市海口镇人（一说濠州定远县人）。嘉定十六年癸未科（1223）蒋重珍榜进士，初任通判镇江、通判蕲州、提点湖北刑狱、知江州、知潭州、主管江西安抚司公事、广西转运判官兼提点刑狱。后累迁兵部给事中、拜端明殿学士、参知政事、拜右丞相兼枢密使。赠太子少师，封徐国公，谥文清。潜庵门人。参见《海川董氏实录》、《宋登科记考》、《宋元学案》、《宋史卷四一四·董魁传》。[3]赴召：应朝廷征召。《晋书·郗鉴传》曰："鉴不应其召，从兄旭，郗之别驾，恐祸及己，劝之赴召，鉴终不回。"[4]正学：谓合乎正道的学说。西汉武帝时，排斥百家，独尊儒术，始以儒学为正学。宋·李之彦《东谷所见·异端》曰："士君子莫不知崇尚正学，排斥异端。"[5]炳炳：光彩照耀貌。《汉书·司马相如传下》曰："宛宛黄龙，兴德而升，采色玄耀，炳炳辉煌。"[6]中外：朝廷内外；中央和地方；中原与边疆。宋·司马光《与吴相书》云："窃见国家自行新法以来，中外恟恟，人无愚智，咸知其非。"[7]荷橐（tuó）：带着装文具的小袋。明·张居正《乞恩守制疏》云："外则操戈执鋭，宣力於疆埸；内则荷橐持筹，预议於帷幄。"[8]江湖：泛指四方各地；民间。宋·苏辙《次韵刘贡父省上示同会》云："流落江湖东复

西，归来未洗足间泥。”[9]棠阴：棠树树荫；喻惠政或良吏的惠行。宋·王禹称《暴富送孙何入史馆》诗云：“二年佐棠阴，眼黑怕文簿。跃身入三馆，烂目阅四库。”[10]戎心：谓敌国入侵的野心。宋·周密《癸辛杂识别集·襄阳始末》云：“事有适值，必生戎心，讵容以疆场小小交兵视之哉!”[11]边腹：边境与腹地。宋·李曾伯《木兰花慢·送朱子木叔归池阳》词云：“南中眼前事势，正相持、边腹一枰棋。”[12]客气：谦让；讲究礼仪；侵害人体的邪气。汉·张仲景《伤寒论·太阳证上》曰：“动数变迟，膈内拒痛，胃中空虚，客气动膈，短气躁烦，心中懊。”方有执注：“客气，邪气也。”[13]玉阶：玉石砌成或装饰的台阶；朝廷。唐·岑参《和贾至舍人早朝大明宫》云：“金锁晓钟开万户，玉阶仙仗拥千官。”[14]清问：清审详问。唐·王勃《九成宫颂》曰：“虔恭上帝，东朝悬待谏之旌；清问下人，南面听登闻之鼓。”[15]长策：良计。《史记·平津侯主父列传》云：“靡毙中国，快心匈奴，非长策也。”[16]渡泸：五月渡泸，即诸葛亮南征。诸葛亮《后出师表》曰：“故五月渡泸，深入不毛，并日而食。”[17]葛巾：用葛布制成的头巾。清·孙枝蔚《挽金坤生》诗云：“翁死何潇洒，犹能正葛巾。”[18]分陕：陕即今陕西省陕县。相传周初周公旦、召公奭分陕而治，周公治陕以东，召公治陕以西。后谓封建王朝官僚出任地方官为“分陕”。《三国志·魏志·高堂隆传》曰：“今既无卫侯、康叔之监，分陕所任，又非旦奭。”[19]周衮：周衮（1023—1098），字彦弼，金溪（今属江西）人。少与王安石友善。仁宗嘉佑八年（1603）进士。元丰四年华亭知县（1081年），元丰七年（1084年）新法行，与安石议不合，出知藤州。秩满，即致仕归。[20]上意：君上的心意、意旨。《文子·上礼》曰：“群臣推上意而坏常，疏骨肉而自容。”[21]群然：协和一致；共同。清·李渔《闲情偶寄·词曲下·格局》云："迨其文成矣，其书传矣，天下后代，既群然知之，复群然称许而赞叹之矣。"[22]明公：旧时对有名位者的尊称。唐·元稹《酬李十六》诗云："明公将有问，林下是灵龟。"[23]犹美名。唐·李嘉祐《广陵送林宰》诗云："清政过前哲，香名达至尊。"[24]三秋：秋收、秋耕、秋种的统称；七月称孟秋、八月称仲秋、九月称季秋、合称三秋。宋·柳永《望海潮》词云："重湖迭巘清佳，有三秋桂子，十里荷花。"[25]民夷：犹民众。古代用于少数民族。《资治通鉴·唐高祖武德二年》云："臣家在凉州，奕世豪望，为民夷所附。"[26]公方：公正方直；公正方直的人。唐·韦应物《示从子河南尉班》诗云："拙直余恒守，公方尔所存。"[27]谓被信任而掌权。亦谓被任用。《汉书·谷永传》："是时，上初即位，谦让委政元舅大将军王凤，议者多归咎焉。永知凤方见柄用，阴欲自托。"[28]溯风：谓对着风。宋·谢翱《南唐奉使曲》云："河流溯风车北首，便殿蒙恩引天袖。"[29]作噩：十二支中"酉"的别称，用以纪年。《尔雅·释天》曰："太岁在酉曰作噩。"《隋书·礼仪志一》曰："维仁寿元年，岁次作噩。"[30]识真：识别真相。唐·柳宗元《重赠》诗云："世上悠悠不识真，姜芽尽是捧心人。"[31]衰年；垂暮之年。晋·陶潜《九日闲居》诗云："酒能祛百虑，菊解制颓龄。"南朝·齐谢朓?《白石岩下径行田》诗云："旧业横海外，芜秽积颓龄。"[32]岭海：指两广地区。其地北倚五岭，南临南海，故名。宋·张孝祥《念奴娇·过洞庭》词云："应念岭海经年，孤光自照，肝肺皆冰雪。"[33]庙堂：太庙的殿堂；朝廷。指人君接受朝见、议论政事的殿堂。宋·范仲淹《岳阳楼记》曰："居庙堂之高，则忧其民；处江湖之远，则忧其君。"[34]医国：谓为国除患祛弊。宋·苏轼《端午帖子词·太皇太后阁之四》曰："愿储医国三年艾，不作沉湘《九辩》文。"[35]肘后：谓随身携带的；指医书或药方。前蜀·贯休《宿赤松山观题道人水阁兼寄郡守》诗曰："珠殿香軿倚翠棱，寒栖吾道寄孙登，岂应肘后终无分，见说仙中亦有僧。"[36]陈人：旧人；故人。宋·苏轼《述古以诗见责屡不赴会复次前韵》云："肯对红裙辞白酒，但愁新进笑陈人。"

18. 都门送别仕安（董仕安）诗

明·孙原贞

祖饯遁良倅，都门惜袂分。
情深银麓语，声重翰林文。
淮水潮平海，闽关路入云。
行行早还郡，童叟正欣欣。

作者简介

孙原贞（1388—1474 年），字原贞，江西德兴市银城人。明永乐十三年（1415 年）进士。历任司部主事、河南右参政、浙江布政使、兵部左侍郎、兵部尚书。著有《岁寒集》。参见《海川董氏实录》。

注释

[1]都门：京都城门；借指京都。元·揭傒斯《送宋少府之官长洲》诗曰："白髮长洲尉，都门万里船。"[2]别仕安：即董仕安，字伏生，号怡堂，江西省德兴市海口镇人。明·永乐九年（1412）辛卯科贡生，官至福州通判。参见《德兴县志（同治版）》、《海川董氏实录》、《海川董氏宗谱》。[3]祖饯（jiàn）：饯行，古代饯行的一种隆重仪式。明·汪廷讷《狮吼记·祖席》云："多君祖饯大殷勤，迁客还朝意气新。"[4]遁良倅（cuì）：遁，逃避、躲闪、消失、遁隐；倅，副、辅助的，如倅车、倅马。[5]惜袂分：袂，衣服的前襟；裤子。[6]情深：真心相爱的感情；感情

深厚恒。唐·元稹《忆杨十二》云：“去时芍药才堪赠，看却残花已度春。只为情深偏怆别，等闲相见莫相亲。”[7]声重：唐·张祜《相和歌辞乌夜啼》云：“咽绝声重叙，愔淫思乍迷。”[8]翰林文：谓文翰荟萃之所，犹词坛文苑。《晋书·陆云传》云：“辞迈翰林，言敷其藻。”[9]闽关：指福建与内地相通的关隘。明·刘基《过闽关》云：“关头雾露白蒙蒙，关下斜阳照树红。过了秋风浑未觉，满山秔稻入闽中。”[10]童叟：孩子与老人。清·朱鹤龄《湖翻行》曰：“吁嗟苍生尔奈何，但见号咷走童叟。”

【延伸阅读·诗词】

兄别仕安（董仕安）诗

明·董仕猷（刑部主事）

一官匏系未离京，出佐名邦羡弟行。
十载读书储幹济，三年报政扩勋名。
别来父老遵鸿吟，再去儿童竹马迎。
共出都门欢作饯，追随幸等后公卿。

19. 都门别仕安（董仕安）诗

明·方册

柳暗金门署，花明紫陌晴。
临岐分马色，山郭听莺声。
路人乡关远，风挥客棹轻。
江南重回首，还是忆神京。

作者简介

方册，生卒年不详，字载道，明江西德兴人。明成祖永乐十六年（1418 年）中进士，选庶吉士，官至当道县令、山东监察御史、福建按察使。参见《德兴县志（同治版）》、《海川董氏实录》。

注释

[1]别仕安：即董仕安，字伏生，号怡堂，江西省德兴市海口镇人。明·永乐九年（1412）辛卯科贡生，官至福州通判。参见《德兴县志（同治版）》、《海川董氏实录》、《海川董氏宗谱》。[2]柳暗：谓柳树叶茂荫浓。唐·王维《早朝》诗云：“柳暗百花明，春深五凤城。”[3]金门署（shǔ）：金门，指以黄金为装饰的门；天子之门。署，办理公务的机关；专署、公署、官署。宋·宋庠《世事》云：“昔日金门署，重来素发臣。”[4]紫陌：大路、大道；京师郊野的道路。唐·刘禹锡《元和十年自郎州召至京师戏赠》曰：“紫陌红尘拂面来，无人不道看花回。”[5]临岐：面临歧路；亦用为赠别

之辞。宋·范成大《谭德称杨商卿父子送余作诗以别》云："临岐心曲两茫然，但祝频书无别语。"[6]山郭：山城；山村。明·杨慎《拨不断》曲曰："山郭微风弄酒帘，林坰落日回樵担。"[7]乡关：犹故乡。隋·孙万寿《早发扬州还望乡邑》诗云："乡关不再见，怅望穷此晨。"唐·崔颢《黄鹤楼》诗云："日暮乡关何处是，烟波江上使人愁。"[8]客棹（zhào）：棹，船桨、划船、船。宋·卢祖皋《木兰花慢别西湖两诗僧》云："嫩寒催客棹，载酒去、载诗归。正红叶漫山，清泉漱石，多少心期。"[9]回首：回想，回忆。唐·杜甫《将赴荆南寄别李剑州》诗云："戎马相逢更何日，春风回首仲宣楼。"[10]神京：帝都；首都；京城。五代·和凝《小重山》词云："春入神京万木芳。禁林莺语滑，蝶飞狂。"

20. 别董泉

明·王一夔

芳春挟策上神州，奏捷南归太学游。
花雾一亭沾云旆，柳风千里送行舟。
但期黄卷能专力，何患朱衣不点头。
悬想京闱鏖战罢，桂林高折一枝秋。

作者简介

王一夔（1425—1487 年），又名谢一夔，字大韶，号约斋，江西南昌县人。明英宗天顺四年（1460 年）一甲进士。历任翰林学士、礼部右侍郎、工部尚书等职。《明史》列传第五十三有传。著有《宋元通鉴纲目》、《续资治通鉴纲目》、《谢文庄公集》等书。参见《海川董氏实录》。

注释

[1]董泉：字文达，江西省德兴市海口镇人。明·天顺五年（1462）辛巳科贡生。参见《德兴县志（同治版）》、《海川董氏实录》、《海川董氏宗谱》。[2]挟策：手拿书本，喻勤奋读书；胸怀计谋、建议。[3]神州：中原；中国。[4]奏捷：报告获胜的消息。清·昭梿《啸亭杂录·陆中丞》曰："已而官兵奏捷，一城鸡犬不惊焉。"[5]太学：设在京师的全国最高教育机构。《初刻拍案惊奇·卷二十一》曰："更存心梗直，在京师太学读书。"[6]云旆

(pèi)：有云纹图饰的大旗。宋·张孝祥《满江红·于湖怀古》词曰："巴滇绿骏追风远，武昌云旆连江赤。"[7]黄卷：书籍；专门文书；道书或佛经。唐·刘肃《大唐新语·举贤》云："黄卷之中，圣贤备在。"[8]朱衣（yī）：大红色的公服。《资治通鉴·宋文帝元嘉三十年》曰："甲子，宫门未开，劭以朱衣加戎服上，乘画轮车，与萧斌共载，卫从如常入朝之仪。"[9]京闱：谓科举时代在京城举行的考试。清·叶名沣《桥西杂记·顺天乡试同考官》云："顺治二年，定例乡试房考，京闱用中行。"[10]桂林高折：元·郑元祐《送钱思复之东嘉》云："来岁秋闱战仍捷，桂林折取最高枝。

【延伸阅读·敬怀】

咏介轩（董梦程）

明·谢一夔

羲农去已远，淳风散浇漓。
世人竞柔媚，强笑甘嚅唲。
和光溷流俗，古道谁复趋。
有美老彭裔，侃侃坚自持。
毅然介如石，安能事脂韦。
如彼周行道，坦坦无他岐。
灵台既澄澈，四体常舒怡。
嗤彼侧媚者，扰扰徒何为。

注释：介轩：一指介轩董梦程；一指介轩派子弟。

21. 金陵别友

元·汪泽民

烟草六朝梦，莺花三月游。
秦淮风雨夜，楚客别离愁。

作者简介

汪泽民（1285—1355），字叔志，号堪老真逸，江西省德兴市海口镇人。元延祐五年（1318）进士。著有《宛陵群英集》。

注释

[1]金陵：今南京市的别称。唐·李白《金陵歌送别范宣》云："金陵昔时何壮哉，席卷英豪天下来。"[2]烟草：烟雾笼罩的草丛。宋·谢逸《蝶恋花》词云："独倚阑干凝望远，一川烟草平如剪。"[3]六朝：三国吴、东晋和南朝的宋、齐、梁、陈，相继建都金陵，史称为六朝。清·黄遵宪《元武湖歌和龙松岑》云："莽莽六朝兴废事，珠楼绮阁未渠央。"[4]莺花：莺啼花开。宋·杨万里《丙申岁朝》诗："仙家风土闲中是，岁后莺花报早无。"[5]秦淮：秦淮，流经金陵，金陵名胜之一。唐·杜牧《泊秦淮》诗曰："烟笼寒水月笼沙，夜泊秦淮近酒家。"[6]楚客：指诗人屈原；泛指客居他乡的人。宋·贺铸《海陵西楼寓目》诗云："王孙莫顾漳滨卧，渔父何知楚客才。"

七、求诗回赋次韵忙

1. 董铢（叔重）求诗赋古风二首

宋·程洵

森森山上松，濯濯堂前柳。
颜色虽不殊，霜馀别妍丑。
君看射利子，荣悴俯仰中。
宁知堂前柳，不如山上松。

☆☆☆☆☆

学海失渊源，词林少根柢。
苏程百世师，遗书满天地。
遗书亦言尔，道岂言能传。
言外有妙处，万理常森然。

作者简介

程洵（1135—1196），字允夫，号克庵，宋徽州婺源人。朱熹内弟，从学于熹。历任衡阳主簿、庐陵录参、信州文学。著有《尊德性斋小集》、《三苏纪年》等。参见《全宋诗》。

注释

[1]董铢：字叔重，号盘涧，江西省德兴市海口镇人。南宋嘉

定元年（1208）进士。官至金华县尉、迪功郎、从事郎。师从于朱熹，时称朱门高弟。整理编刻朱熹“四书”（《大学》、《中庸》、《论语》、《孟子》），影响广泛深远。毕生研学儒家经典，传播程朱理学。著有《性理注解》、《易书注》、《四书注》等书。参见《朱熹大辞典》、《宋元学案》。[2]树木繁密貌。唐·常沂《禁中青松》诗云：“映殿松偏好，森森列禁中。”[3]濯濯（zhuó）：明净貌；清朗貌。唐·乔知之《折杨柳》诗曰：“可怜濯濯春杨柳，攀折将来就纤手。”[4]堂前：正房前面。晋·陶潜《归园田居》诗云：“榆柳荫后檐，桃李罗堂前。”[5]妍丑：美和丑。清·惠周惕《赠维扬顾书宣》诗云：“人生眉眼不自见，愿以妍丑烦青铜。”[6]射利谋取财利。晋·左思《吴都赋》云：“富中之甿，货殖之选，乘时射利，财丰巨万。”[7]荣悴：荣枯；喻人世的盛衰。晋·潘岳《秋兴赋》曰：“虽末士之荣悴兮，伊人情之美恶。”[8]俯仰：低头和抬头。唐·韩愈《岳阳楼别窦司直》诗云：“星河尽涵泳，俯仰迷下上。”[9]学海：谓学问渊博；亦指学问渊博的人。宋·司马光《送导江李主簿君俞》诗云：“学海无涯富，辞锋一战勋。”[10]渊源：水的源头；指学业上的相师承。《宋书·隐逸传·雷次宗》云：“于时师友渊源，务训弘道，外慕等夷，内怀悱发。”[11]词林：汇集在一处的文词；词坛。[12]根柢（dǐ）：草木的根；比喻事物的根基或基础。宋·陆游《寄题方伯谟远庵》诗云：“方侯胸中负经济，议论源源有根柢。”[13]百世师：谓人的品德学问永远为后代的表率。宋·苏轼《潮州韩文公庙碑》云：“匹夫而为百世师，一言而为天下法。”[14]遗书：指前人的遗著、遗作；前人的藏书。[15]森然：茂密貌；丰厚貌。宋·张栻《初夏偶书》诗曰：“扫地焚香清昼永，一窗修竹正森然。”

2. 题山水图为董英赋

明·倪谦

烟岚溟蒙山万叠，根蟠古桧虬枝结。
滚滚流泉何处来，激石穿崖浪飞雪。
竹林古洞深复深，石床露冷莓苔侵。
洞口幽人横素琴，弹出步虚云外音。
两髯并坐如黄绮，山风吹衣净如水。
闲读黄庭一两篇，满地白云飞不起。
山深地僻人迹稀，惟许仙家依翠微。
何当来访赤松子，濯我尘缨临石矶。

作者简介

倪谦（1415—1479），字克让，号静存，明应天府上元（今南京）人。正统四年进士。授编修，曾出使朝鲜。天顺初，累迁至学士，侍太子于春宫。成化初，复职，官至南京礼部尚书。卒谥文僖。著有《朝鲜纪事》、《辽海编》、《倪文僖集》。

注释

[1]董英：字仲达，江西省德兴市海口镇人。宋朝建炎戊申年（1128 年）举明经入仕，官至金紫光大夫。参见《海川董氏实录》、《海川董氏宗谱》。[2]山水图：董英进士之一幅画作。[3]烟岚：

山林间蒸腾的雾气。明·顾起元《客座赘语·金陵南唐画手》云："江宁沙门巨然，画烟岚晚景，当时称绝。"[4]溟蒙：亦作溟蒙，即小雨貌；昏暗；模糊不清。元?张昱《船过临平湖》诗："只因一霎溟蒙雨，不得分明看好山。"[5]根蟠（pán）：犹言盘根错节；比喻事情纷难复杂。明·李东阳《灵寿杖歌》曰："根蟠节错相纠缠，含风饱雪经炎寒。"[6]古桧（guì）：即圆柏，亦称"刺柏"，常绿乔木，木材桃红色，有香气，可作建筑材料。[7]虬枝：盘屈的树枝。元·吴师道《庐山纪游赠黄伯庸》诗云："入门双剑色，夹道万虬枝。"[8]石床：钟乳水下滴而成的笋状凝积物。[9]露冷（líng）：冷，清凉；冷风。[10]莓苔：青苔。[11]幽人：幽隐之人；隐士；幽居之士。宋·苏轼《定惠院寓居月夜偶出》诗曰："幽人无事不出门，偶逐东风转良夜。"[12]素琴：不加装饰的琴。汉·秦嘉《留郡赠妇诗》云："芳香去垢秽，素琴有清声。"[13]步虚：道士唱经礼赞。唐·施肩吾《闻山中步虚声》诗云："何人步虚南峰顶，鹤唳九天霜月冷。"[14]黄绮：汉初商山四皓中之夏黄公、绮里季的合称。明·万寿祺《入沛宫》诗云："我亦远随黄绮去，东山重唱《采芝歌》。"[15]黄庭：指《黄庭经》，道教的经典著作；晋·王羲之书写的《黄庭经》法帖。宋·苏轼《留题仙都观》诗云："飞符御气朝百灵，悟道不复诵《黄庭》。"宋·秦观《春日》诗曰："春禽叶底引圆吭，临罢《黄庭》日正长。"[16]仙家：仙人；仙人所住之处。唐·牟融《天台》诗曰："洞里无尘通客境，人间有路入仙家。"[17]赤松子：亦称"赤诵子"、"赤松子舆"，相传为上古时神仙。《史记·留侯世家》曰："愿弃人間事，欲从赤松子游耳。"[18]濯（zhuo）我：濯，洗。[19]尘缨：比喻尘俗之事。《文选·孔稚圭〈北山移文〉》曰："昔闻投簪逸海岸，今见解兰缚尘缨。"[20]石矶：水边突出的巨大岩石。唐·张旭《桃花溪》诗云："隐隐飞桥隔野烟，石矶西畔问渔船。"

3. 赋诗董季兴（董熠）

宋·叶适

怀玉湫龙懒心性，六月困眠祈未醒。
广文偶来亦同病，买田施食殷勤请。
谁知领县春风边，嗔蛟怒鳄腥熏天。
须君一念晴雨若，遮莫雇僧输俸钱。

作者简介

叶适（1150—1223），字正则，号水心，宋温州永嘉人。宋孝宗淳熙五年进士。历任平江节度推官、浙西提刑司干办、太学正、太常博士、尚书左选郎官、国子司业、工部侍郎。永嘉学派之巨擘。卒谥忠定。著有《水心文集》、《习学记言》等。

注释

[1]董熠，字季兴，号南隐，江西省德兴市海口镇人。南宋光宗绍熙四年（1193 年）进士。历任应城知县、瑞安知县、辰溪知县。著有《救荒活民书》、《抱膝稿》十卷、《南隐集》。参见《全宋诗》、《宋元学案补遗》、《江西诗徵》、《中国历代人名大辞典》。[2]怀玉：指怀玉山。坐落于江西省玉山县西北 60 公里处，佛教名山，与三清山对峙相望。呈东北－西南走向，长百余千米，是信江与乐安江的分水岭，为信江的发源地。[3]湫（qiū）龙：湫，水潭、洞穴、湫泊（水潭）。《说文》曰："湫，湫隘下也。从水，秋

声。《春秋传》曰：‘晏子之宅湫隘。’”按，训为下湿也。”[4]心性：性情；性格。晋·葛洪《抱朴子·交际》曰：“今先生所交必清澄其行业，所厚必沙汰其心性。”[5]广文：唐·郑虔“广文先生”的简称；泛指清苦闲散的儒学教官。唐·杜牧《郑瓘协律》诗云：“广文遗韵留樗散，鸡犬图书共一船。”[6]同病：患同一疾病；遭遇相同。唐·杜甫《送韦郎司直归成都》诗云：“窜身来蜀地，同病得韦郎。”[7]施食：施舍食物；佛教仪式，即转障消灾延年益寿而向饿鬼施食的一种仪式。唐·于鹄《温泉僧房》诗云：“山村无施食，盥洗亦安禅。”[8]嗔（chēn）蛟：嗔，生气、发怒。[9]熏天：气味浓重；气势极盛。宋·王明清《挥麈馀话》云：“勔恃恩自恣，遣人讽之，且席以熏天之势。”[10]一念：一动念间；一个念头。宋·陆游《自规》诗云：“忿欲俱生一念中，圣贤亦本与人同。”[11]遮莫：尽管；任凭。宋·苏轼《次韵答宝觉》云：“芒鞋竹杖布行缠，遮莫千山更万山。”[12]俸钱：亦称“奉钱”，官吏所得的薪金。唐·元稹《遣悲怀》诗云：“今日俸钱过十万，与君营奠复营斋。”

【延伸阅读·诗赋】

赋董季兴（董熠）玩书岩

宋·叶适

玩书岩里刻成真，水帘花发春复春。
一朝敛策去何所，来者对之如古人。
美哉骨清神亦爽，西瞻匡庐东雁荡。
满车图画常载行，到处名山留塑像。

4. 赋介轩半村新居

宋·周耕云

近谋吟屋傍浔溪，雁荡山深云未归。
怕恼春光花种少，爱延月色竹栽稀。
宝藏书册教儿读，土视功名与世违。
不是诗人相过处，昼长应是掩柴扉。

作者简介

周耕云，生卒年等不详，宋·饶州德兴人。参见搜韵网。

注释

[1]介轩：一指董梦程；一指介轩学派弟子。[2]浔溪：一指一般小溪流；一指饶州府域内的一天河流。[3]雁荡山：山名，在浙江省东南部。元·萨都剌《寄浙江聂经历》诗云："夜深婺女明如镜，雁荡山前雁尽回。"[4]宝藏：储藏的珍宝或珍贵物品。汉·焦赣《易林·既济之井》云："商风召寇，来呼外盗，间谍内应，与我争斗，殚己宝藏，主人不胜。"[5]书册：书籍。宋·苏轼《赠仲勉子文》诗与："闲看书册应多味，老傍人门想更慵。"[6]功名：功业和名声。宋·岳飞《满江红》词云："三十功名尘与土，八千里路云和月。"[7]柴扉：柴门；亦指贫寒的家园。南朝·梁·范云《赠张徐州稷》诗云："还闻稚子说，有客款柴扉。"

5. 和江介（邦直）韵

清·缪烜

民居寥落不成村，天道人心且莫论。
我亦被兵几失路，一鞭残照过夷门。

作者简介

缪烜，字旭之，邑诸生，道光咸丰时人。少时读人诗，即喜效其体吟咏，曾佐学使刘信芳整理诗宗。参见《江上诗钞》、搜韵网。

注释

[1]江介：字邦直，江西省德兴市海口镇人。南宋隆兴元年(1163年)进士。历任兴国司户参军、进贤令、永宁县令、四川总领司主管、恭州通判。著有《玉汝堂集》。参见《德兴县志（同治版)》、《海川董氏实录》。[2]寥落：稀疏、稀少；衰落、衰败。晋·陶潜《和胡西曹示顾贼曹》云："悠悠待秋稼，寥落将赊迟。[3]天道：犹天理，天意。《书·汤诰》云："天道福善祸淫，降灾于夏。"[4]被兵：遭受战祸。清·吴伟业《赠总宪龚公芝麓》诗云："闻道黄州数被兵，读书长啸重围里。"[8]残照：落日馀晖。清·谭莹《闻试炮声感赋》诗云："侧听心忡忡，苍茫立残照。"[9]夷门：都城的东门；泛指城门。唐·李华《奉寄彭城公》诗云："应怜抱关者，贫病老夷门。"

6. 和董叔重（董铢）韵

宋·王炎

秀色惊老眼，见此千丈松。
门如翟廷尉，人愧王沂公。
骊珠损佳惠，衰迟岂宜蒙。
三复不能已，一室生清风。

作者简介

王炎（1138—1218），字晦叔，号双溪，婺源（今属江西）人。宋孝宗乾道五年（1169）进士。历任崇阳县主簿、知临湘县、江陵帅幕、知饶州、知湖州。著有《双溪文集》等。

注释

[1]董叔重：董铢，字叔重，号盘涧，江西省德兴市海口镇人。南宋嘉定元年（1208）进士。官至金华县尉、迪功郎、从事郎。师从于朱熹，时称朱门高弟。整理编刻朱熹“四书”（《大学》、《中庸》、《论语》、《孟子》），影响广泛深远。毕生研学儒家经典，传播程朱理学。著有《性理注解》、《易书注》、《四书注》等书。参见《朱熹大辞典》、《宋元学案》。[2]秀色：秀美的容色；优美的景色。宋·王特起《梅花引》词云：“山之麓，河之曲，一湾秀色盘虚谷。”[3]老眼：老年人的眼力；视力所及。唐·杜甫《闻惠二过东溪特一送》诗云：“皇天无老眼，空谷滞斯人。”[4]千丈：

极言其长、高、深。《史记·货殖列传》曰：“薪稿千车，船长千丈。”［5］翟廷尉：西汉时期的一位姓翟的廷尉，有门可罗雀之故事。西汉·司马迁《史记·汲郑列传赞》云：“始翟公为廷尉，宾客阗门；及废，门外可设雀罗。”［6］王沂公：北宋状元，为官公正无私，备受称赞。宋·宋祁《王沂公挽词》云：“尽瘁辞当国，均劳得偃藩。幄中留秘画，天下满危言。日企还三事，宁图閟九原。谁将河海泪，一洒问乾坤。”［7］骊珠：宝珠；珍贵的人或物。唐·元稹《赠童子郎》诗云：“杨公莫讶清无业，家有骊珠不复贫。”［8］佳惠：嘉惠，即对别人的恩惠的敬称。宋·沈辽《德相惠新茶复次前韵奉谢》云：“佳惠致新茗，远来自闽笈。”［9］衰迟：衰年迟暮；年老。唐·郑谷《中年》诗：“衰迟自喜添诗学，更把前题改数联。”［10］三复：犹言三遍；反复诵读。《新唐书·忠义传中·张巡》云：“读书不过三复，终身不忘。”［11］清风：清惠的风化；高洁的品格。南朝·梁·刘协《文心雕龙·诔碑》云：“标序盛德，必见清风之华。”

7. 度凤凰岭次董叔重（董铢）韵

宋·程洵

连山翳寒云，孤松秀巍岭。
松吟石漱水，山露髻撑顶。
我行亦何事，岁晏苦凄冷。
频有同心人，哦诗味隽永。

作者简介

程洵，字允夫，号克庵，宋徽州婺源人。历任衡阳主簿、庐陵录参、信州文学。著有《尊德性斋小集》等。参见《全宋诗》。

注释

[1]董叔重：董铢，字叔重，号盘涧，江西省德兴市海口镇人。南宋嘉定元年（1208）进士。[2]连山：连绵的山岭。宋·苏辙《同王适赋雪》云："重楼复阁烂生光，绝涧连山漫不见。"[3]翳（yì）：遮蔽，障蔽。《楚辞·离骚》云："百神翳其备降兮，九疑缤其并迎。"[4]石漱（sòu）水：亦即枕石漱流，旧时指隐居生活。三国·魏·曹操《秋胡行》云："遨游八极，枕石漱流饮泉。"[5]岁晏：一年将尽；人的暮年。唐·白居易《观刈麦》诗云："吏禄三百石，岁晏有馀粮。"[6]哦诗：吟咏诗歌。宋·梅尧臣《招隐堂寄题乐郎中》云："日哦招隐诗，月诵归田赋。"[7]隽永：诗文意味深长。宋·陆游《午枕》诗云："书中至味人不知，隽永无穷胜粱肉。"

8. 次韵董景先三首

宋·韩淲

冰玉胸怀隔几尘，下帷犹复擅诗声。
人间是处堪娱意，南北两山湖水清。

☆☆☆☆☆

漠漠春从沙际归，野梅官柳杜陵知。
风和弄影生香处，常记幽闲小醉时。

☆☆☆☆☆

心情虽在语皆非，强写春风不似诗。
一雨小楼烟淡淡，满山斜日树离离。

作者简介

韩淲（1159—1224）字仲止，号涧泉，宋信州上饶人。清高绝俗，恬于荣利。入仕不久即归，一意以吟咏为事。著有《涧泉日记》、《涧泉集》。

注释

[1]次韵：次韵，指旧时古体诗词写作的一种方式。按照原诗的韵和用韵的次序来和诗次韵就是和诗的一种方式。也叫步韵。[2]董景先：名永孙，江西省德兴市海口镇人。南宋进士、右丞相董槐之父，以子董槐为贵，官至恩赠紫金禄大夫、太子太保。参见《德

兴县志（同治版)》、《海川董氏实录》、《海川董氏宗谱》。[3]冰玉：冰和玉；比喻高尚贞洁的人品或其它洁净的事物。宋·辛弃疾《清平乐》词云："断崖修竹，竹里藏冰玉。"[4]胸襟：胸中所怀；抱负；犹心中。《宋书·萧惠开传》曰："人生不得行胸怀，虽寿百岁犹为夭也。"[5]下帷：放下室内悬挂的帷幕；教书；闭门苦读。宋·晁冲之《和江子我竹夫人》诗："下帷度日甘同梦，隐几终年得异书。"[6]诗声：古代诗歌的词和曲调；作诗的名声；吟诗的声音。[7]是处：到处；处处。宋·柳永《八声甘州》词云："是处红衰翠减，苒苒物华休。"[8]娱意：使心情愉悦。宋·欧阳修《有美堂记》云："盖彼放心于物外，而此娱意于繁华，二者各有适焉。"[9]漠漠：寂静无声貌；密布貌；布列貌。五代·齐己《残春连雨中偶作遇故人》诗云："漠漠门长掩，迟迟日又西。"[10]沙际：沙洲或沙滩边。唐·王维《泛前陂》诗云："畅以沙际鹤，兼之云外山。"[11]官柳：官府种植的柳树；大道上的柳树。唐·杜甫《郪城西原送李判官武判官赴成都府》诗云："野花随处发，官柳著行新。"[12]杜陵：指唐杜甫。宋·戴复古《答杜子野主簿》诗曰："杜陵之后有孙子，自守诗家法度严。"[13]弄影：物动使影子也随着摇晃或移动。宋·张先《天仙子》词云："沙上并禽池上暝，云破月来花弄影。"[14]心情：心神；情绪；兴致，情趣。唐·元稹《酬乐天叹穷愁》诗云："老去心情随日减，远来书信隔年闻。"[15]淡淡：颜色浅淡；轻淡微弱。宋·晏殊《寓意》诗云："梨花院落溶溶月，柳絮池塘淡淡风。"[16]树离离：盛多貌；浓密貌。清·陈梦雷《青青河畔草》诗云："离离万丈松，青青河畔草。"

9. 次廉访使梁彦表韵

元·董仲可

十载浮云蔽日光，持竿高钓渭滨旁。
消磨今古山河魂，感叹英雄铁石肠。
硕果幸存承露屑，陇梅常驻返魂香。
诵公寄我征途句，黄发相干未可量。

作者简介

董仲可，字伯兴，号巢云，江西省德兴市海口镇人。江浙两省解元。元·至治元年（1321年）辛酉科举人，官至两广奉使寻除、湖南路照磨。尊列海川人物志。参见《德兴县志（同治版）》、《饶州府志（同治版）》、《江西通志（四库本）》、《海川董氏实录》、《海川董氏宗谱》。

注释

[1]廉访使：宋、元时代的职官名。宋代全称廉访使者，元代全称肃政廉访使。主管监察事务。明·冯琦《宋史纪事本末·方腊之乱》曰："杀制置使陈建、廉访使赵约。"[2]梁彦表：董仲可的朋友、同僚或文友。[3]浮云：天空飘浮的云；比喻时光流逝迅速。《楚辞·宋玉·九辩》曰："块独守此无泽兮，仰浮云而永叹。"唐·韦应物《淮上喜会梁州故人》云："浮云一别后，流水十年间。"[4]渭滨：指渭水之滨。《东周列国志》第九十七回："昔者

吕尚钓于渭滨，及遇文王，一言而拜为尚父，卒用其谋，灭商而有天下。”[5]消磨：消耗；磨灭；消遣；打发时光。宋·刘子翚《出郊》诗云：“平生豪横气，未老半消磨。”[6]同“铁石心”。明·刘基《沁园春·和郑德章暮春感怀呈石末元帅》词云：“中泽号鸿，苞荆集鸨，软尽平生铁石肠。”[7]硕果：大的果实；重大利益。唐·李庾《西都赋》曰：“挺硕果于华林，育丰蔬于中园。”[8]露屑：露水和玉屑。宋·尹焕《霓裳中序第一·茉莉咏》词云：“餐尽香风露屑，便万里凌空，肯凭莲叶?”[9]陇梅：陇，通“垄”，田埂；通“隆”，盛多。唐·冯延巳《阮郎归其二》曰：“角声吹断陇梅枝，孤窗月影低。塞鸿无限欲惊飞，城乌休夜啼。”[10]诵公：宋·王炎《次韵李仲永携诗相别》曰：“抚字要须宽猛济，诵公佳句合书绅。”[11]黄发：指年老；亦指老人。唐·杜甫《玉台观》诗云：“更肯红颜生羽翼，便应黄发老渔樵。”[12]相干：相关联；相牵涉。《左传·僖公四年》曰：“风马牛不相及。”唐·孔颖达疏：“谓牛马风逸，牝牡相诱，盖是末界之微事。言此事不相及，故以取喻不相干也。”

10. 次韵贾仲远还浮溪猥藁之什

宋·汪藻

我家浮溪溪水头，一褐一裘聊玩世。
谁教去踏晓鼓朝，也学儿童攻偶俪。
忆身曾是掖垣客，岁晚犹期乐天似。
两年漂泊万里馀，老矣始于鱼得计。
欣逢贾傅古湘口，城郭虽非人物是。
连台拗倒时一醉，醉后还为五禽戏。
殷勤为我出新诗，金石因声泉涌思。
年来处处饱葵苋，染鼎忽惊尝异味。
荷花开已三四红，有酒无过行乐耳。
与公同嚼三百杯，莫负便便五经笥。

作者简介

汪藻（1079—1154 年），字彦章，江西省德兴市海口镇人。崇宁二年（1103）进士。著名文学家、诗人。以鸿文硕学闻于当世，俗语有“江左二宝，胡伸汪藻”。著有《浮溪集》等书。参见《宋史》、《全宋诗》、《四库全书》、《中国文学家大辞典》。

注释

[1]贾仲远：生卒年不详，汪藻的朋友、同事或文友。[2]浮溪：

即小浮溪或浮溪村。小浮溪（小河流）位于海口村西南面；小浮溪流经村中，村以溪为名，简称浮溪，宋徽宗赐名“龙溪”，故又叫溪。[3]猥藁（gǎo）之什：猥，许多、众多、谦辞；藁，藁草、草稿、稿子。[4]一褐（hè）一裘：褐，粗布或粗布衣服、短褐；裘，皮衣、狐裘。[5]晓鼓：报晓的鼓声。唐·褚载《晓感》诗云：“晓鼓冬冬星汉微，佩金鸣玉斗光辉。”[6]偶俪：骈体；对偶。宋·苏轼《徐州鹿鸣燕赋诗叙》云：“余于嘉佑之末，以进士入官，偶俪之文，畴昔所上。”[7]掖垣：唐代称门下、中书两省；中央部门。宋·陈岩肖《庚溪诗话》卷上云：“梁丞相叔子，乾道初，任掖垣兼讲席。”[8]乐天：谓乐于顺应天命；安于处境而无忧虑。明·王廷相《慎言·作圣篇》云：“随所处而安，曰‘安士’；随所事而安，曰‘乐天’。”[9]鱼得计：契合心意。《庄子·徐无鬼》曰：“于蚁弃知，于鱼得计，于羊弃意。”[10]贾傅：汉贾谊，因曾官长沙王太傅，故称贾傅。[11]五禽戏：亦作“五禽嬉”。相传为汉末名医华陀首创的一种健身术。模仿五种禽兽的动作和姿态，以进行肢体活动。[12]因声：犹言寄语；指托人带话。唐·杜甫《缆船苦风戏题四韵》云：“因声置驿外，为觅酒家垆。”[13]染鼎：染指于鼎；指尝味。宋·张世南《游宦纪闻》卷二云：“世南亦尝染鼎，其味乃巨田鸡耳。”[14]便便五经笥（sì）：言其腹中装满经学，有如藏五经的竹箱，后用以称精通经学的人。《后汉书·文苑传上·边韶》：“腹便便，五经笥。”唐·刘餗《隋唐嘉话》卷上云：“昔任彦升善谈经籍，时称为五经笥。”

11. 次韵董禹川（董浚）饷墨

宋·汪藻

徂徕老松蔽百牛，输膏败乳来中州。
何人夜半捣寒碧，用心独与神明俦。
范成秋天翔紫凤，裁作古虚悬苍球。
匹夫被褐知者少，江都老相千金收。
养之怀袖作叹息，平生长物胡为留。
分张好事亦及我，摩挲未语心先谋。
明光起草正须子，一挥坐遣千人休。
嗟予老矣安用此，谁能细字书蝇头。

作者简介

汪藻（1079—1154 年），字彦章，江西省德兴市海口镇人。崇宁二年（1103）进士。著名文学家、诗人。以鸿文硕学闻于当世，俗语有“江左二宝，胡伸汪藻”。著有《浮溪集》等书。参见《宋史》、《全宋诗》、《四库全书》、《中国文学家大辞典》。

注释

[1]禹川：董浚（1076—1142），字禹川，江西省德兴市海口镇人。北宋崇宁丙戌（1106）进士。历任国子录、秘书省正字、宣教郎、秘书少监；江州太平观兼江西提刑；亳州明道观、知兴化

府、台州崇道观。著有《辅宋集》、《五行新书》、《周官辨疑》、《大成书》等书。参见《德兴县志（同治版）》、《海川董氏实录》。[2]饷墨：赠送的墨汁；赠送的墨盒。[3]徂（cú）徕：原为山名，又名尤崃、尤徕；后借指生长栋梁之材的大山。《诗·鲁颂·閟宫》云："徂来之松，新甫之柏。是断是度，是寻是尺。"[4]百牛：众牛；喻巨大的力量。唐·柳宗元《行路难》诗云："深林土剪十取一，百牛连鞅摧双辕。"[5]输膏败乳：指墨汁的质量状况。[6]中州：中原地区。宋·王安石《黄河》诗云："派出昆仑五色流，一支黄浊贯中州。"[7]寒碧：给人以清冷感觉的碧色。明·胡其毅《孔庙柏歌》云："大成殿前多古柏，树树参天堕寒碧。"[8]神明俦（chóu）：与神明为半；与神明同游。[9]紫凤：传说中的神鸟；亦指衣上凤鸟花纹。唐·李商隐《碧城》诗云："紫凤放娇衔楚佩，赤鳞犯舞拨湘弦。"[10]被褐：穿着粗布短袄。明·方孝孺《沧州趣为台城赵生孝礼题》诗云："俯首蓬屋中，被褐勘六经。"[11]老相：谓相貌显得比实际年龄大。[12]怀袖；犹怀抱；犹怀藏。明·陈子龙《寄献石斋先生》诗云："我有短札置怀袖，安能一矢千黄金。"[13]长物：好的东西；什物。清·富察敦崇《燕京岁时记·土地庙》云："市无长物，惟花厂鸽市差为可观。"[14]分张：分配；分施。《南齐书·张岱传》曰："岱初作遗命，分张家财，封置箱中，家业张减，随复改易，如此十数年。"[15]起：拟稿；打草稿。明·唐顺之《詹府燕集奉和上宰松皋公》诗云："分日传经清禁里，罢朝起草紫宸旁。"[16]须子：胡须。《儒林外史》第二一回云："头戴大毡帽，身穿绸绢衣服，左手拿着马鞭子，右手捻著须子。"[17]蝇头：指像苍蝇头那样小的字。唐·吴融《倒次元韵》云："鱼子封笺短，蝇头学字真。"

12. 次董仲达（董颖）诗用韵

宋·蔡沈

寺古苍松老，僧高俗客希。
我来游竟日，不用笋舆归。

作者简介

蔡沈（1167—1230），字仲默，学者称九峰先生，宋建州建阳（今属福建）人。少从朱熹游。父没隐居九峰山下，传熹《书》、元定《洪范》之学。著有《蔡九峰集》等。

注释

[1]作者题注：双林壁间，有人写董仲达（董颖）希字韵诗，和者纷纷因用韵。[2]董仲达：董颖，字仲达，号霜杰，江西省德兴海口镇人。宋宣和六年（1124年）进士，官至太学正。博通五经，工于诗词。著有《霜杰集（30卷）》。参见《全宋词》、《中国文学家大辞典》。[3]苍松：即苍松翠柏，指四季常青的松柏；比喻具有高贵品质、坚定节操的人。宋·艾申《疏山》与："夹道苍松六月寒，尘埃只隔白云閒。"[4]俗客：尘世间人。唐·李复言《续玄怪录·李卫公靖》云："靖俗客，非乘云者，奈何能行雨?"[5]竟日：终日；整天。宋·欧阳修《桃源忆故人》词云："眉上万重新恨，竟日无人问。"[6]笋舆：竹舆。宋·王安石《台城寺侧独行》诗："独往独来山下路，笋舆看得绿阴成。"

13. 次韵董子仁（董旻）二首

明·陈献章

江门花鸟欲春阑，脚带云霞步步宽。
君到闽中试借问，龙山何事别长安。

☆☆☆☆☆

还将病骨畏秋声，一枕江流是我生。
若道严陵偏不事，汉人更有圣之清。

作者简介

陈献章（1428—1500），字公甫，号石斋，晚号石翁，明广东新会人。成化十九年授翰林检讨，乞终养归。工书画，山居偶乏笔，束茅代之，遂自成一家，时呼为茅笔字。著有《白沙诗教解》、《白沙集》等。

注释

[1]董子仁：即董旻，字子仁，德兴市海口人，明成化二年(1466)进士，官至兵科给事中、吏科都给事中、四川参议。曾出使琉球王国。所著诗多，句雅高趣。[2]江门：河流码头；河流港口；河流岸边。唐·崔道融《夜泊九江》云："夜泊江门外，欢声月里楼。"[3]春阑：阑，栏杆、残、晚。唐·毛文锡《更漏子》云："春夜阑，春恨切，花外子规啼月。"[4]云霞：彩霞；高空。宋·苏轼《辨道歌》云："乌轮即晚蟾影斜，吾时俱睹超云霞。"

[5]闽中：泛指福建一带。南朝·宋·谢灵运《还旧园作见颜范二中书》诗云："闽中安可处，日夜念归旋。"[6]长安：古都城名，即今西安城；都城的通称。唐·李白《金陵》诗云："晋家南渡日，此地旧长安。"[7]病骨：多病瘦损的身躯。明·于谦《登楼书兴》诗云："暮景侵寻欺病骨，秋霜容易上华巅。"[8]一枕：犹言一卧。卧必以枕，故称。唐·丁仙芝《和荐福寺英公新搆禅堂》诗云："一枕西山外，虚舟常浩然。"[9]我生：我之行为。《易·观》曰："六三：观我生进退。"孔颖达疏："我生，我身所动。"朱熹本义："我生，我之所行也。"[10]严陵：即严光，字子陵。东汉·会稽馀姚人。少曾与汉光武帝刘秀同游学。秀即帝位后，光变姓名隐遁，退隐于富春山，授官不受。后人称他所居游之地为严陵山、严陵濑、严陵钓台等。诗文中常用其事。宋·杨万里《夜泊钓台小酌》诗云："牛狸送我止严陵，黄雀随人赴帝城。"[11]不事：不侍奉，不服事；不任以官职。《晋书·刘寔传》："臣以为古之养老，以不事为优，不以吏之为重。"[12]圣之清：宋·邓林《村居》云："古来村里起功名，当日南阳亦是耕。几笔远山仁者静，半篙流水圣之清。"

八、怀祭挽拜守节赞

1. 寄进贤令程（程迥）可久

宋·赵蕃

博士湖边初拜公，后来超化信常通。
一官何意偶同隶，千里长怀几望风。
墨绶于今天下半，弦歌谁复古人中。
双鱼敬遣问无恙，目极春江鸿堕空。

作者简介

赵蕃（1143—1229），字昌父，号章泉，宋郑州人，徙居信州玉山（今属江西）。赵旸孙，以荫入仕。历任太和主簿、辰州司理参军、太社令、直秘阁。初受学于刘清之，年五十，犹问学于朱熹。喜作诗。卒谥文节。蕃诗宗黄庭坚，与韩淲（涧泉）有二泉先生之称。《宋史》卷四四五有传。著有《乾道稿》、《淳熙稿》、《章泉稿》。参见《全宋诗》《中国历代人名大辞典》、《四库全书》。

注释

[1]进贤令：程可久曾经担任进贤县令；进贤县乃江西省进贤县。[2]程可久：程迥，生卒年不详，字可久，号沙随，人称“沙随先生”，原籍宁陵（今属河南）人，后寓居江西省德兴市海口镇成为“海口人”。隆兴元年（1163）进士。历任扬州泰兴尉、知饶州德兴、隆兴进贤、信州上饶。南宋儒学家。好学博闻，释订经

史。《宋史》卷四三七有传。著有《论语传》、《孟子章句》、《周易古占法》、《周易章句外编》、《南斋小集》等书。参见《中国历代人名大辞典》、《德兴县志（同治版）》、《海川董氏实录》。[3]博士：博通古今的人；古代对具有某种技艺或专门从事某种职业的人的尊称。宋·王巩《随手杂录》云："九重之内，安知有英州、新州，此必有博士。"[4]长怀：遐想，悠思。汉·刘向《九叹·远逝》："情慨慨而长怀兮，信上皇而质正。"[5]几望：称农历月之十四日。几，近；望，农历每月的十五日。《水浒传》第一〇六回云："此时正是八月中旬望前天气，那轮几望的明月，照耀的如白昼一般。"[6]墨绶：结在印钮上的黑色丝带；县官及其职权的象征。唐·岑参《送宇文舍人出宰元城》诗云："县花迎墨绶，关柳拂铜章。"宋·司马光《送上雒王推官经臣》诗曰："墨绶百里宰，红蕖幕府僚。"[7]弦歌：依琴瑟而咏歌；指礼乐教化；出任邑令之典。宋·苏轼《和王胜云》诗云："斋酿如渑涨绿波，公诗句句可弦歌。"《晋书·隐逸传·陶潜》曰："谓亲朋曰：'聊欲弦歌，以为三径之资，可乎?'执事者闻之，以为彭泽令。"唐·秦韬玉《送友人罢举除南陵令》诗云："共言愁是酌离杯，况值弦歌枉大才。"[8]双鱼：两条鲤鱼；指书信。唐·唐彦谦《寄台省知己》诗曰："久怀声籍甚，千里致双鱼。"明·刘基《玉楼春》词云："双鱼不见人千里，落絮牵愁和梦起。"[9]无恙：没有疾病；没有忧患。多作问候语。《楚辞·九辩》曰："赖皇天之厚德兮，还及君之无恙。"[10]春江：春天的江；富春江。唐·张若虚《春江花月夜》诗曰："滟滟随波千万里，何处春江无月明。"宋·苏轼《惠崇春江晚景》诗云："竹外桃花三两枝，春江水暖鸭先知。"

2. 寄内（怀妻）

宋·董梦龙

别向春闺十载深，家园无梦可追寻。
酸风冷月凄官阁，瘴雨蛮烟度郁林。
养老需卿扶健杖，怕寒怜我守孤衾。
封侯未卜常滋愧，一寸程途一寸心。

作者简介

董萝龙，字翔远，江西省德兴市海口镇人。宋·嘉泰四年(1205) 甲子科举人。参见《甬上宋元诗略》、《德兴县志（同治版)》、《海川董氏实录》、《海川董氏宗谱》。

注释

[1]寄内：怀念妻子。妻子，又称贱内、内人。宋·曾丰《寄内》诗云："已复山上山，何当口中口。写兹秋下心，寄我女边帚。"[2]春闺：女子的闺房；亦指闺中的女子。唐·陈陶《陇西行》云："可邻无定河边骨，犹是春闺梦里人。"[3]官阁：供人游憩的楼阁；犹官署。清·孙枝蔚《寓句容道观寄简王阮亭扬州》诗与："扬州官阁梅开未？正忆新诗远寄看。"[4]孤衾：一床被子；常喻独宿。南朝·梁·柳恽《捣衣》诗与："孤衾引思绪，独枕怆忧端。"[5]封拜侯爵。《史记·卫将军列传》曰："人奴之生，得毋笞骂即足矣，安得封侯事乎?"

3. 复斋（董琮）学者

宋·李吕

孟氏求放心，《羲易》戒迷复。
可叹声利场，纷纷竞驰逐。

作者简介

李吕（1122—1198），字滨老，号澹轩，宋邵武军光泽人。纵览百家，留意《通鉴》，深于《周易》。与朱熹多有交往，并为讲学之友。著有《周易义说》、《澹轩集（15卷）》。

注释

[1]复斋：即董琮，字玉振，号复斋，江西省德兴市海口镇人。宋庆元二年进士。南宋经学家。朱熹再传弟子。著有《书传疏义》、《复斋集》。[2]孟氏：一指孟子，孟子之学；一指孔孟之道。[3]放心：放纵心胸；心情安定。《英烈传》第二二回云："半月之内，救兵必到，尔辈皆宜放心。"[4]羲易：《周易》的别称。因伏羲始作八卦，故名。宋·苏轼《贺邻帅及监司冬至启》云："既醉太平，实具周诗之福；大有元吉，允符羲《易》之占。"[5]迷复：迷失不改过；糊涂不醒悟。宋·邵雍《诫子吟》云："改图不害为君子，迷复终归作小人。"[6]声利场：争名逐利的场所。金·蔡松年《七月还祈》诗云："暂去声利场，乐佚犹无穷。"[7]竞驰：争逐。晋·左思《蜀都赋》云："孔翠群翔，犀象竞驰。"

4. 独坐有怀董子仁（董旻）

明·张吉

自笑南迁客，幽怀与物同。
碧梧深院月，苍筱古坛风。
道屈思求退，囊空不厌穷。
美人何处望，瓠叶万层东。

作者简介

张吉（1451—1518），字克修，号翼斋，明江西馀干人。成化十七年进士，官至部主事、贵州布政使。钻研诸经，精读理学。著有《陆学订疑》、《古城集》。参见《中国历代人名大辞典》。

注释

[1]董子仁：即董旻，字子仁，德兴市海口镇人。明成化二年进士，官至兵科给事中、吏科都给事中；出使琉球王国。[2]幽怀：隐藏在内心的情感。南朝·宋·颜延之《秋胡》诗云："有怀谁能已，聊用申苦难。"[3]碧梧：绿色的梧桐树。明·刘基《调笑令》词云："帘捲，帘捲，人与碧梧俱晚。"[4]囊空：袋中无钱。唐·韩愈《寒食日出游》诗云："囊空甑倒谁救之，我今一食日还并。"[5]瓠（hù）叶：瓠瓜的叶；古人用为菜食和享祭。宋·苏轼《和董传留别》云："厌伴老儒烹瓠叶，强随举子踏槐花。"

5. 伟观矩堂（董槐）九江慰劳

——九日登江湖伟观矩堂董先生时帅九江慰劳甚至

宋·陶梦桂

琵琶亭下北风狂，浩荡江天接大荒。
亟舍扁舟登伟观，旋呼官酒作重阳。
故人一见惊头白，寒菊新开满眼黄。
底用四弦如裂帛，异乡游览自悲伤。

作者简介

陶梦桂（1180—1253），字德芳，隆兴府（今江西南昌）人。宋宁宗嘉定十三年（1120）进士，调德安府司户参军，辟为安陆军节度推官，入荆南、四川安抚司幕，知吉州万安、鄂州武昌县，通判辰州、岳州。又官至朝请郎。著有《平塘陶先生诗（3卷）》。参见《全宋诗》、搜韵网。

注释

[1]伟观：壮伟的景象；大观。宋·仲并《水调歌头·浮远堂》词云："无穷伟观，祇应天意为君谋。"[2]矩堂（董槐）：董槐，生卒年不详，字庭植，号矩堂，江西省德兴市海口镇人（一说濠州定远县人）。嘉定十六年癸未科（1223）蒋重珍榜进士，初任通判镇江、通判蕲州、提点湖北刑狱、知江州、知潭州、主管江西安抚司公事、广西转运判官兼提点刑狱。后累迁兵部给事中、拜端

明殿学士、参知政事、拜右丞相兼枢密使。赠太子少师，封徐国公，谥文清。潜庵门人。参见《海川董氏实录》、《宋登科记考》、《宋元学案》、《宋史卷四一四·董魁传》。[3]慰劳：慰问犒劳；慰安问候。《后汉书·西域传序》曰："敦煌孤危，远来告急，复不辅助，内无以慰劳吏民，外无以威示百蛮。"[4]甚至：至极；达到极点。宋·吴曾《能改斋漫录·富家翁爱其弟》曰："于是甲有善马，爱之甚至，虽亲旧求借，辄以他马代之。"[5]九江：一指九条江河（即赣江水、鄱水、余水、修水、淦水、盱水、蜀水、南水、彭水）汇集的地方；长江流经九江水域境内，与鄱阳湖和赣、鄂、皖三省毗连的河流汇集，百川归海，水势浩淼，江面壮阔。二指九江境内辖县，南宋后期九江包括德化、德安、瑞昌、湖口、彭泽、分宁、武宁等县。[6]琵琶亭：亭名。在江西省九江市西，长江东南岸。宋·辛弃疾?《玉楼春·有自九江以石中作观音像持送者因以词赋之》词曰："琵琶亭畔多芳草，时对香炉峰一笑。"[7]江天：江和天。多指江河上的广阔空际。唐·卢纶《送丹阳赵少府》诗云："荻岸雨声尽，江天虹影长。"[8]大荒：荒废不治；荒远的地方；边远地区。宋·范成大《送洪内翰使虏》诗曰："峨冠方侍玉舆香，双节飘然照大荒。"[9]扁舟：小船。宋·苏轼《前赤壁赋》云："驾一叶之扁舟，举匏尊以相属。"[10]官酒：官酿官卖的酒。宋·黄庭坚《自咸平至太康鞍马间得十小诗此他日醉时与叔原所咏因以为韵》云："春色挟曙来，恼人似官酒。酬春无好语，怀我文章友。"[11]故人：旧交；老友。唐·王维《送元二使安西》诗曰："劝君更尽一杯酒，西出阳关无故人。"[12]寒菊：菊花。因开于深秋，故称。唐·韦应物《奉和圣制重阳日赐宴》诗云："寒菊生池苑，高树出宫城。"

6. 祭端公（董全祯）墓

宋·董熠

人言正气关天地，捍御功成死不妨。
衽席封疆唐许远，冠裳社稷汉云长。
麒麟高卧开食盏，庙宇藏书重玉堂。
潦倒纲常谁解识，令人终古泣斜阳。

作者简介

董熠，字季兴，号南隐，江西省德兴市海口镇人。南宋光宗绍熙四年（1193 年）进士。历知应城、瑞安、辰溪县。值岁饥，行救荒策，宁宗褒之。嘉定十年十二月七日以疾卒。著有《救荒活民书》、《抱膝稿》十卷、《南隐集》。参见《全宋诗》、《宋元学案补遗》、《江西诗徵》、《中国历代人名大辞典》、《海川董氏实录》、《海川董氏宗谱》。

注释

[1]祭端公墓：位于江西省德兴市海口镇海口村西大杨林，为祭祀董全祯之墓地。董全祯，人称端公，江西省德兴市海口镇人。唐天复五年进士，官至殿中御史。[2]正气：光明正大的风气；正派；正经。《文子·符言》曰："君子行正气，小人行邪气。内便於性，外合於义，循理而动，不系於物者，正气也；推於滋味，淫於声色，发於喜怒，不顾后患者，邪气也。"[3]捍御：防卫；抵

御。《后汉书·逸民传·逢萌》曰："行至劳山，人果相率以兵弩捍御。"唐·韩愈《黄家贼事宜状》云："来则捍御，去则不追。"[4]衽席：床褥与莞簟；寝处之所；太平安居的生活。《三国演义》第四十三回曰："拯民于水火之中，措天下于衽席之下。"[5]封疆：疆域；疆土。唐·杜甫《遣兴》诗云："汉虏互胜负，封疆不常全。"[6]唐许远：唐朝初年的徐远。许远（709 年—757 年），字令威，杭州新城（今杭州市富阳区新登镇上）人。唐代名臣，唐高宗时右相许敬宗曾孙。历仕侍御史、睢阳太守，安禄山反，与张巡协力守城，外援不至，城陷被俘，不屈死。[7]冠裳：穿着官服；官宦士绅；官职。宋·范成大《胡宗伟罢官改秩作诗送之》云："万境何如一丘壑，几时定解冠裳缚。"[8]汉云长：三国时期关羽、字云长。[9]麒麟：一种传说中罕见的神兽。形似鹿，但体积较大；牛尾、马蹄，头上有独角。背上有五彩毛纹，腹部有黄色毛，雄者称为麟，雌者称为麒，统称为麒麟。[10]玉堂：玉饰的殿堂；宫殿；官署名。晋·孙绰《游天台山赋》云："朱阁玲珑于林间，玉堂阴映于高隅。"[11]潦倒：举止散漫；不自检束；反常；颠倒。清·王士禛《池北偶谈·谈艺三·记观王氏书画》："贯秋壑题诗，语潦倒可笑。"[12]纲常："三纲五常"的简称。封建时代以君为臣纲，父为子纲、夫为妻纲为三纲，仁、义、礼、智、信为五常。《宋史·儒林传八·叶味道》曰："正纲常以励所学，用忠言以充所学。"[13]解识：知晓；熟悉。清·吴伟业《夜游虎丘剑池》诗云："辘轳夜半语空中，无人解识兴亡意。"[14]终古：往昔；经常。《庄子·大宗师》曰："维斗得之，终古不忒；日月得之，终古不息。"

7. 扫义公墓（宋·义公）

宋·董真卿

自睦而番着间人，惟公宅兆卜斯珍。
堪嗟体魄千年在，不坠诗书一线春。
芜没空山疑有憾，德垂后裔岂无神。
此时墓下应含笑，孝友传家有顺孙。

作者简介

董真卿，字季真，海口镇人。北宋政和二年进士，官至谏议大夫。南宋介轩学派代表人物之一。著有《周易会通（14 卷）》。

注释

[1]义公墓：位于海口镇海口村西。[2]宅兆：墓地。《孝经·丧亲》曰："卜其宅兆而安措之。"[5]堪嗟：可叹；令人感叹。宋·陆游《蝶恋花》云："只有梦魂能再遇，堪嗟梦不由人做。"[6]芜没：掩没于荒草间；湮灭。宋·王安石《自金陵至丹阳道中有感》诗云："苑方秦地皆芜没，山借扬州更寂寥。"[7]德垂：德行传下去；功德传留后世。《书·微子之命》曰："功加于时，德垂后裔。"[8]后裔：后代子孙。《东周列国志·第二回》云："是为晋国大夫赵氏之祖，赵衰赵盾即其后裔也。"[10]孝友：事父母孝顺；对兄弟友爱；对兄弟友爱。《诗·小雅·六月》曰："侯谁在矣，张仲孝友。"

8. 挽通判州事董介轩（董梦程）

宋·许月卿

偏得人间谤与名，盖棺方定伯夷清。
五经笥满风云壮，百尺楼高星斗横。
明月照庭香不断，狂飙吹雪意如生。
河汾回首成今古，礼乐犹将致太平。

作者简介

许月卿（1216—1285 年），字太空，号泉田子，宋徽州婺源人。理宗淳祐四年进士。历任濠州司户参军、临安府学教授、江西提举常平事。南宋介轩学派代表人物之一。著有《先天集》、《百官箴》等。

注释

[1]董介轩：即董梦程，生卒年不详，字万里，号介轩，江西省德兴市海口镇人。南宋开禧乙丑年（1205 年）进士。历任朝散郎、钦州通判。初学于董铢、程正思，后学于黄勉斋。创立介轩学派——注重训释之学的儒家学派。著有《诗》、《书》二经、《大尔雅通释》。参见《宋元学案》、《宋代文化史大辞典》、《海川董氏实录》。[2]偏得：犹独得；谓得之最多。《庄子·庚桑楚》曰："老聃之役，有庚桑楚者，偏得老聃之道。"成玄英疏："老君大圣，弟子极多，门人之中，庚桑楚最胜，故称偏得也。"[3]人间：尘世；世俗社会。宋·赵令畤《侯鲭录》曰："丽质仙娥生月殿。谪向人

间，未免凡情乱。”[4]盖棺：身故。宋·苏轼《提举玉局观谢表》曰：“盖棺未已，犹怀结草之心。”[5]伯夷：商末孤竹君长子。《孟子·公孙丑上》曰：“非其君不事，非其民不使；治则进，乱则退，伯夷也。”[6]五经笥（sì）：言其腹中装满经学，有如藏五经的竹箱，后用以称精通经学的人。唐·刘餗《隋唐嘉话》云：“昔任彦升善谈经籍，时称为五经笥。”[7]星斗：天上的星；北斗星。唐·高蟾《秋思》诗云：“天地太萧索，山川何渺茫。不堪星斗柄，犹把岁寒量。”[8]明月：光明的月亮。唐·张若虚《春江花月夜》诗云：“春江潮水连海平，海上明月共潮生。”[9]狂飙：急骤的暴风。唐·李商隐《深宫》诗云：“狂飙不惜萝阴薄，清露偏知桂叶浓。”[10]河汾：隋代王通设教河汾之间，受业者达千馀人；后以“河汾”指称王通及其学术流派。明·高启《追挽恭孝先生》诗云：“关洛遗风在，河汾旧业传。”[11]今古：现时与往昔。唐·韩愈《柳子厚墓志铭》曰：“议论证据今古，出入经史百子。”宋·苏轼《夜直秘阁呈王敏甫》诗云：“共谁交臂论今古，只有闲心对此君。”[12]礼乐：礼节和音乐。古代帝王常用兴礼乐为手段以求达到尊卑有序远近和合的统治目的。《吕氏春秋·孟夏》曰：“乃命乐师习合礼乐。”高诱注：“礼所以经国家，定社稷，利人民；乐所以移风易俗，荡人之邪，存人之正性。”[13]太平：时世安宁和平。唐·温庭筠《长安春晚》诗云：“四方无事太平年，万象鲜明禁火前。”

9. 挽董俸

明·张敌

二十余年别讲帷，东南易道竟谁传。
龙蛇忽入真儒梦，麟凤空为盛世奇。
湘水甘棠遗旧荫，海川丹桂长新枝。
何时下马深山麓，泪洒林宗丈许碑。

作者简介

张敌，生卒年不详，明·弘治年间举人，官至江阴教授，江西省德兴市人。参见《德兴县志（同治版）》、《海川董氏实录》。

注释

[1]董俸，字公爵，江西省德兴市海口镇人。明·弘治十一年(1498年)戊午科举人，官至全州广德学正、临湘江夏令。参见《海川董氏实录》。[2]讲帷：泛指讲坛。宋·魏了翁《满江红·送西叔兄之官成都》曰："要安排稳当，讲帷词掖。"[3]易道：《周易》之道。《书序》曰："约史记而修《春秋》，赞《易》道以黜《八索》。"[4]麟凤：麒麟和凤凰；才智出众的人。南唐·陈陶《闲居杂兴》诗云："中原莫道无麟凤，自是皇家结网疏。"[5]甘棠：棠梨树；落叶乔木，果实甜美。《诗经·召南·甘棠》曰："蔽芾（fèi）甘棠，勿剪勿伐，召伯所茇（bá）。"[6]旧荫：宋·杨万里《雨中问讯金沙》云："只须旧荫已无暑，更走新条如许长。"[7]林宗：即林宗巾。东汉郭太，字林宗，品学为时人所重，途行遇雨头巾垫其一角，人争效之，故折巾一角，称为林宗巾。

10. 挽董泉

明·倪进贤

一从悲风动九垓，士林忽报折奇才。
长杨已负相如赋，鹏鸟谁传贾谊哀。
空有声名联壁水，更无踪迹到金台。
海川川上无情处，落日狂澜挽不回。

作者简介

倪进贤，生卒年不详，明江西省婺源县人。成化十四年进士，官至御史、四川巡按。参见《婺源县志（同治版）》、《海川董氏实录》、搜韵网。

注释

[1]董泉：字文达，江西省德兴市海口镇人。明·天顺五年（1462）辛巳科贡生。参见《德兴县志（同治版）》、《海川董氏实录》、《海川董氏宗谱》。[2]九垓：中央至八极之地；九层；天。《文选·司马相如〈封禅文〉》曰："上畅九垓，下泝八埏。"李善注："垓，重也，言其德上达于九重之天。"[3]士林：文人士大夫阶层、知识界。唐·罗隐《寄前户部陆郎中》诗曰："出驯桑雉入朝簪，萧洒清名映士林。"[4]长杨：汉·扬雄所作《长杨赋》的省称。扬雄（公元前53—公元18年），字子云，西汉蜀郡成都（今四川成都郫县）人。司马相如之后西汉最著名的辞赋家。宋·

范仲淹《依韵奉酬晏尚书见寄》曰："愿闻歌画一，敢议赋《长杨》。"[5]相如赋：即汉·司马相如《赋》。司马相如（公元前179—前118）西汉辞赋家，字长卿，蜀郡成都（今四川成都）人。司马相如的文学成就主要表现在辞赋上，《汉书·艺文志》着录"司马相如赋二十九篇"。[6]鹏鸟：即贾谊撰写的《鹏鸟赋》。[7]贾谊：[8]金台：黄金台的省称；比喻延揽士人之处；指古燕都北京。宋·杨万里《读罪己诏诗》云："台尚未筑，乃至羡强燕？"[9]狂澜：巨大的波浪；汹涌的波浪。唐·韩愈《进学解》曰："障百川而东之，回狂澜于既倒。"

【延伸阅读·诗词】

自挽寄家

明·董公亮（贡元）

一片芳心可契天，谁知玉石两茫然。
白云漠漠亲何在，孤雁飞飞孰可怜。
妻子远抛千里外，弟兄分袂六年前。
作诗写尽平生事，吾骨何时到墓前。

11. 挽张总管叔夜

宋·董淩

南道勤王仗壮猷，襄阳果幸尚无忧。
可怜一具英雄骨，不扈君王过白沟。

作者简介

董淩（1076—1142），字禹川，江西省德兴市海口镇人。北宋崇宁丙戌（1106）进士。历任岳州司理、荆南府知、江陵令；任国子录、秘书省正字、宣教郎、秘书少监；江州太平观兼江西提刑；亳州明道观、知兴化府、台州崇道观。著有《辅宋集》、《五行新书》、《周官辨疑》、《大成书》等书。参见《德兴县志（同治版）》、《海川董氏实录》。

注释

[1]总管：官名；军事长官。隋及唐初有行军总管、行军大总管，是出征时的军队主帅。北宋末年设东、南、西、北道都总管，分统四方勤王兵。[2]叔夜：张叔夜（1065—1127 年），字嵇仲，信州永丰县（今江西省广丰县）人，北宋名将，北宋大观年间进士。历任右司员外郎、礼部侍郎、龙图阁直学士、南道总管。靖康之难中率军守汴，浴血勤王，败随宋钦宗被金国掳走，途中自缢而死。[3]南道：张叔夜担任南道总管。《宋史·张叔夜传》曰：“四道置帅，叔夜领南道都总管。”[4]勤王：多指君主的统治受到威

胁而动摇时，臣子起兵救援王朝。《宋史·张叔夜传》曰：“金兵再至，钦宗手札趣入卫。即自将中军，子伯奋将前军，仲熊将后军，合三万人，翌日上道。至尉氏，与金游兵遇，转战而前。十一月晦，至都，帝御南熏门见之，军容甚整。”[5]壮猷：宏大的谋略。宋·苏舜钦《上孔待制书》云：“阁下方以盛年壮猷，将康济天下，而良助犹鲜，诚可怃然。”[6]襄阳：今天之湖北省襄阳地区。《宋史·张叔夜传》曰：“入对，言贼锋方锐，愿如唐明皇之避禄山，暂诣襄阳以图幸雍。帝颔之。”[7]无忧：没有忧患；不用担心。唐·罗邺《上东川顾尚书》诗云：“龙节坐持兵十万，可怜三蜀尽无忧。”[8]可怜：值得怜悯。清·纪昀《阅微草堂笔记·滦阳消夏录四》云：“然情状可怜，亦使人心脾凄动。”[9]英雄骨：张叔夜坚持大义，明志殉国，堪称英雄。公元1138年（绍兴八年），宋金议和，张叔夜的遗骸得以回归故国。船行到鄱阳湖时，遇到大风，船无法前进，只得将有的遗骸葬于湖畔。[10]不扈：扈，随从、扈从、扈驾。《宋史·张叔夜传》曰：“道中不食粟，唯时饮汤。既次白沟，驭者曰：‘过界河矣。’叔夜乃矍然而起，仰天大呼，遂不复语。明日，卒，年六十三。”[11]君王：天子；皇帝。这里指宋钦宗。[12]白沟：地名，宋、辽两国边界。《宋史·张叔夜传》曰：“既次白沟，驭者曰：‘过界河矣。’”

12. 拜端公（董全祯）墓

宋・程迥

大王林下拜端公，一镪山河万古忠。
风鼓雨声悲楚地，月传龙乡到唐宫。
耿怀天地亦流血，旧国松秋尚若封。
有庙至今关社稷，卧碑名姓照苍穹。

作者简介

程迥，字可久，号沙随，人称“沙随先生”，原籍宁陵（今属河南）人，后寓居江西省德兴市海口镇成为“海口人”。隆兴元年（1163）进士。历任扬州泰兴尉、知饶州德兴、隆兴进贤、信州上饶。南宋儒学家。好学博闻，释订经史。《宋史》卷四三七有传。著有《论语传》、《孟子章句》、《周易古占法》、《周易章句外编》、《南斋小集》等书。参见《中国历代人名大辞典》、《德兴县志（同治版）》、《海川董氏实录》。

注释

[1]拜端公墓：即拜祭董全祯；端公墓位于江西省德兴市海口镇海口村西大王林。[2]大王林：位于海口镇海口村西北。[3]一镪（qiǎng）：镪，钱串；串的钱；银子或银锭。唐・白居易《赎鸡》云：“购尔镪三百，小惠何足论?”[4]万古：年代久远、永远。唐・杜甫《戏为六绝句六首之二》曰：“尔曹身与名俱灭，不

废江河万古流。”[5]楚地：楚地（chǔ dì）指的是古楚国所辖之地，后来引申为湖南、江西、江苏、浙江、湖北附近区域。宋·苏轼《荆州》诗云：“楚地阔无边，苍茫万顷连。”[6]龙乡：边塞之地。唐·乔知之《从军行》曰：“鸳绮裁易成，龙乡信难见。”[7]唐宫：指唐朝廷；唐长安京都。宋·舒岳祥《端午感怀》云：“楚俗旧时沉黍恨，唐宫此日赐衣沾。”[8]耿怀：直率的情怀。唐·郑谷《赠宗人前公安宰君》诗云：“孤散恨无推唱路，耿怀吟得赠君诗。”[9]旧国：历年长久的国家；原来的国家；故国。北周·庾信《周大将军崔说神道碑》：“幸直和邻，言归旧国。”[10]社稷：土神和谷神；国家的代称。《礼记·檀弓下》曰：“能执干戈以卫社稷。”《孙膑兵法·见威王》曰：“战不胜，则所以削地而危社稷也。”[11]卧碑：泛指镌刻各种禁例的石碑。清·顾炎武《孝陵图》诗云：“又有神烈山，世宗所封树；卧碑自崇祯，禁约烦圣谕。”[12]苍穹：苍天；广阔的天空；凿崖题石摩苍穹。《梁书·邵陵王纶传》曰：“唯应剖心尝胆，泣血枕戈，感誓苍穹，凭灵宗祀，书谋夕计，共思匡复。”

13. 省番国夫人墓

明·董仕献

追惟祖妣德容庄，派演宗源自盛唐。
善相天官夫爵显，荣封番国母仪光。
育生三子皆神异，流泽云孙奕叶昌。
千古至今碑碣在，封丘犹记若为堂。

作者简介

董仕献，字叔可，江西省德兴市海口镇人。明·朝洪武十三年（1371 年）庚申科贡补太学，举贤良入仕，官至刑部主事。参见《德兴县志（同治版）》、《海川董氏实录》、《海川董氏宗谱》。

注释

[1]番国夫人：江西省德兴市海口镇董申进士之妻王氏，敕“番国夫人”。[2]番国夫人墓：位于江西省德兴市海口镇海口村村西杏花园。[3]省（xǐng）：省拜；省候；省墓（扫墓）。《南齐书·沉文季传》云：“休佑被杀，虽用薨礼，僚佐多不敢至。文季独往省墓展哀。”[4]追惟：追忆；回想。宋·陈鹄《耆旧续闻》卷七云：“追惟英华之言，欲取所遗香爇之。”[5]祖妣（bǐ）：男女祖先；已故祖母。《诗·周颂·丰年》曰：“为酒为醴，烝畀祖妣。”孔颖达疏：“为神所佑，致丰积如此。故以之为酒，以之为醴，而进与先祖先妣。”[6]德容：敬辞，有道者的仪容；女子的

德行与容貌。[7]派演：派衍；宗族支派繁衍。明·李东阳《〈茶陵谭氏族谱〉序》云："盖自宗法不行于天下，士大夫始以家谱代世本，然惟其族之贤者有之，及派演而指众，亦惟其人之贤者而后不废。"[8]宗源：宗族、宗派来源。宋·慕容彦逢《蒋颖叔生日》云："宗派源流远，家声竹帛垂。"[9]善相：相貌和善；善于（擅长）察看判断。《儿女英雄传》第十一回："安公子到了柜房里，只看那掌柜的是个极善相的半老老头儿，正在柜房坐着。"[10]天官：官名；百官；众官。《文选·班固·东都赋》云："天官景从，寝威盛容。"[11]番国：一种荣誉、封号或爵位；董申之妻王氏，敕"番国夫人"。[12]母仪：人母的仪范；作母亲的仪范；为母之道。明·杨珽《龙膏记·宠赐》曰："夫人王氏，共传妇道母仪；小女湘英，更喜天才国色。"[13]流泽：流布恩德。宋·欧阳修《明堂庆成》诗云："欢呼响山岳，流泽浃根茎。"[14]云孙：第九代孙；亦泛指远孙。宋·陆游《镜湖西南有山作短歌》曰："云孙相遇不相识，笑问尘世今何年。"[15]奕叶：累世，代代。汉·蔡邕《琅邪王傅蔡郎碑》云："奕叶载德，常历宫尹，以建于兹。"[16]碑碣（jié）：长方形的碑石称碑，圆顶形的称碣；各种碑石的统称；墓前所立的石刻。北魏·郦道元《水经注·河水五》云："漯水又东径汉徵君伏生墓南，碑碣尚存。"[17]封丘：封，坟堆、土堆；丘，坟墓、丘墓。宋·刘克庄《石塘感旧十绝》云："季札旋封丘哭墓，晋人谬谓圣忘情。"

14. 赞节妇蓝氏

宋·董鼎

犹子承祧以克家，柏舟操共玉常夸。
貤封宠恩诰荣赠，馥郁幽兰谷里花。

作者简介

董鼎，字季亨，号深山，江西省德兴市海口人。南宋初年进士。官至太学博士。介轩学派代表人物之一。著有《孝经大义》。参见《宋元学案》、《中国儒学辞典》、《海川董氏实录》。

注释

[1]蓝氏：海口村贡元董质甫之妻，二十八岁始守节，至死不二嫁，授贞节牌坊。[2]节妇：贞洁妇女；夫死终身不改嫁之妇。晋·傅玄《秋胡行》云："奈何秋胡，中道怀邪。美此节妇，高行巍峨。"[3]承祧：承继为后嗣。《儒林外史》第二十五回曰："此后成人婚娶，俱系鲍文卿抚养。立嗣承祧，两无异说。"[4]克家：能承担家事；能继承家业。唐·杜甫诗云："食德见从事，克家何妙年。"[5]柏舟：柏木制成的小船。《诗经·鄘风·柏丹》曰："泛彼柏舟，亦泛其流。"[6]貤（yí）封：封爵名号，对妇女称为貤赠。宋·刘克庄《挽郑令人》云："设馔礼如初作妇，貤封谊不忍先姑。"[7]诰：诰命；诰封。宋·王庭圭《挽张氏安》云："彩服旧儿戏，锦囊新诰封。"

15. 赞节妇胡氏

元·董德

占尽春光好年华，忽然风陨并头花。
空房见惯孤鸾宿，白玉毫无半点瑕。

作者简介

董德，字敬德，江西省德兴市海口镇人。元·至顺元年（1330）庚午科举人，官至本郡学正。参见《德兴县志（同治版）》、《海川董氏实录》、《海川董氏宗谱》。

注释

[1]胡氏：海口村举人董文鼎之妻，二十二岁始守节，至死不二嫁，授贞节牌坊。[2]风陨：陨，坠落、陨落、毁坏。唐·储光羲《送周十一》云："秋风陨群木，众草下严霜。"[3]并头花：头挨着头的花；比喻男女好合。明·张元凯《采莲》云："凫鹥撩乱起蒹葭，弄桨穿莎湿绛纱。世上恨无连理藕，波间喜有并头花。"[4]孤鸾宿：孤鸾，孤单的鸾鸟；去配偶或没有配偶的人。宿，过夜、同住、住宿。北周·庾信《拟咏怀》云："抱松伤别鹤，向镜绝孤鸾。"宋·陈允平《满江红·目断江横》云："明月自圆双蝶梦，彩云空伴孤鸾宿。任画帘、不卷玉钩闲，扬花扑。"[5]白玉：白色的玉；白璧。《楚辞·九歌·湘夫人》曰："白玉兮为镇，疏石兰兮为芳。"《晋书·慕容德载记》曰："障水得白玉，状若玺。"

16. 赞节妇程氏

明·程楷

庙堂潦倒愧冠裳，闺阃丹心照雪霜。
伉俪悠悠怀一醮，乾坤鼎鼎重三纲。
愁覃苦海生难变，含笑重泉死不妨。
千载深山书院外，副笄无愧说蒸尝。

作者简介

程楷，生卒年不详，字正之，江西省乐平县人。明成化二十三年（1487 年）进士，选庶吉士，官至翰林编修。参见《乐平县志（同治版）》、《海川董氏实录》、搜韵网。

注释

[1]程氏：海口村庠生董植之妻，三十岁始守节，至死不二嫁，授贞节牌坊。[2]庙堂：这里指贞节牌坊。[3]潦倒：破旧；衰落。宋·田锡《水霖》云："菊花潦倒雨冥冥，秋菌参差上壁生。"[4]闺阃（kǔn）：妇女居住的地方；妇女。明·方孝孺《题陈节妇传后》云："方其自修於闺阃之内，宁知节义之名为足慕哉。"[5]丹心：赤诚的心。三国·魏·阮籍《咏怀》诗云："丹心失恩泽，重德丧所宜。"[6]伉俪：夫妻；夫妇。《晋书·孙楚传》曰："未知文生於情，情生於文，览之凄然，增伉俪之重。"[7]醮（jiào）：古代婚娶时用酒祭神的礼；酒饮尽。《仪礼·士冠礼》云：

“若不醴则醮用酒。”[8]三纲：三纲谓君为臣纲，父为子纲，夫为妻。汉·班固《白虎通义·三纲六纪》云：“三纲者，何谓也？君臣、父子、夫妇也。”[9]覃（tán）：深广；覃思；意味深长。《说文》曰：“覃，长味也。”段玉裁注：“此与酉部醰，音同义近。”[10]重泉：犹深渊；犹九泉；旧指死者所归。南朝·梁·江淹《杂体诗·效潘岳〈悼亡〉》云：“美人归重泉，悽怆无终毕。”宋·苏轼《祭单君贶文》曰：“云何不吊，衔痛重泉。”[11]副笄（jī）：古代贵族妇女的头饰；编发为假髻称副，假髻上所插的簪称笄。《诗·鄘风·君子偕老》曰：“君子偕老，副笄六珈。”毛传：“副者，后夫人之首饰，编髪为之。笄，衡笄也。”[12]蒸尝：本指秋冬二祭；后泛指祭祀。明·朱鼎《玉镜台记·成婚》云：“于以采藻，于以采苹，克谨蒸尝之荐。”

第二卷　词之篇

一、望江南

1. 望江南·缥缈烟

宋·董乂

缥缈烟中渔父桨，
坡陀山上使君衙。

作者简介

董乂（yì），字彦臣，江西省德兴市海口镇人。北宋英宗治平二年（1065年）进士。历任魏王宫教授、天章阁修撰、大理寺卿、朝议大夫、敷文阁待制。封开国男。参见《全宋词》、《宋诗纪事补遗》、《德兴县志（同治版）》、《江西通志（四库本）》、《海川董氏实录》、《海川董氏宗谱》。

注释

[1]望江南：词牌名，又名《忆江南》、《江南好》。原唐教坊曲名，后用为词牌。有单调、双调两种格式。单调二十七字，五句三平韵。本首词疑似第三、第四两句，缺漏第一、第二、第五三句。[2]缥缈：高远隐约貌随风飘扬；随水浮流。宋·陈允平《垂杨》词云：“飞花满地谁为扫，甚薄倖，随波缥缈。”[3]渔父：老渔翁。唐·罗隐《别池阳所居》诗：“雨夜老农伤水旱，雪晴渔父共舟船。”[4]桨：划船的用具，常装置在船的两旁。[5]坡陀：山

势起伏貌；山坡。唐·杜甫《北征》云："坡陀望鄜畤，岩谷互出没。"[6]使君：尊称州郡长官。唐·张籍《苏州江岸留别乐天》诗云："莫忘使君吟咏处，汝坟湖北武丘西。"[7]衙：旧时官署之称；公衙、衙门。

【延伸阅读·诗句1】

董乂诗句

使宇高连徐邈洞，人家都食武昌鱼。

注释：[1]徐邈洞：徐邈（171—249年），字景山，燕国蓟（今北京市附近）人，三国时曹魏重臣。[2]武昌鱼：三国时代武昌附近所产的团头鲂。《三国志·吴志·陆凯传》曰："宁饮建业水，不食武昌鱼"。

【延伸阅读·诗句2】

董乂诗句

数封天子诏，两代帝王师。

注释：[1]天子：古以君权为神所授，故称帝王为天子。唐·高适《燕歌行》云："男儿本自重横行，天子非常赐颜色。"[2]帝王：泛指君主，国家的最高统治者。《庄子·天道》曰："夫帝王之德，以天地为宗。"

2. 望江南·六月凉

宋·董乂

六月凉窗凉袵袖，
二苏辞翰照青冥。

作者简介

董乂（yì），字彦臣，江西省德兴市海口镇人。北宋英宗治平二年（1065 年）进士。历任魏王宫教授、天章阁修撰、大理寺卿、朝议大夫、敷文阁待制。封开国男。参见《全宋词》、《宋诗纪事补遗》、《德兴县志（同治版）》、《江西通志（四库本）》、《海川董氏实录》、《海川董氏宗谱》。

注释

[1]望江南：词牌名，又名《忆江南》、《江南好》。原唐教坊曲名，后用为词牌。有单调、双调两种格式。单调二十七字，五句三平韵。本首词疑似第三、第四两句，缺漏第一、第二、第五三句。[2]袵（rèn）袖：袵，同“衽”，衣衿也。宋·方一夔《药圃五咏·杞菊》曰：“辛荑满袖衽，枝叶不一采。”[3]二苏：或宋苏轼与苏辙；或宋苏轼与苏舜钦。宋·黄庭坚《和答子瞻和子由常父忆馆中故事》诗曰：“二苏上连璧，三孔立分鼎。”宋·王巩《王氏谈录·二苏草隶》云：“二苏皆工草隶，而舜钦先得名。”[4]辞翰：文章；著述；书翰。唐·皮日休《白太傅》诗云：“谁谓辞翰

器，乃是经纶贤。”[5]青冥：青苍幽远；青天。唐·施肩吾《瀑布》诗云：“豁开青冥颠，写出万丈泉。”

【延伸阅读·诗句】

董乂诗句

云影万重连鄂渚，风帆一日到浔阳。

注释：[1]云影：云的影像。南朝·梁元帝《夜宿柏斋》诗云：“烛暗行人静，帘开云影入。”[2]鄂渚：三国鄂州，武昌县地是也。唐·杜甫《过南岳入洞庭湖》诗云：“鄂渚分云树，衡山引舳舻。”[3]浔阳：江名，即长江流经江西省九江市北的一段。唐·白居易《琵琶行》曰：“浔阳江头夜送客，枫叶荻花秋索索。”

二、十六字令

3. 十六字令·浣花书屋

清·董应运

清，
浣花书屋旧传名。
芹香绕，
水见泮池平。

作者简介

董应运，字学参，号晓园，江西省德兴市海口镇人。清·乾隆三十三年（1769年）戊子科文庠。参见《海川董氏实录》、《海川董氏宗谱》。

注释

[1]十六字令：词牌名，因全词仅十六字而得名，又名《苍梧谣》、《归字谣》。此调为单调，属于最短的词。第一、二、四句押韵，均用平声韵。[2]浣花书屋：位于江西省德兴市海口镇海口村村北。[3]浣花：一种草本植物，开白色小花，呈味苦。其生长在路边、水边。[4]芹：俗称芹菜，一年或二年生草本植物，茎可食。种类有“水芹”、“旱芹”两种，功能相近，药用以旱芹为佳，旱芹香气较浓，又名“香芹”。[5]泮池（pàn）：古时学校前的水池；学宫前的水池。《诗经·泮水》曰：“思乐泮水，薄采其芹。”元·汪克宽《泮宫赋》：“步前除以徜徉兮，覩（dǔ）泮池之澄碧。”

三、忆江南

4. 忆江南·游登云馆

清·董芳远

静夜思，
思汉有名贤。
独步云梯游桂殿，
共登天路宴琼筵。
无人不喜争先。

作者简介

董芳远，字子兰，江西省德兴市海口镇人。清·乾隆六年（1742）辛酉科贡生。参见《德兴县志（同治版）》、《海川董氏实录》、《海川董氏宗谱》。

注释

[1]忆江南：词牌名，又名《望江南》、《江南好》。原唐教坊曲名，后用为词牌。有单调、双调两种格式。单调二十七字，五句三平韵。[2]登云馆：位于江西省德兴市海口镇海口村村东北。[3]名贤：指汉儒明贤董仲舒。[4]云梯：云梯在古代属于战争器械，用于攀越城墙攻城的用具。南北朝·谢灵运《登石门最高顶诗》曰："惜无同怀客，共登青云梯。"[5]琼筵：盛宴，美宴。清·汪懋麟《紫微洞歌》云："麟脯凤髓不足侈，山中橙橘登琼筵。"

5. 忆江南·游紫林轩

清·董仲和

好林泉，
堂开翠接天。
紫林轩中凭掇取，
文光帝德照无边。
掩映彩云笺。

作者简介

董仲和，字次中，号莲峰，江西省德兴市海口镇人。清·乾隆四十年（1776年）丁酉科举人，官至建昌府新城县训导。参见《德兴县志（同治版）》、《海川董氏实录》、《海川董氏宗谱》。

注释

[1]忆江南：词牌名，又名《望江南》、《江南好》。原唐教坊曲名，后用为词牌。有单调、双调两种格式。单调二十七字，五句三平韵。[2]紫林轩：位于江西省德兴市海口镇海口村村南。[3]林泉：林木泉石；比喻退隐的地方。《北史·卷六十四·韦孝宽传》曰："所居之地，枕带林泉。"[4]掇（duō）取：掇，拾取；摘取；用双手拿。[5]文光：错杂的波光；绚烂的文采。清·黄遵宪《岁暮怀人》诗云："赤嵌城高海色黄，乍销兵气变文光。"[6]帝德：天子的德性。《吕氏春秋·古乐》曰："帝舜乃令质修《九招》、《六列》、《六英》，以明帝德。"

四、渔歌子

6. 渔歌子·芝兰轩

清·李斐文

向北幽轩绕茂林，
芝兰气味惬芳心。
披青简，弄瑶琴，
纷纷俗虑莫相侵。

作者简介

李斐文，生卒年不详，清·拔贡，江西省德兴市人。参见《德兴县志（同治版）》、《海川董氏实录》。

注释

[1]渔歌子：词牌名，又名《渔歌曲》《渔父乐》《渔夫辞》。原为单调廿七字，四平韵，中间三言两句，例用对偶。后来此调多用为双调。[2]芝兰轩：位于江西省德兴市海口镇海口村北。[3]芝兰：芝草和兰草；比喻君子德操之美、弟子优秀。《孔子家语·在厄》云："芝兰生于深林，不以无人而不芳；君子修道立德，不谓穷困而改节。"[4]青简：竹简；书籍；著作。宋·叶适《叶路分居思堂》诗云："苔色迷青简，虫文蚀素书。"[5]瑶琴：用玉装饰的琴。南朝·宋鲍照《拟古》诗曰："明镜尘匣中，瑶琴生网罗。"

7. 渔歌子·鹊噪轩

清·董维城

柳汁弹衣动我心，
轩前鹊噪报知音。
图书府，翰墨林，
碧波水前听龙吟。

作者简介

董维城，字迈三，号东屏，江西省德兴市海口镇人。“南宋第一书”董熠进士之后。清·乾隆三十六年（1771 年）辛卯科进士，官至四川资阳县知县。著有《金藤解义》、《东屏集》。参见《德兴县志（同治版）》、《海川董氏实录》、《海川董氏宗谱》。

注释

[1]渔歌子：词牌名，又名《渔歌曲》《渔父乐》《渔夫辞》。原为单调廿七字，四平韵，中间三言两句，例用对偶。后来此调多用为双调。[2]鹊噪轩：位于江西省德兴市海口镇海口村后市。[3]鹊噪：鹊鸣声；鼓噪。《宋史·孙守荣传》曰：“一日，庭鹊噪，令占之，曰：‘来日晡时，当有宝物至。’明日，李全果以玉柱斧为贡。”[4]柳汁：一种柳树叶的汁液。[5]图书府：图书府国家藏书的地方；宋朝秘书监。唐·张说《恩制赐食于丽正殿书院宴》诗云：“东壁图书府，西园翰墨林。”[6]翰墨林：笔墨之林；文章汇集之处；文坛。晋·张协《杂诗》云：“游思竹素园，寄辞翰墨林。”

五、捣练子

8. 捣练子·寒泉阁

清·董士修

露点滴，地铺平。
阁旁寒泉无限清。
夜半烹来香茗沸，
枕攲移听杂溪声。

作者简介

董士修，字敬先，清·进士，江西省德兴市海口镇人。清·康熙十一年（1673）癸丑科贡生。参见《德兴县志（同治版）》、《海川董氏实录》、《海川董氏宗谱》。

注释

[1]捣练子：词牌名，又名《捣练子令》、《夜捣衣》、《剪征袍》。此调有单调，也有双调。单调为二十七字，五句三平韵。明·杨慎《词品》云："辞名《捣练子》，即咏捣练，乃唐辞本体也。"[2]寒泉阁：位于江西省德兴市海口镇海口村泗州坊井上。[3]香茗：香茶。宋·李流谦《遣兴其六》云："香茗半瓯轻列鼎，好诗千首胜封侯。"明·林光《题山间林下卷》云："几个莺儿醒午梦，一杯香茗虎跑泉。"[4]枕攲（qī）：斜靠着枕头。攲，倾斜、斜靠着。唐·皎然《听寒更寄朱兵曹巨川》云："攲枕听寒更，寒更发还住。一夜千万声，几声到君处。"

9. 捣练子·萃秀轩

清·余朝楷

山青青，水盈盈，
秀萃幽轩独占名。
倚看窗前芳树合，
遥观楼外彩云横。

作者简介

余朝楷，生卒年不详，字庭光，江西省德兴市海口镇人。清·嘉庆六年（1802）辛酉科拔贡。参见《德兴县志（同治版）》、《海川董氏实录》、《海川董氏宗谱》。

注释

[1]捣练子：词牌名，又名《捣练子令》、《夜捣衣》、《剪征袍》。此调有单调，也有双调。单调为二十七字，五句三平韵。明·杨慎《词品》云：“辞名《捣练子》，即咏捣练，乃唐辞本体也。”[2]萃秀轩：位于江西省德兴市海口镇海口村北后市，太学生。[3]青青：草木翠绿；草木茂盛。《文选·古诗十九首》云：“青青河边草，绵绵思远道。”宋·辛弃疾《清平乐·村居》云：“茅檐低小，溪上青青草。”[4]盈盈：水清澈的样子；充满的样子。元·宫天挺《范张鸡黍》第二折曰：“泪盈盈遗嘱自嗟咨，意迟迟怀恨漫寻思。”清·纳兰性德《浣溪沙·记绾长条欲别难词》云：“记绾长条欲别难，盈盈自此隔银湾。”

六、卜算子

10. 卜算子·子平席上赋

宋·董颖

春浅借和风，
吹绿庭皋树。
依约屏间出紫云，
入阁风流处。

便做铁心肠，
也为梅花语。
欲去东君更挽留，
巧栈烟霞路。

作者简介

董颖，字仲达，号霜杰，江西省德兴海口镇人。宋宣和六年（1124 年）进士，官至太学正。绍兴初与韩驹、汪藻、徐俯游。博通五经，工于诗词。北宋著名词人、文学家。著有《霜杰集（30 卷)》，文学家汪藻为序。参见《全宋词》、《中国文学家大辞典》、《德兴县志（同治版)》。

注释

[1]卜算子：词牌名，又名《百尺楼》、《眉峰碧》、《楚天遥》等。双调四十四字，前后段各四句、两仄韵。[2]子平：宋朝徐居易的字。相传徐子平精于星象、命算。后人乃以“子平”称呼利用星象、或生辰八字替人算命的方法。明·吴承恩《西游记》第四十二回云：“先生子平精熟，要与我推看五星。”[3]席上：筵席上。唐·方干《江南闻新曲》诗曰：“席上新声花下杯，一声声被拍声催。”[4]春浅：春意浅淡。唐·张说《晦日》诗云：“晦日嫌春浅，江浦看湔衣。”宋·陈师道《次韵无斁雪后》曰：“雪馀盖地白，春浅着梢红。”[5]庭皋（gāo）：亦作“亭皋”，水边的平地。“庭”通“亭”，平。皋，水边的高地。明·高启《叹庭树》诗云：“偶移弱质傍庭皋，风露离离已便高。”[6]紫云：紫色云。古以为祥瑞之兆。宋·辛弃疾《念奴娇·晋臣十月望生日》词：“紫云如阵，妙歌争唱新阕。”[7]东君：仙人东王公；司春之神。唐·白居易《和〈送刘道士游天台〉》曰：“斋心谒西母，瞑拜朝东君。”唐·王初《立春后作》诗：“东君珂佩响珊珊，青驭多时下九关。”[8]巧栈（zhàn）：精巧别致的房屋；十分巧妙的房屋。[9]烟霞：烟雾；云霞；泛指山水、山林。南朝·齐·谢朓《拟宋玉〈风赋〉》云：“烟霞润色，荃荑结芳。”

七、调鹧鸪天

11. 调鹧鸪天·同昌瀚往深湖访传胪墓

清·董月垣

大宋传胪有钺公，
归吴一曲满江红。
深湖古墓知何是，
树色苍凉动晚风。

☆☆☆☆☆

清露滴，碧烟笼，
土花堆里咽寒蛩。
追修得复馨香荐，
俎豆千秋享祀崇。

作者简介

董月垣（yuán），名昌期，字鸣瑞，号月垣，江西省德兴市海口镇人。清·嘉庆三年（1799）戊午科文庠。参见《海川董氏实录》、《海川董氏宗谱》。

注释

[1]调鹧鸪天：鹧鸪天，又名《思佳客》、《思越人》、《醉梅花》。双调五十五字，前后阕各三平韵，一韵到底。上阕第三四句、下阕第一二句一般要求对仗。[2]昌瀚：董昌瀚，字，江西省德兴

市海口镇人。[3]深湖：又名大月池，位于江西省德兴市海口镇海口村东文昌阁前。[4]传胪：一则科举时代，殿试揭晓唱名的一种仪式，谓之传胪。二则明代称科举第二、三甲第一名为传胪，至清则专称二甲第一名为传胪。《明史·选举志二》曰："而士大夫又通以乡试第一为解元，会试第一为会元，二、三甲第一为传胪云。"[5]传胪墓：位于江西省德兴市海口镇海口村东深湖傍。《海川董氏实录》载曰："在村上市深湖离山癸向。"[6]大宋：指北宋。[7]钺公：董钺，字毅夫，江西省德兴市海口镇人。北宋治平二年(1065)进士。官至夔州（今重庆境内）转运使。参见《全诗词》、《德兴县志（同治版）》、《海川董氏实录》。[8]寒蛩：深秋的蟋蟀。宋·朱松《酬冯退翁见示之什》云："我生寡所谐，强颜红尘中。倦飞矫归翮，饥吟咽寒蛩。"[9]俎豆：一则俎和豆，古代祭祀、宴飨时盛食物用的两种礼器；二则祭祀，奉祀。汉·班固《东都赋》曰："献酬交错，俎豆莘莘。下舞上歌，蹈德咏仁。"

【延伸阅读·词】

调鹧鸪天·止水亭怀古

清·董昌期

北出芝门一古亭，
崖边止水草青青。
谁将大宋臣心吊，
到晚斜阳野鸟鸣。

怀懿范，念仪型，
遗碑千载表忠贞。
与亡世宙何须问，
直要精忱贯日星。

八、点绛唇

12. 点绛唇·新月娟娟

宋·汪藻

新月娟娟，
夜寒江静山衔斗。
起来搔首，
梅影横窗瘦。

好个霜天，
闲却传杯手。
君知否？
乱鸦啼后，
归兴浓于酒。

作者简介

汪藻（1079—1154 年），字彦章，江西省德兴市海口镇人。崇宁二年（1103）进士。历任太常少卿、起居舍人、显谟阁大学士、左大中大夫，封新安郡侯。著名文学家、诗人。以鸿文硕学闻于当世，俗语有“江左二宝，胡伸汪藻”。著有《浮溪集》、《文献通考》、《世说新语叙录》二卷、《青唐录》三卷、《裔夷谋夏录》三卷、《靖康要录》、《古今俗雅字》等书。参见《宋史》、《全宋词》、《四库全书》、

《中国文学家大辞典》。

注释

[1]点绛唇：词牌名。又名《南浦月》、《点樱桃》、《沙头雨》、《十八香》等。双调四十一字，前片三仄韵，后片四仄韵。[2]新月：农历每月初出的弯形的月亮；农历月逢十五日新满的月亮。南朝·陈·阴铿《五洲夜发》诗云："夜江雾里阔，新月迥中明。"[3]娟娟：明媚美好；姿态柔美。宋·司马光《和杨卿中秋月》云："嘉宾勿轻去，桂影正娟娟。"[4]山衔斗：北斗星闪现在山间。斗：北斗星座。唐·李白《与夏十二登岳阳楼》云："雁引愁心去，山衔好月来。"[5]搔首：以手搔头；焦急或有所思貌。唐·高适《九日酬颜少府》诗云："纵使登高只断肠，不如独坐空搔首。"[6]梅影：梅花之疏影。宋·范成大《次韵同年杨廷秀使君寄题石湖》云："书到石湖春亦到，平堤梅影縠纹生。"[7]霜天：深秋的天空。深秋天气。隋·薛道衡《出塞》诗云："塞夜哀笛曲，霜天断雁声。"[8]闲却：空闲。宋·周密《玉京秋·烟水阔》云："玉骨西风，恨最恨、闲却新凉时节。"[9]传杯：互相传递酒杯；敬酒、劝酒。唐·杜甫《九日》诗云："旧日重阳日，传杯不放杯。"[10]归兴：归思；回乡的兴致。宋·郭祥正《金山行》："白云南来入我望，又起归兴随征鸿。"

13. 点绛唇·高柳蝉嘶

宋·汪藻

高柳蝉嘶，
采菱歌断秋风起。
晚云如髻。
湖上山横翠。

帘卷西楼，
过雨凉生袂。
天如水。
画楼十二。
有个人同倚。

作者简介

汪藻（1079—1154年），字彦章，江西省德兴市海口镇人。崇宁二年（1103）进士。历任太常少卿、起居舍人、显谟阁大学士、左大中大夫，封新安郡侯。著名文学家、诗人。以鸿文硕学闻于当世，俗语有“江左二宝，胡伸汪藻”。著有《浮溪集》、《文献通考》、《世说新语叙录》二卷、《青唐录》三卷、《裔夷谋夏录》三卷、《靖康要录》、《古今俗雅字》等书。参见《宋史》、《全宋词》、《四库全书》、《中国文学家大辞典》。

注释

[1]点绛唇：词牌名。又名《南浦月》、《点樱桃》、《沙头雨》、《十八香》等。双调四十一字，前片三仄韵，后片四仄韵。[2]蝉嘶：秋蝉嘶啼。蝉，昆虫，种类很多，雄的腹面有发声器，叫的声音很大。[3]采菱歌：乐府清商曲名；又称《采菱曲》。晋·郭璞《江赋》云："忽忘夕而宵归，咏《采菱》以叩舷。"[4]如髻（jì）：好像盘在头顶或脑后的发结。髻，髻丫、髻鬟、发髻。《乐府诗集·陌上桑》云："头上倭堕髻，耳中明月珠。"[5]横翠：呈现翠绿色。唐·李远《题桥赋》云："铜梁杳杳以横翠，锦水翩翩而逆浪。"[6]凉生袂（mèi）：袂，衣袖，袖口。《楚辞·九歌湘夫人》云："捐余袂兮江中，遗余褋兮澧浦。"[7]画楼：雕饰华丽的楼房。宋·李清照《浪淘沙·闺情》词云："帘外五更风，吹梦无踪。画楼重上与谁同？"[8]十二：十分之二；数量多或程度深。南朝·齐·王融《望成行》云："金城十二重，云气出表里。"[9]同倚：倚，靠着，倚靠，倚赖，倚重。宋·李清照《孤雁儿·世人作梅诗》云："吹萧人去玉楼空，肠断与谁同倚？"

九、小重山

14. 小重山·月下潮生红蓼汀

宋·汪藻

月下潮生红蓼汀。
浅霞都敛尽，
四山青。
柳梢风急堕流萤。
随波处，
点点乱寒星。

别语寄丁宁。
如今能间隔，
几长亭。
夜来秋气入银屏。
梧桐雨，
还恨不同听。

作者简介

汪藻（1079—1154 年），字彦章，江西省德兴市海口镇人。崇宁二年（1103）进士。历任太常少卿、起居舍人、显谟阁大学士、左大中大夫，封新安郡侯。著名文学家、诗人。以鸿文硕学闻于当世，俗语有“江左二宝，胡伸汪藻”。著有《浮溪集》、《文献通考》、《世说新语叙录》二卷、《青唐录》三卷、《裔夷谋夏录》三卷、《靖康要录》、《古今俗雅字》等书。参见《宋史》、《全宋词》、《四库全书》、《中国文学家大辞典》。

注释

［1］小重山：词牌名，又名《小重山令》。双调五十六字，前后片各四平韵。［2］红蓼（liǎo）：蓼的一种。多生水边，花呈淡红色。唐·杜牧《歙州卢中丞见惠名酝》诗云：“犹念悲秋更分赐，夹溪红蓼映风蒲。”［3］柳梢：柳树的末端。宋·欧阳修《生查子》词云：“月到柳梢头，人约黄昏后。”［4］流萤：飞行无定的萤。唐·杜牧《秋夕》诗云：“红烛秋光冷画屏，轻罗小扇扑流萤。”［5］随波：依着风波飘动；跟从他人行事。三国·魏·曹丕《善哉行》云：“随波回转，有似客游。”［6］寒星：寒夜的星；寒光闪闪的星。唐·孟郊《石淙》诗曰：“百尺明镜流，千曲寒星飞。”［7］别语：惜别之语；其他的话语。宋·洪咨夔《清平乐》词云：“烟浦花桥如梦里，犹记倚楼别语。”［8］丁宁：乐器声响；嘱咐；告诫。宋·陈与义《遥碧轩作呈使君少隐时欲赴召》诗云：“丁宁云雨莫作厄，明日青山当逐客。”［9］长亭：古时每隔十里设一长亭，故亦称“十里长亭”；供行旅停息或送别之处。北周·庾信《哀江南赋》云：“十里五里，长亭短亭。”［10］银屏：镶银的屏风。唐·白居易《长恨歌》云：“揽衣推枕起徘徊，珠箔银屏逦迤开。”

十、醉落魄

15. 醉落魄·小舟帘隙

宋·汪藻

小舟帘隙。
佳人半露梅妆额。
绿云低映花如刻。
恰似秋宵，
一半银蟾白。

结儿梢朵香红仂。
钿蝉隐隐摇金碧。
春山秋水浑无迹。
不露墙头，
些子真消息。

作者简介

汪藻（1079—1154 年），字彦章，江西省德兴市海口镇人。崇宁二年（1103）进士。历任太常少卿、起居舍人、显谟阁大学士、左大中大夫，封新安郡侯。著名文学家、诗人。以鸿文硕学闻于当世，俗语有“江左二宝，胡伸汪藻”。著有《浮溪集》、《文献通考》、《世说新语叙录》二卷、《青唐录》三卷、《裔夷谋夏录》三卷、《靖康要录》、《古今俗雅字》等书。参见《宋史》、《全宋词》、《四库全书》、《中国文学家大辞典》。

注释

[1]醉落魄：词牌名，又名《一斛珠》、《怨春风》、《章台月》等。双调五十七字，前后段各五句、四仄韵。[2]帘隙：宋·史达祖《喜迁莺》云："怕万一，误玉人，夜寒帘隙。"[3]佳人：美女；美好的人。汉·司马相如《长门赋》："夫何一佳人兮，步逍遥以自虞；魂逾佚而不反兮，形枯槁而独居？"[4]梅妆："梅花妆"的省称。古时女子妆式，描梅花状于额上为饰。前蜀·牛峤《红蔷薇》诗云："若缀寿阳公主额，六宫争肯学梅妆。"[5]绿云：绿色的云彩；乌黑秀发。南朝·宋·鲍照《代陈思王京洛篇》云："扬芬紫烟上，垂綵绿云中。"[6]秋宵：秋夜。宋·朱松《宿石龙寺》诗云："道人身似南枝鹊，更尽秋宵一再飞。"[7]银蟾：月亮的别称。传说月中有蟾蜍，故称银蟾。唐·白居易《中秋月》诗云："照他几许人肠断，玉兔银蟾远不知。"[8]香红仂（lì）：香红，指花。仂，捆绑。宋·顾况《春怀》诗云："园莺啼已倦，树树陨香红。"[9]钿 tián 蝉：妇女贴于面颊的蝉形金花；镶嵌金、银、玉、贝等物的蝉形发饰。明·梅鼎祚《玉合记·义姤》云："啼妆半贴钿蝉，手语斜飞金雁。"[10]金碧：金和玉；金黄和碧绿的颜色。《后汉书·乌桓传》曰："妇人至嫁时乃养发，分为髻，著句决，饰以金碧。"[11]些子：少许，一点儿。唐·李白《清平乐》词云："花貌些子时光，抛入远泛潇湘。"[12]消息：音信，信息。征兆，端倪。汉·蔡琰《悲愤诗》云："迎问其消息，辄复非乡里。"

十一、满庭芳

16. 满庭芳·元礼席上用少游韵

宋·董颖

红斗风桃，绿肥烟草，
杨柳春暗重门。
五陵佳兴，酿酝付芳尊。
窈窕笙箫丛里，
金猊篆、雾绕云纷。
勾情也，歌眉低翠，
依约鹧鸪村。

人生须快意，十分春事，
才破三分。
况点检年时，胜客都存。
更把馀欢卜夜，
纵彻晓、蜡泪流痕。
花阴昼，朱帘未卷，
犹自醉昏昏。

作者简介

董颖，字仲达，号霜杰，江西省德兴海口镇人。宋宣和六年（1124 年）进士，官至太学正。绍兴初与韩驹、汪藻、徐俯游。博通五经，工于诗词。北宋著名词人、文学家。著有《霜杰集（30 卷）》，文学家汪藻为序。参见《全宋词》、《中国文学家大辞典》、《德兴县志（同治版）》。

注释

[1]满庭芳：词牌名。又名《锁阳台》、《满庭霜》、《潇湘夜雨》等。双调九十五字，上下阕各四平韵，或上阕四平韵，下阕五平韵。[2]红斗：争奇斗艳。[3]风桃：蔷薇科，桃属，双子叶植物纲。[4]绿肥：将新鲜绿色植物的嫩茎叶翻压在地里，经过发酵而成的一种有机肥料；能增加土壤的有机质，改善土壤结构。[5]烟草：烟雾笼罩的草丛；亦泛指蔓草。宋·谢逸《蝶恋花》词云："独倚阑干凝望远，一川烟草平如剪。"[6]重门：谓层层设门。宋·张先《青门引》词曰："楼头画角风吹醒，入夜重门静。"[7]五陵：一说指西汉高祖、惠帝、景帝、武帝、昭帝的陵园；一说唐代高祖、太宗、高宗、中宗、睿宗的陵园；两种情况五陵均在长安附近。[8]佳兴：饶有兴味的情趣；雅兴。唐·王维《崔濮阳兄季重前山兴》诗云："秋色有佳兴，况君池上闲。"[9]醖酝：指酒。唐·裴铏《传奇·陶尹二君》云："二人因携醖酝，陟芙蓉峰，寻异境，憩于大松林下，因倾壶饮。"[10]芳尊：亦作"芳樽"，精致的酒器；亦借指美酒。宋·刘敞《独行》诗云："却谢芳尊酒，悠悠谁与欢。"[11]窈窕：娴静貌；美好貌。《诗·周南·关雎》云："窈窕淑女，君子好逑。"[12]笙箫：笙和箫。泛指管乐器。

唐·曹唐《小游仙诗》云："忽闻下界笙箫曲，斜倚红鸾笑不休。"[13]金猊（ní）：即炉盖作狻猊形状的一种香炉，焚香时烟从口出。宋·张元干《花心动·七夕》词曰："绮罗人散金猊冷，醉魂到，华胥深处。"[14]快意：恣意所欲；心情爽快舒适。唐·杜甫《壮游》诗云："快意八九年，西归到咸阳。"[15]春事：春色；春意。唐·徐晶《同蔡孚〈五亭咏〉》云："幽栖可怜处，春事满林扉。"[16]点检：考核，查察；查核，清点。宋·晏殊《木兰花》词云："当时共我赏花人，点检如今无一半。"[17]卜夜：即卜夜卜昼，指尽情欢乐昼夜不止。宋·罗大经《鹤林玉露》云："乃邀至其家，具酒食，卜夜尽欢。"[18]彻晓：犹彻旦。唐·陆翱《宴赵氏北楼》诗云："本为愁人设，愁人彻晓愁。"[19]朱帘：红色帘子。唐·王勃《滕王阁》诗云："画栋朝飞南浦云，朱帘暮捲西山雨。"[20]醉昏昏：沉醉貌，昏沉貌。宋·张耒《局中负暄读书》诗云："重堂温室颠醉昏，悠悠苍天彼何人。"

十二、调满庭芳

17. 调满庭芳·庆愚隐兄七十

元·董寿民

丹桂储芳，黄花绽放，
交承八月秋光。
木公金母，云表现寒芒。
知是双星降瑞，
齐眉处、兰玉成行。
交相劝、六旬七秩，
满进紫霞觞。

吾家，能有几？
家庭诗礼，得寿而康，
遇良辰、好景能解徜徉。
冷眼人间富贵，
真堪笑、蚁战蜂忙。
惟安乐、值钱无数，
贫乃士之常。

作者简介

董寿民（1267—1345 年），字松间，号懒翁，江西省德兴市海口镇人。元·庠生、居士、隐士。元时归隐不仕，陶情觞咏，善工诗词。元末诗人。著有《元懒翁诗集》。参见《海川董氏实录》、《海川董氏宗谱》。

注释

[1]调满庭芳：词牌名，又名《锁阳台》、《满庭霜》、《潇湘夜雨》等。双调九十六字，上下阕各四仄韵。[2]丹桂：又叫“金桂”，桂树的一种；月亮的代称。唐·曹松《中秋月》诗云：“遥遥望丹桂，心绪更纷纷。”[3]黄花：菊花，又称金针菜、七星菜；泛指黄色的花。唐·司空图《独望诗》云：“绿树连村暗，黄花出陌稀。”[4]交承：交替承担；前后交接。宋·王辟之《渑水燕谈录·歌咏》云：“相继状元及第，其后更践政府，及罢相镇青，又为交承。”[5]木公金母：即仙人东王公和西王母；后用于祝寿，比喻庆寿之主人夫妇。唐·杜光庭《仙传拾遗·木公》云：“著青裙，入天门，揖金母，拜木公。”[6]云表：云外；借指上天、上苍。南北朝·庾肩吾《咏同泰寺浮图诗》曰：“盘承云表露，铃摇天上风。”[7]寒芒：使人感到清冷的光芒；常用以指星光月光等。清·陈维崧《贺新郎·丙辰中秋看月》词曰：“金虎寒芒犹未散，耿耿吴宫剑气，越显得翠奁如水。”[8]齐眉：比喻夫妇相敬如宾。《初刻拍案惊奇》卷二十五云：“后来生三子，接了书香，小娟直与院判齐眉而终。”[9]兰玉：芝兰玉树；比喻佳子弟。宋·陈造《贺二石登科诗》云：“谢家兰玉真门户，苏氏文章亦弟兄。”[10]紫霞：紫色云霞；道家谓神仙乘紫霞而行。[11]徜徉：犹徘徊，盘旋往返；犹彷徨，心神不宁貌。《淮南子·人间训》云：“翱翔乎忽荒之上，徜徉乎虹蜺之间。”

18. 调满庭芳·上德兴县诸次侯题漂母饭信图

清·董昌期

绿草曷菇，清波难饱，
谁怜川钓王孙。
时维漂母，哀饭独殷勤。
多少黄金北斗，
看将来、羞杀钗裙。
今披览、淮阴一幅，
端的是前身。

诸君，须悯这？
儒生偃蹇，潦倒风尘。
试观图，画里汉室功臣。
先或江湖困顿，
后竟树、开国元勋。
假有日、登坛受钺，
报亦奉十金。

作者简介

董昌期，字鸣瑞，号月垣，江西省德兴市海口镇人。清·嘉庆三年（1799）戊午科文庠。参见《海川董氏实录》、《海川董氏宗谱》。

注释

[1]转调满庭芳：词牌名，又名《锁阳台》、《满庭霜》、《潇湘夜雨》等。双调九十六字，上下阕各四仄韵。[2]漂母饭信：韩信年少家贫，受餐于漂母，及其达志以后，投千金以为报答。《史记·淮阴侯列传》云："信钓于城下，诸母漂，有一母见信饥，饭信，竟漂数十日。信喜，谓漂母曰：'吾必有以重报母。'母怒曰：'大丈夫不能自食，吾哀王孙而进食，岂望报乎！'汉五年正月，徙齐王信为楚王，都下邳。信至国，召所从食漂母，赐千金。"[3]曷（hé）菇：曷，何，什么。《诗·邶风·雄雉》云："瞻彼日月，悠悠我思。道之云远，曷云能来？"[4]川钓：河流岸边钓鱼。[5]漂母：漂洗衣物的老妇。清·孙枝蔚《漂母庙》诗云："既是千金酬一饭，如何漂母至今稀。"[6]钗裙：首饰与衣裙。清·黄六鸿《福惠全书·钱榖·革保歇图差》曰："而奸差从中作鬼，调停劝解，钗裙估值，米榖代钱，而穷民小舍无不因之为害。"[7]披览：翻阅；展读；观赏。南朝·陈·徐陵《〈玉台新咏〉序》云："往世名篇，当今巧製，分诸麟阁，散在鸿都，不籍篇章，无由披览。"[8]淮阴：即淮阴侯韩信。[9]偃蹇（jiǎn）：高耸、高举；骄傲、傲慢。《左传·哀公六年》云："彼皆偃蹇，将弃子之命。"杜预注："偃蹇，骄敖。"[10]汉室：指汉朝。唐·戴叔伦《过贾谊旧居》诗云："谩有长书忧汉室，空将哀些吊沅湘。"[11]开国元勋：指为建立新的国家或朝代立大功的人。元勋：有特大功绩的人。《明史·刘台传》云："祖宗朝，非开国元勋，生不公，死不王。"[12]登坛：指登坛拜将。唐·司马贞《索隐述赞》云："君臣一体，自古所难。相国深荐，策拜登坛。"[13]受钺（yuè）：古代大将出征，接受天子所授的符节与斧钺，称为受钺。唐·岑参《西河太守杜公挽歌》云："剖符移北地，受钺领西门。"

十三、满江红

19. 满江红·画艇秋江

宋·董钺

画艇秋江，摇曳水、波平蘸绿。
更隐映、蓼汀芦岸，雾笼烟簇。
况有佳人新得意，
相看彼此情无足。
对酒光、每觑转星眸，勾腮玉。

阳台梦、奏新曲。
欢意极，非成续。
岂知他身外，是非荣辱。
笑指匡庐山渐近，
露沾滋润常花木。
有鸳鸯、相与瑞云飞，琼林宿。

作者简介

董钺，字毅夫，江西省德兴市海口镇人。北宋治平二年（1065）进士。官至夔州（今重庆境内）转运使。参见《全诗词》、《德兴县志（同治版）》、《海川董氏实录》、《海川董氏宗谱》。

注释

[1]满江红：词牌名，又名《上江虹》、《念良游》、《伤春曲》。双调九十三字，前片四十七字，四仄韵；后片四十六字，五仄韵。此调有仄韵、平韵两体，仄韵词，宋人填者最多，其体不一，有代表性岳飞词体、柳永词体、苏轼词体。[2]秋江：秋天的江水。南北朝·吴均《酬别诗》云："故人杯酒别，天清明月亮。露下寒葭中，风起秋江上。"[3]蘸（zhàn）绿：蘸，在液体、粉末或糊状的东西里沾一下就拿出来；用物沾染液体。宋·赵彦端《看花回·端有恨》云："看波面、垂杨蘸绿。最好是、风梳烟沐。"[4]芦岸：河岸边的芦苇。南北朝·何逊《还度五洲诗》云："沙汀暮寂寂，芦岸晚修修。"[5]无足：不知足，不满足；不够，配不上。宋·洪迈《夷坚丙志·聂从政》："我几入鬼录，赖君复生，顾世间物无足以报德。"[6]酒光：指酒的色泽。唐·岑参《与鲜于庶子泛汉江》云："酒光红琥珀，江色碧琉璃。"[7]每觑：每次偷看，每次窥探。[8]星眸：明亮的目光；明媚的眼睛。唐·章孝标《鹰》诗："星眸未放擎秋毫，频掣金铃试雪毛。"[9]阳台梦：男女欢会；词牌名。五代·李存勖《阳台梦》词云："楚天云雨却相和，又入阳台梦。"[10]欢意：欢乐的意兴。宋·李清照《蝶恋花》词云："永夜恹恹欢意少，空梦长安，认取长安道。"[11]匡庐山：佛教名山，又名匡山、庐山、庐岳、匡庐，位于江西省北部，北依长江，东连鄱阳湖。[12]鸳鸯：鸳指雄鸟，鸯指雌鸟，雌雄异色，雄鸟嘴红色，脚橙黄色，雌鸟嘴黑色，脚橙黄色。人们常用鸳鸯来比喻男女之间的爱情。[13]琼林：琼树之林。古人常以形容佛国、仙境的瑰丽景象。晋支遁《序》云："阊阖无扇於琼林，玉响天谐於箫管。"

20. 满江红·次韵董毅夫

宋·苏轼

忧喜相寻，风雨过、一江春绿。
巫峡梦、至今空有，乱山屏簇。
何似伯鸾携德耀，
箪瓢未足清欢足。
渐粲然、光彩照阶庭，生兰玉。

幽梦里，传心曲。
肠断处，凭他续。
文君婿知否，笑君卑辱。
君不见、周南歌汉广，
天教夫子休乔木。
便相将、左手抱琴书，云间宿。

作者简介

苏轼（1037—1101 年），字子瞻，号东坡居士，宋眉州眉山人。仁宗嘉祐二年进士。历任开封府推官、杭州通判、知密徐湖三州、黄州团练副使、知登州、中书舍人、翰林学士兼侍读、龙图阁学士知杭州、知颍州、知定州、琼州别驾等。谥文忠。诗文清新畅达，作词豪放开拓，工书善画。《宋史》有传。著有《东坡七集》、《东坡志林》、《东坡乐府》、《仇池笔记》《论语说》等。参见《德兴县志（同治版)》、《海川董氏实录》。

注 释

[1]满江红：词牌名，又名《上江虹》、《念良游》、《伤春曲》。双调九十三字，前片四十七字，八句，四仄韵；后片四十六字，十句，五仄韵。此调有仄韵、平韵两体，仄韵词，宋人填者最多，其体不一，有代表性岳飞词体、柳永词体、姜夔词体。[2]作者题注：董毅夫名钺，自梓漕得罪。罢官东川。归鄱阳，过东坡于齐安。怪其丰暇自得。余问之。曰：吾再娶柳氏，三日而去官。吾固不戚戚，而忧柳氏不能忘怀于进退也。已而欣然。同忧患若处富贵，吾是以益安焉。命其侍儿歌其所作满江红。嗟叹之不足，乃次其韵。[3]梓漕：梓州转运使。漕，转运使，其职权超过水运。[4]齐安：黄州，南朝齐设齐安郡，隋开皇五年改为黄州。[5]董毅夫：即董钺，字毅夫，江西省德兴市海口镇人。北宋治平二年（1065）进士。官至夔州（今重庆境内）转运使。参见《全诗词》、《德兴县志（同治版）》、《海川董氏实录》、《海川董氏宗谱》。[6]相寻：相继；接连不断。寻访；找寻。宋·朱熹《丽泽堂》诗云："感君怀我意，千里梦相寻。"[7]巫峡梦：人世荣华得愈犹如梦境。巫峡，长江三峡之一；男女幽会之事。唐昭宗《巫山一段云》词云："冰眸莲脸见长新，巫峡更何人。"宋·蔡伸《极相思·碧檐鸣玉玎珰》云："云雨不成巫峡梦，望仙乡、烟水茫茫。"[8]空有：徒有；只有。后蜀·欧阳炯《江城子》词："空有姑苏台上月，如西子镜，照江城。"[9]伯鸾：汉梁鸿的字。鸿家贫好学，不求仕进，与妻孟光共入霸陵山中，以耕织为业。夫妇相敬有礼。唐·孟郊《下第东南行》诗云："试逐伯鸾去，还作灵均行。"[10]德耀：汉梁鸿妻孟光的字。举案齐眉，恭敬尽礼。宋·苏轼《次秦少游韵赠

姚安世》云："问羊独怪初平在，牧豕应同德曜看。"[11]箪瓢：盛饭食的箪和盛饮料的瓢。晋·陶潜《癸卯岁十二月中作与从弟敬远》诗与："劲气侵襟袖，箪瓢谢屡设。"[12]清欢：清雅恬适之乐。宋·邵雍《名利吟》云："稍近美誉无多取，才近清欢与剩求。"[13]粲然：明白貌；明亮貌。《荀子·非相》曰："欲观圣王之迹，则于其粲然者矣，后王是也。"[14]阶庭：台阶前的庭院。南朝·宋·刘义庆《世说新语·语言》云："譬如芝兰玉树，欲使其生于阶庭耳。"[15]兰玉：兰和玉；芝兰玉树。《隋书·列女传论》云："足使义勇惭其志烈，兰玉谢其贞芳。"[16]幽梦：忧愁之梦；隐约的梦境。宋·张先《木兰花》词云："欢情去逐远云空，往事过如幽梦断。"[17]文君：指卓文君。汉临邛富翁卓王孙之女，貌美，有才学。司马相如饮于卓氏，文君新寡，相如以琴曲挑之，文君遂夜奔相如。宋·沉端节《薄倖》词曰："念少年孤负芳音，多时不见文君面。"[18]《周南》：《诗·国风》之一；汉以后被作为诗教的典范。《后汉书·郎顗传》云："《周南》之德，《关雎》政本，本立道生，风行草从。"[19]《汉广》：《诗经·周南》第九篇。这是一首恋情诗，抒情主人公是位青年樵夫，传神地暗示了作为抒怀主人公的青年樵夫，砍木刈薪的劳动过程。[20]天教：上天示意，以为教诲。《晏子春秋·谏上十八》曰："不可，此天教也。"[21]夫子：古代对男子的敬称。[22]乔木：高大的树木。《诗·周南·汉广》云："南有乔木，不可休思。"[23]相将：相偕，相共。宋·王安石《次韵答平甫》云："物物此时皆可赋，悔予千里不相将。"[24]云间：天上；很高很远的地方。南朝·梁萧统《锦带书十二月启·姑洗三月》云："声驰海内，名播云间。"

第三卷　歌之篇

——古风、长律之歌

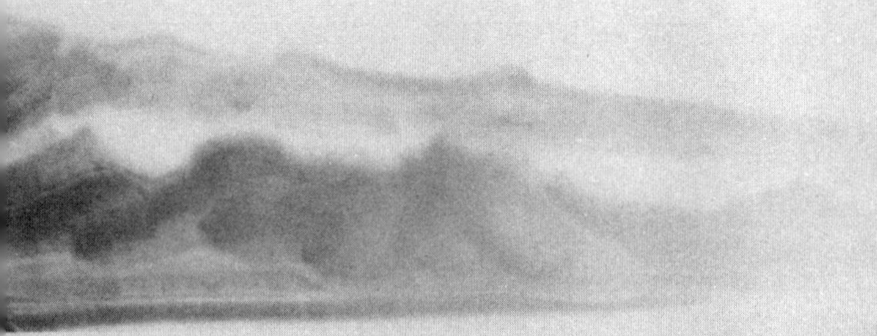

一、日月风雪歌

1. 海口赏雪歌

宋·董煟

彤云密布小峰尖，
空净山，正好呼人仙。
世谓青山不老，今日也白了头巅。
月色难分，谁唱梅花曲几篇。
骑驴客，呵冻渡头边。
只有蓑笠翁，茅屋数椽。
玉为瓦，银作帘。
抚掌啸，错认白丁山，
疑是九玄天。

作者简介

董煟，字季兴，号南隐，江西省德兴市海口镇人。南宋光宗绍熙四年（1193 年）进士。历任应城知县、瑞安知县、辰溪知县。任值岁饥，行救荒策，撰“救荒活民书”，宋宁宗褒之敕封为“南宋第一书”。致仕后，与岳父程沙随创南隐书院。著有《救荒活民书》、《春秋资讲》、《寿国脉书》、《南隐文集》、《抱膝稿》等。参见《全宋诗》、《宋元学案补遗》、《江西诗徵》、《皇显文衡》、《四库全书》、《德兴县志（同治版）》、《海川董氏实录》、《海川董氏宗谱》。

注 释

[1]海口：即江西省德兴市海口镇。[2]峰尖：山峰之巅。唐·杜甫《魏将军歌》云："魏侯骨耸精爽紧，华岳峰尖见秋隼。"[3]彤（tóng）云：下雪前密布的浓云。唐·宋之问《奉和春日玩雪应制》诗云："北阙彤云掩曙霞，东风吹雪舞山家。"[4]世谓：世上的人们认为。宋·欧阳修《梅圣俞诗集》序曰："予闻世谓诗人少达而多穷。"[5]头巅（diān）：头部；头顶。[6]骑驴客：苦吟的诗人；处境不佳的小官吏。《新唐书·贾岛传》曰："当其苦吟，虽逢值公卿贵人，皆不之觉也。一日见京兆尹，跨驴不避，謼詰之，久乃得释。"[7]蓑笠：蓑衣与笠帽。唐·柳宗元《江雪》云："千山鸟飞绝，万径人踪灭。孤舟蓑笠翁，独钓寒江雪。"[8]数椽（chuán）：数间屋子。椽，椽子，间数。明·吴承恩《西游记》第九回云："茅舍数椽山下盖，松竹梅兰真可爱。"[9]抚掌：拍手；犹言笑谈。明·徐庸《题高廷用扇》云："今君慕此能相从，啸傲烟霞时抚掌。"[10]白丁山：无名无姓的山。白丁，指没有功名的人；平民。唐·韦应物《采玉行》云："官府徵白丁，言采蓝溪玉。"[11]九玄：九天；天空最高处。元·马钰《报师恩俗瑞鹧鸪继重阳韵》云："九玄决救离于地，七祖起升得上天。"

2. 待月歌

明·练子宁

天风吹桂香，夜久露华结。
清兴谁与同，停杯待明月。
明月须臾海上来，青天一望无尘埃。
人看明月皎如昨，月照人间知几回。
人生何用嗟与叹，月本无心尚圆缺。
玉兔捣药能长生，不管麻姑鬓如雪。
月既照我饮，我且为月歌。
举杯劝月月亦喜，清樽历乱扬金波。
愿把紫鸾笙，双吹向寥廓。
直上蓬莱第一峰，坐听霓裳奏仙乐。

作者简介

练子宁（1350—1402 年），名安，字子宁，号松月居士，江西德兴市海口镇人（一说江西省新淦县人）。洪武十八年（1385 年）进士，授翰林修撰。历任工部侍郎、吏部左侍郎、御史大夫。燕王即位，练子宁拒死不从，被断舍磔死。练死后，海口练姓偷其尸体运回海口，葬于海口村南。练子宁平反昭雪后，海口人在海口村练家弄建造了练子宁忠贞祠即今天的“聪门”。练博学多才，善工文章。著有《金川玉屑集》。参见《中国文学家大辞典》、《海川董氏实录》、《德兴县志（同治版）》。

注释

[1]作者题注：昨夜露坐东山，停杯待月，俄而桂香西来，皓月东上，清兴洒然，殊有尘外之想，遂成短歌一章，驰寄一二同志。[2]露华：露水；清冷的月光。唐·杜牧《寝夜》诗云："露华惊敝褐，灯影挂尘冠。"[3]清兴：清雅的兴致。唐·王勃《山亭夜宴》诗云："清兴殊未阑，林端照初景。"[4]须臾：优游自得；片刻、短时间。清·李渔《巧团圆·全节》云："陵谷转沧桑，世界须臾变。"[5]海上：海面上。南朝·梁·沈约《夕行闻夜鹤》诗云："悯海上之惊凫，伤云闲之离鹤。"[6]知几：谓有预见，看出事物发生变化的隐微征兆。《易·系辞下》："知几其神乎。君子上交不谄，下交不渎，其知几乎？几者，动之微，吉之先见者也。"[7]玉兔：神话中月亮里的白兔；月亮。晋·傅咸《拟〈天问〉》云："月中何有？玉兔捣药。"[8]麻姑：神话中仙女名。宋司马光《昌言有咏石发诗三章强为三诗以继其后》之二："金阙银城仙客居，欲传消息问麻姑。"[9]清樽：酒器；亦借指清酒。宋·曾巩《戏呈休文屯田》云："纵无供帐出郊野，尚有清樽就闲燕。"[10]历乱：纷乱，杂乱。南朝·宋·鲍照《拟行路难》诗曰："剉檗染黄丝，黄丝历乱不可治。"[11]紫鸾：传说中神鸟。唐·李商隐《海上谣》云："紫鸾不肯舞，满翅蓬山雪。"[12]蓬莱：蓬莱山。古代传说中的神山名。亦常泛指仙境。宋·陈师道《晁无咎张文潜见过》诗云："功名付公等，归路在蓬莱。"

二、杜鹃春啼歌

3. 杜宇歌

元·董寿民

江南三月春光肥，
鸟禽日夜怨芳菲。
天荒地老人民非，
骨肉满眼身无依。
年年寒食雨霏霏，
泪血染花红锦围。
杜宇杜宇真忘机，
有翼万里能长飞。
蜀川咫尺胡不归，
不如归去言自违。
峨嵋一点青峨巍，
啼断春风翠烟微。

作者简介

董寿民（1267—1345 年），字松间，号懒翁，江西省德兴市海口镇人。元·庠生、居士、隐士。元时归隐不仕，陶情觞咏，善工诗词。元末诗人。著有《元懒翁诗集》。参见《海川董氏实录》、《海川董氏宗谱》。

注释

[1]杜宇：杜鹃鸟。唐·齐己《春寄尚颜》云："含桃花谢杏花开，杜宇新啼燕子来。"[2]春光肥：肥，肥美、丰美、饱满。元·洪希文《首夏偶成》云："春光恰好便分违，一眺园林绿正肥。"[3]胡不归：胡，为什么。归，归去、归隐。魏晋·陶潜《归去来兮辞并序》云："归去来兮，田园将芜胡不归？"[4]峨嵋：一指峨嵋山，佛教名山；一指峨嵋派，六大门派之一。唐·韦庄《春云》云："官辞凤阙频经岁，家住峨嵋第几峰。"[5]峨巍：亦作"峩巍"，高大貌。宋·王安石《忆昨诗示诸外弟》云："淮沂无山四封庳，独有庙塔尤峩巍。"

三、忠义贤能歌

4. 海川忠贤祠歌

明·周玉

於呼丕哉，烈祖之功，
杀身成仁，明道有章，
鉴兹祀典，百千秋春，
其德不丧，光于斯文，
翼翼新祠，有仍其始，
庇赫厥灵，终焉孔安，
孙子其湛。

作者简介

周玉，生卒年不详，字朝振，号东湖，浙江省临海人。明弘治六年（1493）二甲进士，赐二进第朝烈大夫。历任国子祭酒、翰林国史编修兼经筵官监海。参见《海川董氏实录》、搜韵网。

注释

[1]海川忠贤祠：即江西省德兴市海口镇海口村忠贤祠。主要祭祀董义、董全祯、董鼎等人。[2]于呼：同“呜呼”。《史记·滑稽列传》曰：“武帝大笑曰：‘于呼！安得长者之语而称之！’”

[3]丕哉：丕，大，丕业。魏晋·孙拯《赠陆士龙诗》云：“渊哉陆生，丕显洪胄。”[4]明道：大道；知晓道理。《道德经》第四十一章曰：“明道若昧，进道若退。”《汉书卷五十六·董仲舒传》云：“正其谊不牟其利，明其道不计其功。”[5]鉴兹：鉴，镜子、照。兹，这、此。魏晋·傅玄《晋宗庙歌》云：“呜呼悠哉，日鉴在兹。”[6]庇赫厥灵：庇，庇护、庇荫。赫，显著、盛大、显赫。厥，其他、那个、乃、于是。灵，神灵。《诗经·生民之什》曰：“不坼不副，无菑无害，以赫厥灵。”[7]孔安：先人很安恬、安详。《诗经·殷武》六章曰：“松桷有梴，旅楹有闲，寝成孔安。”[8]孙子其湛：湛，精湛、清澈、快乐。《诗经·小雅·宾之初筵》曰：“锡尔纯嘏，子孙其湛。”

四、亭池楼台歌

5. 池亭歌

——原题“孙氏池亭得小字”

宋·董英

冥冥造化意，似见元气兆。
不然此中石，诡怪安能了。
刻划如为人，幽奇若争巧。
虎卧溪势长，龙存鼎形小。
诛茅得此地，胜概纷夭矫。
东南引一水，又出人意表。
泻溜无冬春，湍奔极昏晓。
跳波骇潜虬，溅珠湿飞鸟。
主人去城市，崖谷情悄悄。
涧户云溶溶，山窗风袅袅。
孤城重颜谢，柱史才江鲍。
共美崖壑游，题诗石林杪。

作者简介

董英，字仲达，江西省德兴市海口镇人。南宋高宗建炎戊申年（1128 年）举民经入仕，官至金紫光夫。参见《宋诗纪事补遗》、《海川董氏实录》、《海川董氏宗谱》。

注释

[1]冥冥：昏暗貌；不知不觉。汉·蔡琰《悲愤诗》云："沙漠壅兮尘冥冥，有草木兮春不荣。"[2]诡怪：荒诞，怪诞。宋·曾敏行《独醒杂志》曰："公以其事涉诡怪，遂纵其人弗治。"[3]刻划：雕刻；刻印；用文字等描摹表现。唐·韩愈《游青龙寺赠崔大补阙》云："南山逼冬转清瘦，刻划圭角出崖窾。"幽奇：幽雅奇妙。宋·梅尧臣《寄滁州欧阳永叔》诗曰："烂漫写风土，下上穷幽奇。"[4]诛茅：芟除茅草；结庐安居。庞树松《檗子书来约游》诗云："到此倘嫌山水浅，人间何地可诛茅。"[5]胜概：美景；美好的境界。清·魏源《武夷九曲诗》云："精舍第五曲，亦复少胜概。"[6]夭矫：屈伸貌；木枝屈曲貌。唐·刘禹锡《平蔡州》诗与："狂童面缚登槛车，太白夭矫垂捷书。"[7]意表：超出人们的意料之外。《陈书·袁宪传》曰："每有新议，出人意表，同辈咸嗟服焉。"[8]泻溜：泻下小股水流。北齐·魏收《喜雨》诗云："泻溜高斋响，添池曲岸平。"[9]跳波：翻腾的波浪。隋·薛道衡《入郴江》诗云："跳波鸣石碛，溅沫拥沙洲。"[10]潜虬：犹潜龙；喻有才德而未为世重用之人。唐·孟郊《寄张籍》诗云："浮云何当来，潜虬会飞腾。"[11]涧户：山涧中的陋室；家居山涧者的门户。唐·温庭筠《清旦题采药翁草堂》诗云："解藤开涧户，踢石过溪泉。"[12]颜谢：南朝·宋诗人颜延之与谢灵运的并称。唐·戴叔伦《抚州对事后送外生宋垓归饶州觐侍呈上姊夫》曰诗："世业大小礼，近通颜谢诗。"[13]柱史："柱下史"的省称；代指老子；指御史。清·康乃心《送李虞臣任宝昌令》诗云："华狱仙人地，函关柱史家。"[14]江鲍：南朝·梁文学家江淹和南朝·宋

文学家鲍照的并称。唐·杨炯《〈王子安集〉序》云:“继之以颜谢,申之以江鲍。”[15]石林杪(miǎo):石林,由水流沿石灰岩的垂直裂隙溶蚀而造成的一种地貌。杪,树枝的细梢。

【延伸阅读·歌】

历劫歌

清·董昌期

杳杳满山云,
茫茫满江水。
永无休息期,
历劫情堪比。

旧客辞吾去,
新客继吾来。
谁识祖筵上,
盈盈泪满杯。

无衣不言冷,
无食不言饥。
咬碎红莲子,
苦心知未知。

五、忧国忧民歌

6. 骏马歌

明·练子宁

君不见穆王八骏游天路，迹遍寰宇尚无度。
乐同王母宴瑶池，赖得君牙挽周祚。
又不见明皇幸蜀八马龙，天宝不及开元中。
渔阳鼙鼓烟尘黑，玉环妖血鞍鞯红。
君看玉蹄三十二，莫是天闲旧骐骥。
残阳一片雨馀天，芳草何年牧扫地。
雄姿逸态汗血新，风鬃雾鬣腾踏匀。
一嘶一齧各有趣，或行或止森同群。
奚官控出尘飞动，岂是造父王毛仲。
麒麟虽在地上行，光价合为天下重。
摩挲猛气犹腾骧，出世即论周与唐。
吾皇不受千里献，黄金乐施涓人方。
骏兮骏兮渥洼种，际会风云擅才勇。
还君此画歌我辞，阊阖风生毛发竦。

作者简介

练子宁（1350—1402 年），名安，字子宁，号松月居士，江西德兴市海口镇人（一说江西省新淦县人）。洪武十八年（1385 年）进士，授翰林修撰。历任工部侍郎、吏部左侍郎、御史大夫。燕王即位，练子宁拒死不从，被断舍磔死。练死后，海口练姓偷其尸体运回海口，葬于海口村南。练子宁平反昭雪后，海口人在海口村练家弄建造了练子宁忠贞祠即今天的“聪门”。练博学多才，善工文章。著有《金川玉屑集》。参见《中国文学家大辞典》、《海川董氏实录》、《德兴县志（同治版）》。

注释

[1]穆王：周穆王。《国语·齐语一》云：“昔吾先王昭王、穆王，世法文武远绩以成名。”唐·李白《大猎赋》云：“哂穆王之荒诞，歌白云之西母。”[2]八骏：相传为周穆王的八匹名马。八骏之名，说法不一。以马的毛色命名八骏为赤骥、盗骊、白义、逾轮、山子、渠黄、华骝与绿耳。以速度命名八骏为绝地即足不践土、翻羽即行越飞禽、奔宵即夜行万里、超影即逐日而行、逾辉即毛色炳耀、超光即一形十影、腾雾即乘云而奔、扶翼即身有肉翅。[3]寰宇：犹天下；旧指国家全境。唐·骆宾王《帝京篇》诗云：“声名冠寰宇，文物象昭回。”[4]王母：王母娘娘。神话传说中一个地位崇高的女神。唐·杜甫《秋兴》诗曰：“西望瑶池降王母，东来紫气满函关。”[5]瑶池：古代传说中昆仑山上的池名，西王母所居。唐太宗《帝京篇》诗序云：“忠良可接，何必海上神仙乎？丰镐可游，何必瑶池之上乎？”[6]君牙：周穆王的一位大臣。《尚书·周书》曰：“周穆王命君牙为周大司徒，作《君牙》。”[7]明皇：即唐玄宗（李隆基）谥至道大圣大明孝皇帝；后世诗文多称为明皇。[8]八马龙：唐时宫门所设仗马。《新唐书·百官志二》曰：“飞龙厩日以八马列宫门之外，号南衙立仗马，仗下，乃

退。”[9]天宝、开元：唐玄宗时期的两个年号。[10]渔阳鼙（pí）鼓：指公元755年安禄山于渔阳举兵叛唐之事。鼙鼓，骑兵用的小鼓。后亦用为外族侵略之典。唐·白居易《长恨歌》云：“渔阳鞞鼓动地来，惊破《霓裳羽衣曲》。”[11]鞍鞯（ān jiān）：鞍子和托鞍的垫子。古乐府《木兰诗》云：“东市买骏马，西市买鞍鞯。”[12]天闲：皇帝养马的地方。宋·陆游《感秋》诗曰：“古来真龙驹，未必置天闲。”[13]骐骥：骏马。《楚辞·离骚》云：“乘骐骥以驰骋兮，来吾道夫先路。”[14]风鬃（zōng）：鬃，马、猪等畜类颈上的长毛。[15]雾鬣（liè）：浓密的鬣毛；亦借指马。金·党怀英《和张德远伐松之什》云：“烟鳞渍寒雨，雾鬣明朝曦。”[16]啮（niè）：咬，啮齿动物。[17]奚官：官名；职司养马。明·袁帙《秋兴》诗曰：“天子射蛟开水殿，奚官牧马遍郊墟。”[18]造父：古之善御者，赵之先祖。[19]王毛仲：唐玄宗时期的禁卫军将领。[20]光价：显扬其身阶；荣耀的身阶。宋·梅尧臣《依韵王司封宝臣答卷》云：“暂增光价千金重，终觉枯陈一芥微。”[21]腾骧：飞腾；奔腾；地位上升。[22]涓人：古代宫中担任洒扫清洁的人；亦泛指亲近的内侍。清·鄂尔泰《昭陵石马歌》云：“千金市骏世希有，美名徒挂涓人口。[23]渥洼：水名，传说产神马之处；指代神马。《史记·乐书》曰：“又尝得神马渥洼水中，复次以为《太一之歌》。”[24]阊阖风：西风；秋风。《淮南子·天文训》曰：“凉风至四十五日，阊阖风至。”高诱注：“《兑》卦之风也。”

六、寄情抒怀歌

7. 怀寄歌

——原题“寄董与几”

元·吴莱

触目怀招隐，兴歌托遂初。
俗尘多汩没，天籁几吹嘘。
晚景翻濛泛，秋潮泄尾闾。
祥云旗凤鸟，瘴雨弩鲸鱼。
洒泪鲛人室，漂魂建木墟。
鼋鼍沧海赋，龙马赤文书。
上谷空豪举，西河久索居。
蛮琛遗翡翠，鲁价掩璠玙。
远矣鸣驢箭，悠哉薄笨车。
影摇青薜荔，光璨白芙蕖。
自昔攻佔毕，于今载耒锄。
弹冠身有待，铸研志非虚。
苏子纵横术，韩生内外储。
乾坤瞻魏阙，日月梦周庐。
炫耀螭雕佩，蹁跹隼建旟。

列衣腾朔漠，胶棹入黄淤。
赵女弦鸿鹄，奚儿驾駏驉。
词林应聘汝，侠窟肯愁予。
结骑幽并窄，抡交楚越疏。
奇功生鼎鼐，猛气死籧篨。
药物金鹅采，兵钤赤鲤渔。
中条分雍豫，四序出堪舆。
小榻琴心展，长缨剑胆舒。
按图稽獬豸，觞酒笑鶢鶋。
野屐偏求蜡，山巾尚著綀。
贫犹思禄士，老不废耕畬。
卓棹才终用，猖狂习未除。
文章同一默，岁月或三馀。
策竹登玄圃，然藜问石渠。
定须追乐毅，端为谢曹蜍。

作者简介

吴莱（1297—1340 年），字立夫，号深袅山道人，元婺州浦江人。从学于方凤，博极群书。仁宗延祐七年以《春秋》举进士，不第。退居深袅山中，穷诸书奥旨，著书立说。御史行部，以茂才荐，署饶州路长芗书院山长，未行而疾作，卒年四十四，私谥渊颖先生。著有《尚书标说》、《春秋世变图》、《春秋传授谱》、《古职方录》、《孟子弟子列传》、《楚汉正声》、《乐府类编》、《渊颖集》等书。

注释

[1]作者题注：去岁留杭，德兴傅子建梦得句云“鼋鼍（yuán tuó）沧海赋，龙马赤文书”，间以语予及其乡人董与几，山空岁晚，怳然有怀，为续此诗却寄董。[2]鼋鼍：汉族神话传说中是指巨鳖和猪婆龙（扬子鳄）。宋·王安石《金山寺》诗云：“扣栏出鼋鼍，幽姿可时睹。”[3]董与几：生卒年不详，字叔存，江西省德兴市海口镇人。南宋绍熙元年（1190年）进士。尝为湖北提举，官至朝议大夫。著有《韵光集》。参见《饶州府志（同治版）》、《全宋诗》、《海川董氏实录》。[4]招隐：征召隐居者出仕。招人归隐。唐·骆宾王《酬思玄上人林泉》诗云：“闻君招隐地，髣髴武陵春。”[5]遂初：早先；以前；遂其初愿。元·刘诜《和许中立》云：“有赋堪惩咎，无成托遂初。”[6]汩没（gǔ mò：淹没；埋没；湮灭。唐·元稹《遣风二十韵》曰：“浸淫沙市儿童乱，汩没汀洲鴈鹜哀。”[7]尾闾：古代传说中泄海水之处。唐·李德裕《漏潭石》诗云：“及此闻溪漏，方欣验尾闾。”[8]瘴雨：南方含有瘴气的雨。宋·陈师道《南乡子》词云：“唤取佳人听旧曲，休休，瘴雨无花孰与愁。”[9]鲛人：话传说中的人鱼；捕鱼者。唐杜甫《雨》诗云：“神女花钿落，鲛人织杼悲。”[10]建木：说中的神木名。《淮南子·地形训》曰“建木在都广，众帝所自上下。”[11]龙马：代传说中龙头马身的神兽。《书·顾命》曰：“天球，河图，在东序。”孔传：“伏牺王天下，龙马出河。遂则其文，画八卦，谓之河图。”[12]赤文：红色图象。古代谶纬家谓帝王受命的祥瑞。《宋书·符瑞志上》曰：“《龙图》出河，《龟书》出洛，赤文篆字，以授轩辕。”[13]璠玙：美玉名；泛指珠宝。明·梁辰鱼《浣纱记·通嚭》云：“远相投金帛礼仪，况累累数对璠玙，更纤纤一双花蕊。”[14]驉（xū）箭：参见駏驉。[15]芙渠：荷花的别

名。[16]佔（zhàn）毕：诵读；吟诵。[17]苏子：即苏秦（？—前284年），字季子，雒阳（今河南洛阳）人，战国时期著名的纵横家、外交家和谋略家。[18]韩生内外储：韩非（约公元前280—前233年），战国末期著名思想家、法家代表人物。其著作《韩非子》分为“内储”和“外储”等内容。[19]魏阙：古代宫门外两边高耸的楼观；亦借指朝廷《庄子·让王》曰：“身在江海之上，心居乎魏阙之下。”[20]螭（chī）：螭首，古代传说中一种没有角的龙。古建筑或器物、工艺品上常用它的形状作装饰。[21]隼（sun）：从隹（zhui）从十，凶猛的鸟。[22]建旟（yú）：古代冬季大阅，州里之长立旟旗以为标志，象征勇猛、敏捷。建，树立；旟，画有鸟隼的旗。[23]赵女：赵地的美女；亦泛指美女。南朝·梁·任昉《为范尚书让吏部封侯第一表》云：“虽室无赵女，而门多好事。”[24]鸿鹄：鸿雁与天鹅。三国·魏·阮籍《咏怀》云：“鸿鹄相随飞，飞飞适荒裔。”[25]奚儿：称奚人，亦泛称北方少数民族之人。唐·杜甫《悲青坂》诗云：“黄头奚儿日向西，数骑弯弓敢驰突。”[26]駏驉（jù xū）：兽名。似骡，可供乘骑。称公马配母骡所生的后代为駏，称公驴配母骡所生的后代为驉。南朝·梁·张率《河南国献舞马赋》曰：“将绝尘而弭辙，类飞鸟与駏驉。”[27]幽并：幽州和并州的并称；因借指豪侠之气。南朝·宋·鲍照《拟古》诗云：“幽并重骑射，少年好驰逐。”[28]楚越：楚国和越国；喻相距遥远。唐·李白《寄远》诗曰：“坐思行叹成楚越，春风玉颜畏销歇。”[29]鼎鼐：鼎和鼐，古代两种烹饪器具；喻指宰相等执政大臣。元·汪元亨《雁儿落过得胜令·归隐》曲曰：“惭居鼎鼐官，笑领烟霞伴。”[30]籧篨（qú chú）：粗竹席；有丑疾不能俯身的人。宋·王安石《独饭》诗云：“窗明两不借，榻净一籧篨。”[31]金鹅：金色的鹅。《艺文类聚·临海记》：“金鹅所集，八桂所植。下有溪谷，金光焕然。”[32]兵钤：兵书；兵法。唐·杨炯《唐右将军魏哲神道碑》云：“研几册府，金縢玉版之书；索隐兵钤，玄女黄公之法。”[33]赤鲤：赤色鲤鱼。传说中仙人所骑。唐·李白《九日登山》诗云：“赤鲤涌琴高，白龟道冯夷。”[34]雍豫：古都长安和洛阳。[35]堪舆：天地；风水。宋·叶适《中塘梅林》诗云：“物有据其会，感召惊堪舆。”[36]小榻：狭小的卧具。汉·应劭《风俗通·愆礼·南阳张伯大》云：“伯卧床上，敬寝下小榻。”[37]獬豸（xiè zhì）：传说中的异兽獬豸冠。唐·罗隐《广陵春日忆池阳有寄》诗云：“别后故人冠獬豸，病来知己赏鸲鹆。”[38]鶢鶋：海鸟名。清·黄鹭来《和陶饮酒》曰：“我智愧鶢鶋，居海知天风。”[39]野屐：古人出游所穿的木底鞋。[40]山巾：山野隐士的便帽。北周·庾信《入道士馆》诗云：“野衣缝蕙叶，山巾篸笋皮。”[41]耕畬（shē）：耕种田地；供耕种的熟田。[42]卓棹（zhào）：卓，超高、不平凡。棹，船用撑杆、长的船桨。[43]三馀：即董遇三馀。《三国志·魏志·董遇传》曰：“冬者岁之余，夜者日之余，阴雨者时之余也。”[44]玄圃：传说中昆仑山顶的神仙居处；魏晋南北朝洛阳讲经之处。清·吴伟业《赠苍雪》诗云：“法航下匡庐，讲室临玄圃。”[45]然藜：然藜阁。[46]石渠：石渠阁。西汉皇室藏书之处，在长安未央宫殿北。[47]乐毅：生卒年不详，中山灵寿（今河北灵寿西北）人，战国后期杰出的军事家，拜燕上将军，受封昌国君。[48]曹蜍：字永世，小字蜍，彭城（今江苏徐州）人。《世说新语·庾道季》云：“曹蜍、李志虽见在，厌厌如九泉下人。”

8. 义侠歌

——颂赞董国度之义侠歌

明·宋濂

德兴董国度，其字为元卿。
宣和举进士，籍籍多文声。
初调胶水簿，其地近东溟。
篮日别母妻，匹马赴驿程。
居官未一载，金人忽渝盟。
中原相继陷，无由遂归耕。
翀天乏羽翼，俯首走伶俜。
流寓逆旅氏，更变姓与名。
逆旅恤畸孤，买姬奉使令。
姬性多黠慧，姿色更娉婷。
恻然怜卿贫，孳孳学经营。
镌石作巨硙，市驴使旋萦。
粉麦白如玉，贸易入南城。
从此日优裕，寒谷化春垌。

☆☆☆☆☆

新居巧缔构，高楼耸朱甍。

陌阡接东西，秋风熟香粳。
开尊醉花月，弦管杂匏笙。
卿终不自怿，叹息或涕零。
长跪敬问之，岂妾无异能？
家事不牢落，胡为日怦怦？
卿曰尔不知，我实为南氓。
家有鹤发亲，无从问死生。
念此心欲折，梦魂亦茕茕。
姬言我伯氏，义侠天下称。
卿胡不早言，俾卿得归宁。

☆☆☆☆☆

未几有奇客，轩然过门庭。
虬髯赪玉面，九尺长身形。
高骑紫骝马，好似汉灌婴。
下马入门坐，气象犹生狞。
揖卿使卿拜，此乃妾之兄。
呼童刺羊豕，开燕罗兕觥。
酣饮直至夜，月影移前楹。
姬起属前事，郑重语加精。
是时金人令，南官不自鸣。
便差县官缚，藁街受极刑。
卿因讳其说，踧踖弗能胜。
客乃奋髯怒，责卿何不诚。

我以女弟故，冒禁挟子征。
卿胡反致疑，视我为凶伧？
急取告身来，庶几足依凭。
不然擒赴官，命与鬼录争。
卿惧不敢喘，有言一一听。

☆☆☆☆☆

客去甫一日，控马来相迎。
命姬欲共往，姬谓幸少停。
卿先随兄去，不必怀战竞。
妾有自制袍，赠卿意盈盈。
兄或持金赠，示之辞弗承。
仓黄别就道，有涕如悬缨。
疾驰至大海，海舟在水横。
客令卿前登，迅速类建瓴。
舟人敬日畏，一如事神明。
未渴奉马湩，未饥具羊羹。
财方达南岸，客已在旗亭。
勺酒对卿饮，论言极崇竑。
历陈太夫人，年已近耄龄。
赤手得返国，何以娱其情。
黄金二佰两，卿当置诸絪。
卿谢不敢受，客竟委之行。
卿追至门外，举袍若悬旌。

客骇且大笑，吾妹实豪英。
吾事未能了，有怀当再倾。

☆☆☆☆☆

卿归拜慈母，慈母惕然惊。
意谓从天降，稳驾仙人軿。
南北望已绝，音耗无由侦。
今晨得再见，死草再发荣。
喜极继以泣，阴云为冥冥。
妻儿亦亡恙，一一列前庭。
更阑共软语，秋花上青灯。
取袍当户著，袍缝烂然赪。
箔金满中贮，碎若剪凤翎。
逾年客果至，携姬重合并。
乡人竞聚观，皆曰见未曾。
朝廷录卿官，添差尉宜兴。

☆☆☆☆☆

卿妻曰余氏，悍妒仍骄矜。
遇姬多亡状，禁摄如冻蝇。
甚或加棰掠，人谏了不惩。
卿力弗能制，白昼若沉暝。
姬因不告去，飘若风火升。
吾闻古义侠，史册每足澂。

受恩能尽死，义重身则轻。
未必识书传，文华耀晶荧。
卿为名进士，岂不读圣经。
奈何负恩义，犬豕羞为朋。
追述义侠歌，读者当服膺。

作者简介

宋濂（1310—1381 年），字景濂，号潜溪，别号玄真子，明浦江（今浙江浦江县）人。历任江南儒学提举、国子司业、礼部主事、翰林学士承旨、知制诰。《元史》主修总裁。谥“文宪”。元末明初文学家、史学家，与高启、刘基并称为“明初诗文三大家”；被誉为“开国文臣之首。”著有《洪武圣政记》、《元史（210 卷）》（主撰）、《宋学士文集（75 卷）》。参见《明史》、《中国历代人名大辞典》。

注释

[1]作者题注：《义侠歌》为效白乐天体。[2]德兴：今天江西省德兴市。[3]董国度：字元卿，江西省德兴市海口镇人。北宋宣和六年进士，官至山东省莱州主簿。[4]籍籍：声名盛大貌；众多貌。宋·苏轼《减字木兰花·赠润守许仲涂》词云：“落笔生风，籍籍声名不负公。”[5]文声：工于为文的名声；文章与诗歌。元·冯子振《红绣鞋·题小山苏堤鱼唱》曲曰：“东里先生酒兴，南州高士文声。”[6]胶水簿：山东省胶水县簿权知县。[7]东海。南朝·宋·颜延之《车驾幸京口侍游蒜山作》诗云：“元天高北列，日观临东溟。”[8]筮日：行卜筮礼仪之当日。清·夏炘《学礼管释·释昏礼下达》曰：“《少牢礼》始于筮日。然必先诹丁巳

之日。”[9]金人：指金国。清·黄燮清《黄天荡怀古》诗云：“八千劲旅走熊罴，曾断金人十万师。”[10]渝盟：谓背叛盟约。宋·岳珂《桯史·岁星之祥》云：“绍兴辛巳，逆亮（完颜亮）渝盟。”[11]翀（chōng）天：翀，向上直飞，相当于“冲”。元·许恕《青田鹤》云：“一鸣能惊人，一飞亦翀天。”[12]伶俜：飘泊貌；流离貌。金·元好问《再到新卫》诗云：“蝗旱相仍岁已荒，伶俜十口值还乡。”[13]客舍；旅馆。旅居。明·何景明《宗哲初至夜集》诗云：“聚散古今同逆旅，莫看风景倍悽然。”[14]畸孤；孤独，孤单。宋·苏轼《鹤叹》诗云：“我生如寄良畸孤，三尺长胫阁瘦躯。”[15]买姬：姬，古代对妇女的美称。[16]黠慧：亦作“黠惠”，机敏聪慧。唐·崔颢《邯郸宫人怨》云：“七岁丰茸好颜色，八岁黠惠能言语。”[17]娉婷：姿态美好貌。汉·辛延年《羽林郎》诗云：“不意金吾子，娉婷过我庐。”[18]恻然：哀怜貌；悲伤貌。明·张居正《乞宥言官疏》云：“尚有垂白父母在家，臣实恻然怜之。”[19]孳孳：孳，通“孜”；勤勉；努力不懈。汉·东方朔《答客难》曰：“此士所以日夜孳孳，脩学敏行，而不敢怠也。”[20]镌石：指记功的碑文或其他石刻文字；转指购买石磨。[21]巨硙（wéi）：硙，石磨。[22]旋萦：盘旋走动，来来去去。[23]春垧（shǎng）：垧，旧时计算土地面积的单位，各地不同。[24]朱甍（méng）缔构：建造；结构。《周书·武帝纪下》曰：“缔构弘敞，有踰清庙。”[25]朱甍（méng）：朱红色的屋顶。唐·李白《明堂赋》云：“皓壁昼朗，朱甍晴鲜。”[26]开樽：举杯（饮酒）。唐·杜甫《独酌》诗云：“步屧深林晚，开樽独酌迟。”[27]匏笙：即笙。因用匏为座，故名匏笙。汉·应劭《风俗通·声音》云：“音者，土曰埙，匏曰笙。”[28]自怿（yì）：自己欢喜。[29]南氓：南方的流民。[30]鹤发：白发。唐·刘希夷《代悲白头翁》诗云："宛转娥眉能几时，须臾鹤发乱如丝。"[31]茕茕（qióng）：忧思貌。《诗·小雅·正月》："忧心茕茕，念我无禄。"毛传："茕茕，忧意也。"[32]伯氏：长兄。唐·韩愈《复志赋》云："常岁行之未复兮，从伯氏以南迁。"[33]义侠：仗义助人的豪侠；仗义任侠，抑强扶弱。宋·洪迈《容斋随笔·人物以义为名》曰："人物以义为名者，其别最多。至行过人曰义，义士、义侠、义姑、义夫、义妇之类是也。"[34]轩然：高昂貌。唐·元稹《告畲三阳神文》云："轩然神功，坐受嘉栗。"[35]赪（chēng）玉面：红色的容颜。《公羊传·宣公十二年》曰："是以使寡人得见君之玉面。"[36]紫骝：古骏马名。唐·李益《紫骝马》诗云："争场看斗鸡，白鼻紫骝嘶。"[37]灌婴：汉朝开国功臣，官至太尉、丞相。[38]气象：气度；气概；气派。元·陈以仁《存孝打虎》第二折云："恨不的莽拳头打挫牙关，八面威气象全无，十石力身躯软瘫。"[39]生狞：凶猛；凶恶。唐·李贺《猛虎行》云："乳孙哺子，教得生狞。"[40]兕觥（sì gōng）：汉族古代盛酒或饮酒器；后亦泛指酒器。明·陈汝元《金莲记·郊遇》曰："游春话旧，更畅幽怀，还须麈尾同挥，是用兕觥共进。"[41]南官：南方籍的官；南方的官吏。元·杨维桢《西湖竹枝歌》云："南官北使须到此，江南西湖天下无。"[42]藁（gǎo）街：亦作"稿街"，街名。晋·陆机《饮马长城窟行》云："振旅劳归士，受爵藁街传。"[43]踧踖（cù jí）：惶恐不安貌。晋·葛洪《抱朴子·交际》曰："余代其踧踖，耻与共世。"[44]凶伧（cāng）：伧，粗俗、匹夫。[45]告身：古代授官的文凭。明·陆容《菽园杂记》云："乃如告身非诰敕，即今文凭类也。"[46]鬼录：迷信者所谓阴间死人的名簿；死亡。三国·魏·曹丕《与吴质书》曰："观其姓名，已为鬼录，追思昔游，犹在心目。"[47]控马：驾驭马匹，骑马。[48]仓黄：亦作“仓惶”，匆忙急迫。宋·王安石《送李屯田守桂阳》云：“仓黄离家问南北，中路思归归不得。”[49]建瓴：形容速度极快。唐·杜牧《分司东都上刘侍郎四十韵》云：“寒暑逾电流，光阴甚建瓴。”[50]马湩（dòng）：马乳；马奶酒。金·元好问《过应州》诗云：“随俗未甘尝马湩，敌寒直欲御羊裘。”[51]羊羹：以羊肉制作的羹。《战国策·中山策》曰：“羊羹不遍，司马子期怒而走于楚。”[52]旗亭：市楼，古代观察指挥集市的处所之上立有旗，故称旗亭；酒楼，悬旗为酒招，故称旗亭。《文选·张衡〈西京赋〉》曰：“旗亭五重，俯察百隧。”薛综注：“旗亭，市楼也。”宋·周邦彦《琐窗寒·寒食》词云：“旗亭唤酒，付与高阳俦侣。”[53]崇竑（hóng）：高明深刻。《汉书·司马相如传下》曰：“必将崇论竑议，创业垂统，为万世规。”颜师古注：“竑，深也。”[54]诸絪（yīn）：絪，垫子或褥子；承上启下。[55]豪英：才能出众；聪明过人。元·关汉卿《玉镜台》第二折云：“据文学比温峤更聪明，温峤怎及他豪？”[56]惕然：惶恐貌。汉·刘向《说苑·尊贤》云：“诸侯举兵以伐齐，齐王闻之，惕然而恐。”[57]仙人軿（píng）：軿，古代一种有帷幔的车，多供妇女乘坐。[58]音耗：音信；消息。明·李唐宾《梧桐叶》第一折云：“等闲离别，一去故乡音耗绝。”[59]亡恙：没有病痛；安然存在。明·焦竑《焦氏笔乘·居第》云：“但见人物更换，墙固亡恙也。”[60]更阑（gēng lán）：更深夜残。宋·刘克庄《军中乐》诗云：“更阑酒醒山月落，綵缣百段支女乐。”[61]添差：凡于差遣员额外增添的差遣，叫“添差”。宋·洪迈《夷坚乙志·秦昌时》云：“既而添差宁国军签判，不欲往。”[62]蛮横妒忌。宋·梅尧臣《桓妒妻》诗云：“其妻南郡主，悍妒谁与俱。”[63]骄矜：骄傲自负。宋·欧阳修《送徐生之渑池》诗云：“我昔初官便伊洛，当时意气尤骄矜。”

[64]亡状：无礼。宋·洪迈《容斋三笔·朱崖迁客》云："此人固亡状，要之为一州主，所谓邦君也。"[65]棰掠：亦称"箠掠"，拷打。宋·洪迈《夷坚甲志·高俊入冥》曰："一部将亦同击，箠掠无全肤。"[66]史册：史书。宋·苏轼《谢张太保撰先人墓碣书》云："先朝载之史册，今虽容有不知，后世决不可没。"[67]书传：著作；典籍。《史记·廉颇蔺相如列传》曰："括徒能读其父书传，不知合变也。"[68]文华：才华；文才；有才华的人。宋·苏轼《谢曹子方惠新茶》云："陈植文华斗石高，景公诗句复称豪。"[69]犬豕：狗和猪；比喻鄙贱之人。《三国演义》第二二回云："犬豕何堪共虎斗，鱼虾空自与龙争。"[70]服膺：铭记在心；衷心信奉。宋·周煇《清波杂志》卷八云："愿郎君捐有馀之才，崇未至之德，前哲训迪后进，拳拳如此，为后进者，得不服膺而书绅。"

第四卷　曲之篇

——大曲、戏曲

一、大曲

1. 薄媚·西子词（10首）

——大曲·薄媚·西子词

宋·董颖

作者简介

董颖，字仲达，号霜杰，江西省德兴海口镇人。宋宣和六年（1124年）进士，官至太学正。绍兴初与韩驹、汪藻、徐俯游。博通五经，工于诗词。北宋著名词人、文学家。《乐府雅词》卷上载其《薄媚·西子词》大曲十首，是为研究宋大曲体制之重要资料。著有《霜杰集（30卷）》，文学家汪藻为序。参见《全宋词》、《宋词鉴赏辞典》、《中国文学家大辞典》、《德兴县志（同治版）》。

说明

董颖《薄媚·西子词》共有10首词。“薄媚”是大曲的一种，作为一种大型歌舞曲，通常由同一宫调的若干支曲子组成。一般大曲的结构包括散序、靸（sǎ）、排遍、攧（diān）、正攧、入破、虚催、实催、衮遍、歇拍、杀衮（gǔn）等方面。董颖的《薄媚·西子词》大曲，其结构顺序是由排遍第八、排遍第九、第十攧、入破第一、第二虚催、第三衮遍、第四催拍、第五衮遍、第六歇拍、第七煞衮等共十曲组成。大曲词牌为“薄媚”，题目为《西子词》，每首词分为上下两片或两阕。主题思想歌咏的是中国春秋晚期吴越斗争中越王勾践利用美人西施复仇灭吴的历史故事。

第1首·排遍第八

怒潮卷雪，巍岫布云，越襟吴带如斯。
有客经游，月伴风随。
值盛世。
观此江山美。
合放怀、何事却兴悲。
不为回头，旧谷天涯。
为想前君事。
越王嫁祸献西施。
吴即中深机。

☆☆☆☆☆

阖庐死。
有遗誓。
勾践必诛夷。
吴未干戈出境，仓卒越兵，投怒夫差。
鼎沸鲸鲵。
越遭劲敌，可怜无计脱重围。
归路茫然，城郭丘墟，飘泊稽山里。
旅魂暗逐战尘飞。
天日惨无辉。

第 2 首 · 排遍第九

自笑平生，英气凌云，凛然万里宣威。
那知此际。
熊虎涂穷，来伴麋鹿卑栖。
既甘臣妾，犹不许，何为计。
争若都燔宝器。
尽诛吾妻子。
径将死战决雄雌。
天意恐怜之。

☆☆☆☆☆

偶闻太宰，正擅权，贪赂市恩私。
因将宝玩献诚，虽脱霜戈，石室囚系。
忧嗟又经时。
恨不如巢燕自由归。
残月朦胧，寒雨萧萧，有血都成泪。
备尝险厄返邦畿。
冤愤刻肝脾。

第 3 首 · 第十攧

种陈谋，谓吴兵正炽。
越勇难施。

破吴策，唯妖姬。

有倾城妙丽。

名称西子。

岁方笄。

算夫差惑此。

须致颠危。

范蠡微行，珠贝为香饵。

苎萝不钓钓深闺。

吞饵果殊姿。

☆☆☆☆☆

素肌纤弱，不胜罗绮。

鸾镜畔、粉面淡匀，梨花一朵琼壶里。

嫣然意态娇春，寸眸剪水。

斜鬟松翠。

人无双、宜名动君王，绣履容易。

来登玉陛。

第4首·入破第一

窣湘裙，摇汉佩。

步步香风起。

敛双蛾，论时事。

兰心巧会君意。

殊珍异宝，犹自朝臣未与。
妾何人，被此隆恩，虽令效死。
奉严旨。

☆☆☆☆☆

隐约龙姿忻悦。
重把甘言说。
辞俊雅，质娉婷，天教汝、众美兼备。
闻吴重色，凭汝和亲，应为靖边陲。
将别金门，俄挥粉泪。
靓妆洗。

第5首·第二虚催

飞云驶。
香车故国难回睇。
芳心渐摇，迤逦吴都繁丽。
忠臣子胥，预知道为邦祟。
谏言先启。
愿勿容其至。
周亡褒姒。
商倾妲己。

☆☆☆☆☆

吴王却嫌胥逆耳。

才经眼、便深恩爱。
东风暗绽娇蕊。
彩鸾翻妒伊。
得取次、于飞共戏。
金屋看承，他宫尽废。

第 6 首·第三衮遍

华宴夕，灯摇醉。
粉菡萏，笼蟾桂。
扬翠袖，含风舞，轻妙处，惊鸿态。
分明是。
瑶台琼榭，阆苑蓬壶，景尽移此地。
花绕仙步，莺随管吹。

☆☆☆☆☆

宝帐暖留春，百和馥郁融鸳被。
银漏永，楚云浓，三竿日、犹褪霞衣。
宿酲轻腕，嗅宫花，双带系。
合同心时。
波下比目，深怜到底。

第 7 首·第四催拍

耳盈丝竹，眼摇珠翠。

迷乐事。
宫闱内。
争知。
渐国势凌夷。
奸臣献佞，转恣奢淫，
天谴岁屡饥，从此万姓离心解体。

☆☆☆☆☆

越遣使。
阴窥虚实，蚤夜营边备。
兵未动，子胥存，虽堪伐、尚畏忠义。
斯人既戮，又且严兵卷土，
赴黄池观衅，种蠡方云可矣。

第8首·第五衮遍

机有神，征鼙一鼓，万马襟喉地。
庭喋血，诛留守，怜屈服，敛兵还，危如此。
当除祸本，重结人心，争奈竟荒迷。
战骨方埋，灵旗又指。

☆☆☆☆☆

势连败。
柔荑携泣。

不忍相抛弃。

身在兮，心先死。

宵奔兮，兵已前围。

谋穷计尽，唳鹤啼猿，闻处分外悲。

丹穴纵近，谁容再归。

第9首·第六歇拍

哀诚屡吐，甬东分赐。

垂暮日，置荒隅，心知愧。

宝锷红委。

鸾存凤去，辜负恩怜，情不似虞姬。

尚望论功，荣还故里。

☆☆☆☆☆

降令曰，吴亡赦汝，越与吴何异。

吴正怨，越方疑。

从公论、合去妖类。

蛾眉宛转，竟殒鲛绡，香骨委尘泥。

渺渺姑苏，荒芜鹿戏。

第10首·第七煞衮

王公子。

青春更才美。

风流慕连理。
耶溪一日，悠悠回首凝思。
云鬟烟鬓，玉珮霞裾，依约露妍姿。
送目惊喜。
俄迂玉趾。

☆☆☆☆☆

同仙骑。
洞府归去，帘栊窈窕戏鱼水。
正一点犀通，遽别恨何已。
媚魄千载，教人属意。
况当时。
金殿里。

注释

[1]鲸鲵（ní）：雄曰鲸，雌曰鲵。[2]笄（jī）：发笄、成年。[3]睇（dì）：斜着眼看。[4]菡萏（hàn dàn）：荷花。[5]征鼙（pí）：出征的鼓声。[6]鲛绡（xiāo）：薄绢、轻纱。[7]云鬟（huán）：环形发髻；乌黑秀美。[8]烟鬓（bìn）：犹云鬓。[9]霞裾（jū）：霞衣。[10]遽（jù）别：急速分别。

二、戏曲、传奇剧

2. 董元卿旗亭记

——明·戏剧《董元卿旗亭记》

明·郑之文

作者简介

郑之文（1605年前后在世），字应尼，一字豹先，号豹卿。南城（今属江西）人。万历三十八年（1610）进士。历任南京工部主事、真定知府等。工诗词散曲。诗文集有《远山堂集》、《锦砚斋集》等。戏剧有《旗亭记》、《芍药记》二种，杂剧有《白练裾》。

说明

《董元卿旗亭记》又称《旗亭记》。全剧本共有四十出。剧情内容："北宋末年，金兵占领莱州。宋朝官吏德兴海口人董国度（元卿）不愿仕金，隐居民间，和当地女子隐娘结婚。后隐娘欲与国度南归，用计使其兄先送国度回宋。隐娘之兄与国度诀别于旗亭，赠以袍，袍内藏金。国度却金，其兄只得再度送妹南下，与夫团圆。"《董元卿旗亭记》今存明万历间金陵继志斋刊本，收入《古本戏曲丛刊》二集。卷首有明代戏曲家、文学家汤显祖之序。参见《中国曲学大辞典》、《古本戏曲剧目提要》。

《董元卿旗亭记》内容梗概

北宋末年，饶州德兴人董国度，宣和六年进士，授莱州胶水县簿权知县。到任未及两月，金兵陷中原，仓皇弃官潜逃。金人有令：南朝客宦都要拘禁在此，不许南还。投降的赏官，拒降的处死。并派人日夜搜巡。董国度暮投吕公客店。南归不得，只好化名杜重，暂时栖身在此荒村野店。一位报仇杀人隐姓豪客，与一妹子名叫隐娘，避居山东村落间，居处与吕公客店为邻。他要浪迹天涯寻知音，临行嘱吕公夫妇为其妹寻一佳偶。吕公夫妇见董国度孤身一人，劝他在此成家。于是为其作媒，取隐娘为妾。隐娘婚后十分高兴，不辞辛苦汲水推磨，操劳家务事。家计渐富，田宅颇多。天将寒时，隐娘为董国度夜缝寒衣，将一囊箔金缝在衲袍中。董国度却愁眉不展，思念母妻，乡国难归，自己真实身份也不敢告诉隐娘。隐娘再三追问，才将隐情说破，倾吐一腔心事。豪客归来，隐娘以实相告，豪客慨然答应送其南归。夫妻分别，隐娘将手缝衲袍交董国度，嘱咐：若到本国，阿兄以数十万钱相赠，切不可受，只出此袍相示，他必定再来护我南去。再三叮嘱着意此袍。两人一路巧避搜巡，智过关隘，夜躲海贼。到了江南，豪客在旗亭设酒作别，以二十两金相赠，董不受，豪客大怒，董出袍相示，豪客会意，即回去送妹南来。国度归家，再无心仕宦，一心奉养老母。但家计艰难。一日天寒，国度要典卖衲袍买酒为老母消寒，妻子细看衲袍，发现其中箔金。欢喜之中，共叹隐娘为女中豪杰。于是置酒，一家欢饮之际，隐娘又到，阖家团聚，细诉始末。忽报馆驿中有飞报，说老夫人昨上表到京，自陈相公事情，圣旨着合家赴京面驾。一家至京，面陈历经，皇帝听罢大喜，封董母为鲁国夫人，董国度晋升朝奉郎，妻封魏国夫人，隐娘封青城县君。一家谢恩。

《董元卿旗亭记》（节选）

第一出

【蝶恋花】

旧恨斜阳芳草暮，
啼宇声声，
似道流光去。
看取王孙归处路，
春来依旧生芳杜。

☆☆☆☆☆

几许才情空惹妒，
鹦鹉堪怜，
彩笔应能赋。
玉唾敲残谁共诉，
古今女侠应无数。

【汉春宫】

董子明经，登选场甲第，竟恋林丘。
正为慈亲甘旨，膝下迟疑愁。
再三相逼，殆之官，领薄莱州。
遭金寇、汴京失陷，丧乱作羁囚。

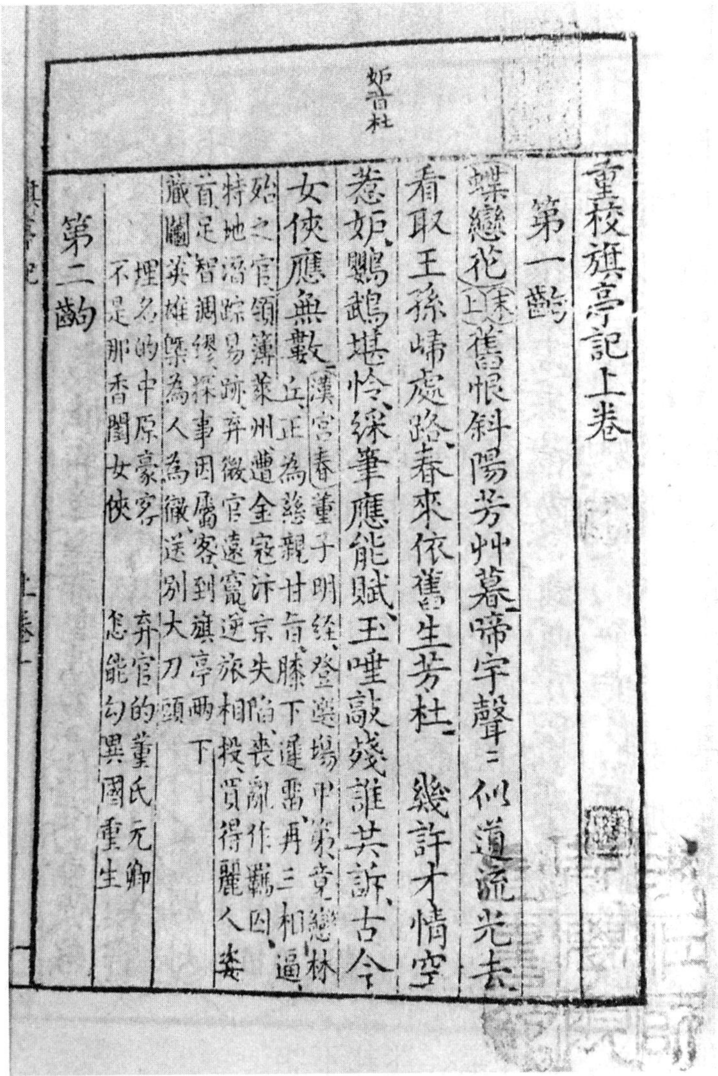

妒香杜

重校旗亭記上卷

第一齣

蝶戀花（末上）舊恨斜陽芳草暮，啼宇聲聲，似道流光去。看取王孫歸處路，春來依舊生芳杜。 幾許才情空惹妒，鸚鵡堪憐，綵筆應能賦。玉唾敲殘誰共訴，古今女俠應無數。

漢宮春 董子明經，登選場中第，覓戀林泉之官，領薄萊州。遭金寇汴京失陷，喪亂作羈囚，相逼特地潛踪易跡，弃微管遠竄，逆旅相投，買得麗人姿首，足智調繆，探事因屬客，到旗亭兩下藏閫，英雄傑為人為徵，送別大刀頭。

埋名的中原豪客 弃官的董氏元卿

不是那香閨女俠 怎能勾異國重生

第二齣

☆☆☆☆☆

特地潜踪易迹，弃微管远窜，逆旅相投，

买的丽人姿首，足智调缪，

探事因属客，到旗亭、两下藏阃，

英雄既为人为彻，送别大刀头。

【诗】
埋名的中原豪客，弃官的董氏元卿。
不是那香闺女侠，怎能勾异国重生。

【尾】
埋名的中原豪客，弃官的董氏元卿。
不是那香闺女侠，怎能勾异国重生。

第二出

【瑞鹤仙】
异第推华选。
论诗书幼学，壮行当展。
高堂没人管。
怕斑衣一领，紫衣难换。
春晖寸草，任怀宝、迷邦不怨。
且承懽朝夕，天伦乐事，未荣轩勉。

【鹧鸪天】
家世名儒出广川，
下帷励志不窥园。

文章已入时人谷，
簪缨还看大雅传。
轻紫绶，服斑斓。
生平志意乐齐监。
且须菽水懽亲意，
富贵升沉事偶然。

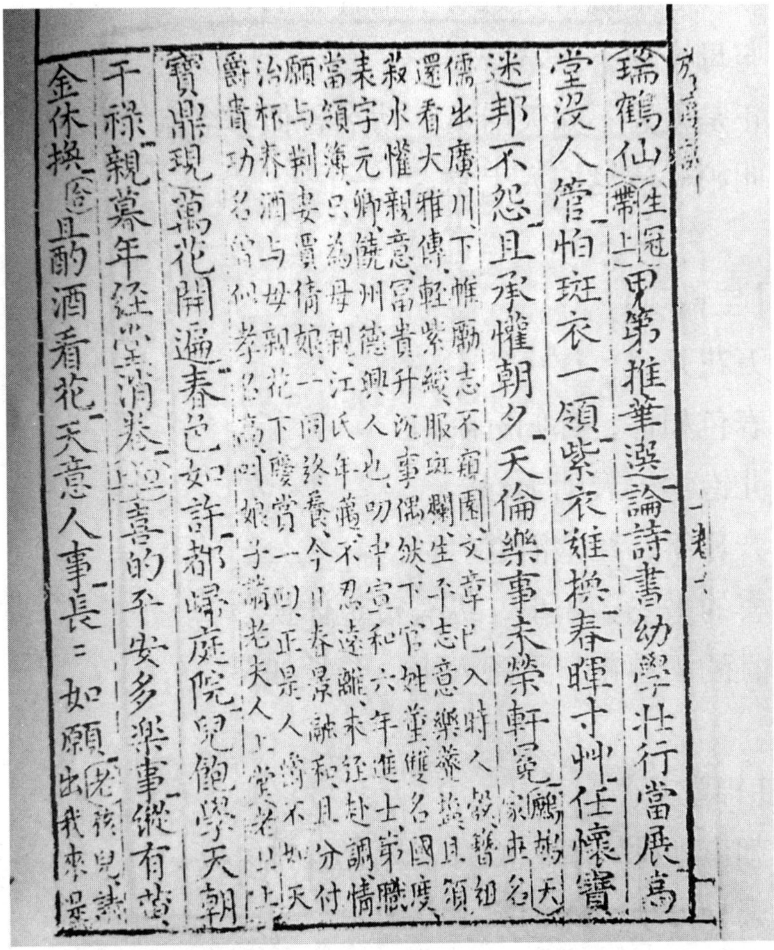

【白话】
下官姓董双名国度，表字元卿，饶州德兴人也。
叨中宣和六年进士，第职当领薄，
只为母亲江氏年岁，不忍远离；
求经赴调，情愿与荆妻贾倩娘，一同终养。

今日春景融合，且吩咐治杯春酒，
与母亲花下庆赏一回。
正是人爵不如天爵贵，功名曾似孝名高。
叫娘子请老妇人上堂。

【宝鼎现】
万花开遍。
春色如许、都归庭院。
儿饱学、天朝干禄，
亲暮年、经堂消卷。
喜的平安多乐事，纵有黄金休换。
且酌酒看花，天意人事，长长如愿。

【锦堂月】
朝霭烟生，春满酒熟，风光且排家宴。
天禄方申，还依膝下尊前。
唯原取萱草忘忧，守的著蟠桃相见。

持觞劝、祝万福，高堂一家欢忭。

☆☆☆☆☆

堪玩荏苒，韶华优游，岁月花前。
且开□面，衣紫拖朱，
何须固守田园。
图的个、紫诰荣封，
不负你、青钱妙选。

【醉翁子】
转盼，怕人老，流光似箭。
向花间竹下，且倾杯盏，
如愿似王母，群仙会见，瑶池五百年。
齐祝众管富贵团圆，好春无限。

☆☆☆☆☆

重劝，恰好处，风柔日煖。
喜和气充庭，一家天眷。
还见那种璧成双，
一片生烟□玉田。

【侥侥令】
春花明似绣，春草软如绵，

恰是奉母扳舆，闲居日便，
九棘三槐也罔然。

☆☆☆☆☆

盈头嗟白发，数口仗青天。
莫道五鼎三牲仆，
朝夕须不值，王家一俸钱。

【尾】
牡丹开后，春光殿洗，金尊明朝重荐，
更嘱咐，莫使燕梢莺翦。

☆☆☆☆☆

酌酒看花借好春，三春欲报祝花神。
相逢书道休官好，林下可曾见一人。

参考文献

清·谢旻主修．江西通志(162卷)．四库全书本．上海:上海古籍出版社．1987.

清·刘坤一主修．江西通志(180卷)．光绪六年(1880年)刊本.

清·锡悳主修．饶州府志(32卷)．同治十一年(1872年)刊本．江苏古籍出版社．1996.

清·孟庆云主修．德兴县志(12卷)．同治十一年(1872年)刊本．江苏古籍出版社．1996.

海川董氏实录、海川董氏宗谱、海口董氏家谱、海口传说．

宋·汪藻著．《浮溪集》．四库全书收录．

元·董寿民著．《元懒翁集(诗集)》.

元·汪泽民著．《宛陵群英集(诗集)》．四库全书收录．

清·厉鹗编撰．宋诗纪事(100卷)．上海:上海古籍出版社．1983年．

清·张汝霖编撰．宋元学案(100卷)．光绪五年(1879年)．刊于长沙．

萧涤非等主编．唐诗鉴赏辞典．上海:上海辞书出版社．1983.

夏承焘等主编．宋词鉴赏辞典．上海:上海辞书出版社．2003.

周啸天等主编．元明清诗鉴赏辞典．上海:上海辞书出版社．1994.

钱仲联等主编．元明清词鉴赏辞典．上海:上海辞书出版社．2002.

刘石主编．唐宋词鉴赏大辞典．北京:中华书局．2012.

唐圭璋等编纂．全宋词．北京:中华书局．1997.

叶维恭编注．咏赣诗三百首．南昌:江西人民出版社．1987.

王洪主编．唐宋词百科大辞典．北京:学苑出版社．1990.

李广瑞主编．宋州古今学人．北京:新华出版社．1989.

曾枣庄等主编．宋文纪事．成都:四川大学出版社．1995.

廖盖隆等主编．中国人名大词典．上海:上海辞书出版社．1994.

赵吉惠主编．中国儒学辞典．沈阳:辽宁人民出版社．1988.

黄开国主编．诸子百家大辞典．成都:四川人民出版社．1999.

虞云国主编．宋代文化史大辞典·下册．上海:汉语大辞典出版社．2006.

钱仲联主编．中国文学大辞典．上海:上海辞书出版社．1997.

黄惠贤主编．二十五史人名大辞典·下册．郑州:中州古籍出版社．1997.

武金铭主编．中华文化人物辞海·文化人物．北京:中国国际广播出版社．1998.

胡敬署主编．文学百科大辞典．北京:华龄出版社．1991.

洪志仁主编．德兴历史文化丛书·进士篇．北京:中国文史出版社．2009.

陶易著．唐代进士录．合肥:安徽大学出版社．2010.

徐红著．北宋初期进士研究．北京:人民出版社．2009.

桂栖鹏著．元代进士研究．兰州:兰州大学出版社．2001.

沈仁国．元朝进士集证(上下)．北京:中华书局．2016.

邱进春．明代江西进士考证．北京:中国社会科学出版社．2015.

江庆柏．清朝进士提名录(上中下册)．北京:中华书局．2007.

毛晓阳．清代江西进士丛考．南昌:江西高校出版社2014.

郑翔主编．江西历代进士全传(6册)．上海．上海古籍出版社2016.

九江学院编．江西历代进士总名录．上海．上海古籍出版社．2016.

后 记

中华优秀传统文化是中华民族的突出优势，是我们最深厚的文化软实力。党的十八大以来，习近平总书记在治国理政的系列重要讲话中，多次强调在全面推进中国特色社会主义事业发展进程中，要大力弘扬中华优秀传统文化。基于此，近期国家颁发了《关于实施中华优秀传统文化传承发展工程的意见》，这是新中国成立以来党和政府第一次就传承发展中华优秀传统文化提出的全面系统的意见。编写《千年海口古镇诗词选》一书，正是进一步贯彻落实这一政策文件的主要表现与具体行动。

海口古镇历史悠久，物华天宝，人杰地灵：一方面，三地交汇、交通发达、商业繁荣、人气旺盛、城池坚固，具有独特的区位优势；另一方面，尊师重教，尊儒崇学，书院林立，人文鼎盛，科第勃兴，被誉为“儒学之乡”、“进士之乡”、“诗画之乡”。根据《江西通志（四库本）》、《饶州府志（同治版）》、《德兴县志（同治版）》、《海川董氏实录》、《海川董氏宗谱》等资料初步统计：一是，从诞生第一个进士董申，到最后一个进士董用威，在1000多年时间里，海口古镇共计诞生了100多位进士。二是，从北宋诞生第一个举人董仅，到清末，在1000多年时间里，共计诞生了270多位举人，60多位贡生（或贡士）。引以自豪的是：在这些进士中，先后涌现出了董申、董全祯、董乂、董彦德、汪藻、董浚、董真卿、董颖、董国度、董德宗、程迥、董与几、董熠、董琮、董铢、董鼎、董梦程、邹近仁、董槐、董松、江介、汪泽民、胡靖、董有光、练字宁、董旻、董维城、董用威、齐仪凤、吴任均、余嘉猷、章洙等一大批名臣宦业、理学儒林、政治家、教育家、文学家与诗人。值得颂扬的是：这些被世人称之为英才俊彦的“进士”堪称江西地区、江南地区乃至整个中华之政治文化系统的杰出代表，他们因此为其政治、经济与文化的发展与进步也做出了载入史册的历史贡献。

海口古镇文化底蕴深厚，文物古迹众多，挖掘、整理与弘扬是一项系统工程。为推动海口古镇的保护利用及开发工作，江西省政协副主席李华栋、江西省政协文史和学习委员会主任曾粮；上饶市政协副主席黄统征、上饶市政协学习和文史委主任艾涛；德兴市市委书记刘瑞英、德兴市人民政府市长郭峰、德兴市人大常委会主任张跃平、德兴市政协主席刘德奖等有关领导先后到海口古镇实地调研，提出了诸多的政策建议，给予了多方面的支持，有效地推动了海口古镇的文化建设。与此同时，近年来，德兴市海口镇古文化文物保护研究研究协会（主要成员为董文才、董李鸿、董金配、董辉任等）、德兴市海口镇海口村委员会（董培良、李忠和）等基层单位，积极开展海口古镇传统文化的挖掘整理、抢救修复、清点造册、开发利用、宣传传承等工作，扎实有效地保护了一批基础性、史料性的第一手文物古迹资料，为传承与弘扬海口古镇传统文化发挥了重要作用。正是省地市县及其基层单位上述卓有成效的工作，才使我们有机会学习与研究海口古镇的进士文化、诗词歌赋，也有因此才使得我们有条件编撰《千年海口古镇诗词选》一书。

《千年海口古镇诗词选》与《千年海口古镇进士论》乃为姊妹篇。《千年海口古镇诗词选》只是收录古人的古诗词歌赋，现当代的诗人诗词歌赋并未收揽。意犹未尽，言有要表。需要补充说明是：海口古镇尊师重教、尊儒崇学，先后创立归轩书院、南隐书院、勿斋书院、双溪书院、深山书院等五大书院，创设掬清书屋、浣花书屋、中岳书屋、芙蓉书屋、鹊园书屋等五大书屋，由此科第勃兴、人文鼎盛，进而呈出了汪藻、董颖、程迥、董煟、董梦程、董鼎、董真卿、董寿民、练字宁、汪泽民等一批本土文学家、诗人，创作了大量脍炙人口、流传后世的诗词歌赋，德祐子孙，引领未来。纵贯古今，海口古镇文化底蕴经久不衰，可谓是古代有传统的诗词歌赋，今天也不乏新的文人骚客。仅就海口立体秀丽景色而言，古有海川古镇十景——扶舆春涛、碧波秋月、山市楼台、两坞耕云、孤舟钓雪、沙汀鸥鹭、西山暮雨、东屏晓色、远蒲风帆、长江烟树；今有幸获得现代海口八景——三江交汇、古樟奇观、海口新村、文昌阁记、故居民宅、城墙遗址、古巷天灯、环山秀色。为飨广大读者，与海川古镇十景相比较，特将今天海口诗人们撰写的新海口八景之诗录之如下：

1. 三江交汇

绿水齐聚海口村，
气势非凡形成川。
三河浩瀚流千古，
碧波荡漾秀万年。

2. 古樟奇观

青翠碧绿两千年，
阅尽沧桑人世间。
树上生树一奇景，
游人惊叹总流连。

3. 海口新村

一线天地两片天，
海口海川本相连。
老屋尽显古风迹，
新街景貌舞乾坤。

4. 文昌阁记

文昌阁记藏灵气，
召来东方紫光归。
桂禄权衡先祖训，
闻鸡起舞志不移。

5. 故居民宅

雕梁画栋就民宅，
鬼斧神工县特色。
经风历雨数百载，
至今犹见古风骨。

6. 古巷天灯

老街古巷遗天灯，
照亮明清夜行人。
微微明火点长巷，
熊熊光焰暖人间。

7. 城墙遗址

古城三门今犹在，
老墙残基放异彩。
追忆往惜繁华事，
商贾如云多往来。

8. 环山秀色

四面环山老古城，
八方灵气宝地生。
满目清黛望不断，
尽然美色变新颜。

再就全方位而言，古诗词并不多见。海口古镇的全景主要包括：山水田园、上市楼台、风土人情、市井街巷、文化教育、河流水系、古今变化等诸多方面。今有德兴市叶淦林先生撰有《今日海口歌》一首，特录之如下：

今日海口歌

唐初建村，商贾云集。地汇山川，故名海川。
人多似海，亦称海口。宋成集镇，码头繁华。
城墙高筑，昼夜笙歌。文风兴盛，进士百名。
明朝昌威，富甲一方。朱皇驾临，曾念建都。
通商九衢，四海闻名。清时风雅，人丁兴旺。
养花护林，水绿山青。耕田种地，五谷丰登。
近代沧桑，旧貌变新。虽损较重，古韵犹存。
如今保护，传承文明。振兴海口，世代常青。

本书在调查研究过程中，先后得到了（排名不分先后）中宣部、文化部、中央党校、中国社会科学院、住建部、民政部、国家旅游局；武汉大学、南昌大学、广西师范大学；江西省政协、江西省文化厅、江西省住建厅、江西省民政厅、江西省旅游局、江西省地方志办公室；德兴市委市政府、德兴市人大、德兴市政协；德兴市委宣传部、德兴市委党史办、德兴市地方志办公室、德兴市文广新局、德兴市建设局、德兴市民政局、德兴市教育局、德兴市旅游局、德兴市档案局、德兴市博物馆、德兴市文联；德兴市海口镇委镇政府、德兴市海口镇文化站、德兴市海口中学、德兴市海口镇海口村委会、德兴市海口镇古文化文物保护研究协会、德兴市海口镇董氏家族理事会、江西永凯石业有限公司、江苏南京苏新智慧社区服务有限公司等单位及有关领导、同事、朋友的大力支持与帮助，在此一并表示感谢。

本书由刘洪海、孙向东、张晓明、欧阳东、董清福等担任顾问。由姜爱林教授担任主编，黄坤美、侯国新、李强、董文才、董李鸿、陈海秋等担任副主编。在具体编写过程中，先后得到了（排名不分先后）：叶永来、张爱君、董清福、叶淦林、王军、占长远、邓邦伍、张书、董金配、董辉任、董培良、李忠和、叶如青、叶尖兵、周华、王永发、董桂蓉、卓忠伟、沈梁和、郭全胜等领导、同事、朋友的支持与帮助，在此一并表示感谢。

本书写作过程中参考借鉴了诸多的诗词歌赋文献资料，由于时间仓促，引用文献资源未能一一注明，敬请原谅。加之研究水平所限，书中错误疏漏在所难免，恳请各类领导、专家、读者批评指正（作者手机：13681258763；电子邮件：ailinj@ sina. com；QQ：576135357）。

作者　2017 年 5 月 · 北京西城区